Aux Champs-Élysées

Mara Ferr, geboren 1965 in Österreich, studierte Psychologie und schloss danach eine Ausbildung zur Pädagogin ab. Sie betätigte sich als freie Lektorin und beschäftigte sich mit journalistischer Pressearbeit, bevor sie ihren ersten Kriminalroman »41 Rue Loubert« veröffentlichte. Die Neugierde für das Paris inmitten und auch abseits glamouröser Flaniermeilen erweckt bei ihren regelmäßigen Reisen in die »Stadt der Liebe« stets die Phantasie für neue Romanideen zum Leben.

MARA FERR

Aux Champs-Élysées

PARIS KRIMI

emons:

Bibliografische Information der Deutschen Bibliothek
Die Deutsche Bibliothek verzeichnet diese Publikation
in der Deutschen Nationalbibliografie; detaillierte bibliografische
Daten sind im Internet über http://dnb.d-nb.de abrufbar.

MIX
Papier aus verantwortungsvollen Quellen
FSC® C083411

Umschlagmotiv: © mauritius images/Radius Images
Umschlaggestaltung: Tobias Doetsch
Gestaltung Innenteil: César Satz & Grafik GmbH, Köln
Druck und Bindung: CPI – Clausen & Bosse, Leck
Printed in Germany 2013
ISBN 978-3-95451-139-6
Paris Krimi
Originalausgabe

Für Julia

Prolog

Er lebte hier unten ein einfaches Leben.

Soviel er wusste, lebte seine Frau ebenfalls ein einfaches Leben. Oben.

Der Einbauschrank

»Chéri, du bist ein Genie!«

Seine temperamentvolle Frau warf sich ungestüm an seinen Hals und presste ihm einen leidenschaftlichen Kuss mitten auf den Mund. Ihre dunklen Samtaugen strahlten, die beinahe noch immer faltenfreien Wangen waren vor Freude und Hitze leicht gerötet, und dieser rosige Schimmer ließ ihr zartes Gesicht schöner erscheinen, als es von Natur aus ohnehin war. Ihre dichten schwarzen Haarlocken waren mit einer Unzahl von Sägespänen gesprenkelt.

Philippe musste geschmeichelt zugeben, dass Claire mit ihrem überschwänglichen Urteil nicht ganz unrecht hatte.

Der von ihr sorgfältig geplante und von ihm eigenhändig gezimmerte Einbauschrank war tatsächlich ein ansehnliches Werk geworden.

Claire hatte darauf bestanden, dass der untere Teil des Kastens aus einem geräumigen, über zwei Meter breiten und einen Meter hohen Klappfach bestehen musste, in dem sie ihre bunten Gymnastikmatten flach übereinandergestapelt aufbewahren konnte, ohne sie rollen oder falten zu müssen. Darüber hatte er nach ihren exakt gezeichneten Entwürfen einen Aufbau aus hellem Eichenholz gefertigt, der ab heute Hanteln, Expander, Gewichte und sonstige kleinere Fitnessgeräte und nützliche Utensilien wie Schweißbänder oder Handtücher beherbergen sollte.

»Dieses besondere Einzelstück kommt nur deshalb so außerordentlich zur Geltung, weil du unseren verschimmelten Keller so wundervoll renoviert hast. Deine Schufterei im letzten Jahr hat sich wirklich gelohnt, obwohl ich anfangs Zweifel hatte. Ich konnte mir beim besten Willen nicht vorstellen, wie du aus diesem finsteren Rattenloch einen komfortablen Fitnessraum zaubern wolltest«, lobte er anerkennend die Frau, die seit fünfundzwanzig Jahren seinen Namen trug, mit ihm lebte, ihn offensichtlich noch immer liebte, zwei Töchter geboren und zu wohlgeratenen Menschen erzogen hatte, seine Unterhosen und

Socken wusch, mit ihm stritt, ihn des Öfteren hasste und dennoch nie verlassen hatte.

»Und du bist sicher, dass die Frontklappe hält und nicht auf meine Hände kracht? Du weißt, das Gewicht der Hanteln und Stangen belastet die ganze Konstruktion sehr. Die Klappe wird sich dadurch doch nicht verbiegen?« Besorgt bückte sie sich und hob einige Male die schwere Klappe des Unterbaus an, um zu testen, ob die Scharniere in ihrer Verankerung einrasten würden.

Philippe musste innerlich schmunzeln, seine Lieblingsfrau hatte wirklich keine Ahnung von ausgeklügelter Statik und technischen Raffinessen. Sie hatte zwar beim Planen messerscharfe Bilder ihrer Vorstellungen im Kopf gehabt, die praktische Ausführung allerdings vertrauensvoll seinen fachkundigen Händen überlassen.

»Wenn du möchtest, kannst du einen ausgewachsenen Elefanten in das Regal setzen, und der Kasten wird nicht einen Millimeter nachgeben, mein Schatz.«

Philippe war von seinem handwerklichen Geschick überzeugt und wusste, wie massiv und stabil sein Schrank war. Schließlich hatte er über ein Jahr lang getüftelt und daran gearbeitet, damit sich das Möbelstück nahtlos in eine Mauernische schmiegte und nicht nur ein Blickfang für das Auge, sondern auch zweckmäßig und robust war.

Claire strahlte.

»Ich hole den Champagner aus dem Kühlschrank, es ist Zeit zu feiern. Legst du bitte ein paar Matten auf den Boden, dann können wir es uns darauf gemütlich machen.«

Philippe nickte zustimmend, sie hatten sich jetzt beide auf jeden Fall eine Belohnung verdient.

Er platzierte mitten im Raum einige weiche Schaumstoffmatten übereinander auf dem Parkettboden und sammelte herumliegendes Werkzeug, lose Schrauben und sonstige Kleinteile zusammen, die er für die Fertigstellung seines soliden Prachtstückes benötigt hatte.

Claire kam vorsichtig die steile Kellerstiege herunter, in den Händen ein Tablett mit zwei gefüllten Gläsern und der angebrochenen Champagnerflasche balancierend. Sie stellte alles auf den von der Fußbodenheizung angenehm gewärmten Boden, setzte sich neben Philippe auf die Matten und prostete ihm glücklich grinsend zu.

Philippe leerte sein Glas in einem einzigen Zug. Er hatte Durst, seine Kehle war ausgetrocknet und juckte. Holzstaub und feine Späne vom Schleifen, Bohren und Hobeln hatten ihre kratzenden Spuren in seinem Hals hinterlassen. Der prickelnde, kühle Perlwein war eine erfrischende Wohltat.

Claire stellte ihr Glas ab, drehte sich zu ihm, nahm sein Gesicht sanft in ihre beiden Hände, flüsterte heiser: »Ich liebe dich so sehr, Phil«, und küsste ihn leidenschaftlich.

Philippe schloss entspannt die Augen und dachte erstaunt, dass er nach fünfundzwanzig Ehejahren die Küsse seiner eigenen Frau noch immer genoss. Fast so sehr wie die aller anderen Frauen.

Als er die Augen wieder öffnete, war die Welt schwarz.

Emilie

Emilie Dickson – nicht zu verwechseln mit der einzigartigen Emily Dickinson, die mit ihren prosaischen Gedichten zu einer literarischen Berühmtheit geworden war; mit Gedichten hatte Em aber so wirklich gar nichts am Hut – war in diesem Jahr einundachtzig Jahre alt geworden.

Sie ließ ihr schneeweißes Haar regelmäßig für teures Geld zu einer modisch kurzen Fransenfrisur schneiden, war stolze Besitzerin von insgesamt achtzehn verwaschenen Jeans, hauptsächlich in allen Blau- und Schwarzschattierungen, trug je nach Witterung am liebsten entweder bequeme Reeboks oder Doc Martens und hatte ihr Herz an einen altmodischen, monströsen Computer verloren.

Anstatt sich aufopfernd um ein lästiges haarendes Haustier wie Hund oder Katze zu kümmern, wie es sich für Damen ihres Alters in dem wohlhabenden Viertel hinter der Champs-Élysées geziemen würde, hegte und pflegte sie liebevoll die veraltete Computeranlage mit überdimensionalem Bildschirm und Seniorentastatur mit extragroßer Buchstabenbeschriftung und hütete sie sorgsam wie ihren Augapfel. Weder war sie technisch versiert, noch durchschaute sie die logischen Zusammenhänge, wie und warum dieses Ding funktionierte, doch sie konnte es problemlos bedienen und wusste sich auch bei Tücken und Macken, die das störrische Gerät mit zunehmendem Alter zeigte, im Großen und Ganzen selbst zu helfen. Bei gröberen Schwierigkeiten kam Philippe herüber und stand ihr helfend zur Seite. Obwohl er sie bei jedem seiner Besuche davon überzeugen wollte, sich eine modernere Anlage anzuschaffen, hatte er doch Verständnis dafür, dass sie sich in ihrem Alter nicht mehr umgewöhnen konnte und wollte, und so versuchte er jedes Mal aufs Neue erfolgreich, den altersschwachen Computer am Laufen zu halten. Schließlich war er ein angesehener Spezialist in diesen neumodischen Dingen, der mit seinem Fachwissen ein bemerkenswertes Vermögen verdiente.

Em hatte einen anstrengenden Tag hinter sich. Trotz des kalten Schneeregens hatte sie am Morgen auf die Metro verzichtet und die zwei Kilometer bis zu dem Fitnessstudio hinter der Pont de l'Alma, das sie regelmäßig zur Rückengymnastik besuchte, zu Fuß zurückgelegt. Die abgelegenen Seitengassen waren menschenleer gewesen, das trübe Wetter ließ sie trostlos erscheinen und enthüllte erbarmungslos abgeblätterte Stuckfassaden, verkommene Eingangstore und vermüllte Rinnsteine. Erst als sie die Avenue George-V erreichte, wurden die Bürgersteige belebter, und man konnte einen Hauch der Atmosphäre erahnen, die Touristen an Paris so liebten. Ihr intimes Studio lag in einem dunklen Hinterhof hinter schmiedeeisernen Toren, die schief in den Angeln hingen und sich nur mit etwas Kraftanstrengung quietschend öffnen ließen. Emilie hatte es unter der Vielzahl an Gesundheitstempeln deshalb ausgewählt, weil es in ihrer Nähe lag, überschaubar, günstig und Frauen vorbehalten war. Hier musste sie sich ihres alten Körpers nicht schämen, die jungen Mädchen und Trainerinnen hatten sich an ihren wenig attraktiven Anblick allmählich gewöhnt und zollten ihr Respekt für ihre meist schmerzhaften Bemühungen, beweglich zu bleiben. Nach zwei Stunden intensivem, schweißtreibendem Trainingsprogramm schlenderte sie gemächlich in Richtung Champ de Mars, wo sie ihre Enkelin und entzückende vierjährige Urenkelin in einem billigen Bistro zum fetttriefenden Burger-und-Fritten-Lunch traf. Viel lieber hätte sie mit den beiden im Café de Flore einen kleinen Imbiss genommen, doch die Kleine liebte pappige Burger und noch viel mehr die Kinderecke des Bistros, die anstatt mit Spielsachen oder Malbüchern mit handlichen Fernsehern und bunten Computerstationen ausgerüstet war. Das Angebot ihrer Enkelin, sie mit dem Auto nach Hause zu bringen, schlug sie tapfer aus und machte sich wiederum zu Fuß auf den Heimweg. Den langen Spaziergang durch die engen Gassen nutzte sie außerdem dazu, in einigen Geschäften kleinere Einkäufe zu tätigen, und als sie am späten Nachmittag mit gefüllten Taschen nach Hause zurückkehrte, war sie zwar rechtschaffen müde, aber keineswegs erschöpft. Sie widerstand der Versuchung, ein kurzes Nickerchen auf dem Wohnzimmersofa abzuhalten, wohl wissend, dass ihr ein Erholungsschläfchen jetzt wertvolle Stunden der Nachtruhe später rauben würde.

Der nasse Schneematsch war durch ihre angeblich wasserfesten Schuhe gedrungen, und ihre knorrigen Zehen fühlten sich kalt und klamm an. Sie bereitete sich ein heißes Bad, und als sich ihr greiser Körper wieder einigermaßen erwärmt hatte, schlüpfte sie in bequeme Trainingshosen und ein abgetragenes Shirt, streifte dicke Wollsocken über ihre Füße und zog sich mit einer dampfenden Tasse Kakao, gewürzt mit einer Prise Zimt und einem kräftigen Schuss Cognac, in ihr Arbeitszimmer zurück, um ein paar Seiten an ihrem Buch weiterzuschreiben.

Vor Jahren hatte sie damit begonnen, verbliebene Erinnerungen an ihre beiden verstorbenen Ehemänner und drei Söhne auf Papier festzuhalten, da sie mit Entsetzen bemerkte, wie die Bilder ihrer Liebsten im Kopf nach und nach von diffusen Nebelfetzen verdrängt wurden. Sie wollte sie mit Worten bewahren, solange ihr betagtes Gehirn dazu noch in der Lage war.

Emilie startete den Computer, und während der Turm mühsam surrte und knarzte und der Bildschirm blinkend zum Leben erwachte, blickte sie gedankenverloren aus dem Fenster zum frisch getünchten Haus ihrer Nachbarn auf der gegenüberliegenden Straßenseite.

Der Abend war hereingebrochen, durch die zugezogenen Vorhänge des Küchenfensters der Bonnets schimmerte ein warmer Lichtschein, die Außenbeleuchtung der Eingangstür war eingeschaltet, und auch im Treppenhaus, das in den ersten Stock führte und straßenseitig lag, brannte Licht.

Der Einzug der Bonnets vor zwanzig Jahren in Emilies beschauliche Sackstraße zwischen der Champs-Élysées und dem rechten Seine-Ufer war für ihr etwas ereignisloses Witwenleben ein einmaliger Glückstreffer gewesen. Sie hatte Philippes und Claires Mädchen gehütet, als sie noch klein waren, hatte der jungen Familie geholfen, in der Gegend Fuß zu fassen und war allmählich als Familienmitglied aufgenommen worden, ohne dabei aufdringlich zu sein. Sie liebte die Mädchen heiß und innig, hatte mit Claire gelitten und geweint, als sie flügge geworden waren, und freute sich jedes Mal, wenn sie von ihnen Postkarten oder an Weihnachten kleine Geschenke erhielt.

Das wuchtige Garagentor der Bonnets öffnete sich lautlos und Em sah Philippes Wagen rasant aus der Einfahrt schießen. Im trüben Glanz der Straßenbeleuchtung erkannte sie schemenhaft, dass er sich gegen die abendliche Kälte mit seiner von Claire selbst gestrickten roten Wollmütze, dicken Handschuhen und dem hässlichen aufgeplusterten Daunenparka geschützt hatte. Wahrscheinlich hatte wieder einer von Phils gut betuchten Kunden einen Notfall mit seiner Computeranlage, sodass er am Samstagabend ausrücken musste. Nun ja, wie Em Philippe kannte, würde er dafür eine saftige Rechnung ausstellen.

Philippe war bereits am Ende der Straße angelangt, als hinter ihm das Garagentor wie von Geisterhand gezogen in seinen Schienen wieder zurückglitt und die Deckenleuchte in der Doppelgarage langsam verblasste.

Emilie dachte verwundert, dass die Garage leer gewesen war, bevor das Tor ihr die Sicht raubte. Claires Wagen stand nicht an seinem gewohnten Platz auf der rechten Seite der Garagenhälfte. Dennoch erlosch das Licht in Claires Küche. Sekunden später sah Emilie die Neonleuchte hinter der gerippten Milchglasscheibe des Badezimmerfensters flackernd anspringen.

Gänsehaut

Philippes erster Gedanke war, dass entweder die in die Zimmerdecke eingebauten Halogenspots im brandneuen Fitnessraum durchgebrannt sein mussten oder das ganze Haus von einem Kurzschluss betroffen war. Wahrscheinlich hatte Claire wieder Waschmaschine, Geschirrspüler und Stereoanlage gleichzeitig eingeschaltet und über der langwierigen Arbeit am Einbauschrank vergessen. Die mangelhafte Elektroinstallation war eine von vielen Schwächen des Belle-Époque-Hauses, das sie um teures Geld gekauft und um noch teureres Geld renoviert hatten, mit denen man aber jahrelang gut leben konnte, ohne sich ernsthaft um sie zu kümmern.

Erst danach fiel ihm auf, dass er seine Frau nicht mehr in den Armen hielt und sie ihn nicht mehr küsste. Gleichzeitig stellte er fest, dass er auf der Gymnastikmatte lag und nicht saß. Er richtete sich schnell in eine sitzende Haltung auf und fragte in die Finsternis: »Claire? Liebling? Wo bist du?«

Seine Worte hallten in dem noch nicht vollständig eingerichteten Raum dröhnend wider und verursachten ein unangenehm vibrierendes Echo in seinem Kopf.

Seine Frau antwortete nicht.

»Claire? Schatz? Alles in Ordnung? Bist du da?«

Wieder verebbten seine Worte ohne Antwort.

Es herrschte absolute Stille.

Philippe seufzte.

»Claire, Süße, ich bin heute zu müde für solche Spielchen. Ich habe den ganzen Tag gearbeitet und möchte unter die Dusche. Mach bitte das Licht an.«

Totenstille.

Er wurde ungeduldig und stand auf, um sich selbst auf die Suche nach dem Lichtschalter zu begeben. Automatisch streckte er die Hände abgewinkelt vor sich aus, um nicht unvermittelt gegen eine Wand zu laufen. Seine Schritte waren zögerlich, und er schlurfte langsam vorwärts, obwohl ihm der Raum bis in den letzten Winkel vertraut war.

Schließlich stieß er mit den Fingerspitzen gegen eine Wand und wusste schlagartig nicht, ob er sich links oder rechts weiterhangeln sollte. Das beunruhigte ihn ein wenig, denn er hatte auf bekanntem Terrain in Sekunden seine viel gerühmte Orientierung verloren.

Er würde es rechts versuchen, der Raum hatte schließlich nur vier Wände, und an einer davon stand der eingebaute Geräteschrank in der Mauernische.

»Madame Bonnet, Claire, findest du nicht, dass es Zeit ist, das Versteckspiel zu beenden?«

Irgendwie hatte er schon geahnt, dass er auch diesmal seiner Frau kein Wort entlocken würde.

Philippe hatte eine Gänsehaut. Er schlang die Arme um sich und rieb sich kräftig die Schultern. Das fühlte sich eigenartig an.

Er war nackt.

Warum war er nackt? Hatten Claire und er sich auf den Matten geliebt? Er konnte sich nicht daran erinnern, und dennoch trug er weder seine Boxershorts noch Socken und Schuhe oder ein anderes Kleidungsstück.

Philippe lächelte. Der Champagner hatte offensichtlich eine verheerende Wirkung auf ihn gehabt, sodass er nicht einmal mehr wusste, dass er mit seiner Frau Sex gehabt hatte. Das war ihm das letzte Mal vor ungefähr fünfzehn Jahren passiert, in einer Künstlerbude am Montmartre, mit einem Joint im Mundwinkel und einer anderen Frau auf dem Schoß.

Philippe tastete weiter nach dem Lichtschalter und hatte Glück.

Schon nach wenigen Schritten fühlte er unter seiner rechten Hand das harte, kühle Plastik des Kippschalters. Er drückte darauf. Nichts geschah. Um sicherzugehen, kippte er den Schalter noch einige Male nach oben und unten, aber die Spots sprangen nicht an. Der Lichtschalter war, wie er wusste, knapp neben der Tür, also trat er einen weiten Schritt nach rechts, die Hände dabei haltsuchend fest an die Wand gestützt.

Er entdeckte den Türrahmen und fuhr rasch mit der Hand weiter, in der Erwartung, als Nächstes den Türgriff zu ertasten. Es war keiner da.

Warum war die Tür überhaupt geschlossen? Er sah dunkel vor sich, wie Claire mit dem Tablett die Kellerstiege heruntergekommen war, sich zu ihm auf den Boden gesetzt hatte. Die Tür war dabei offen geblieben, wie sie den ganzen Tag offen geblieben war, damit sie während ihrer Arbeit hier unten die Musik aus der Stereoanlage im Wohnzimmer hören konnten.

Er fuhr vorsichtig mit den Händen über das geriffelte Türblatt, von oben nach unten und von links nach rechts. Das Einzige, das er ertasten konnte, waren drei Türangeln, doch von einem Griff war nichts zu finden. Auch keine Schrauben, gebohrten Löcher oder sonstigen Unebenheiten. Er klopfte an die Tür.

»Claire, hörst du mich? Die Tür ist ins Schloss gefallen!«

Von draußen war nicht der geringste Ton zu hören.

Philippe befühlte nochmals die Tür, erkundete jeden Zentimeter mit seinen Fingern, und jetzt konnte er in der Höhe seiner Wade eine Vertiefung ausmachen. Irritiert setzte er sich auf den Boden, um den unvermuteten Hohlraum näher zu untersuchen. Die Ausbuchtung war gerade so breit und hoch, dass er seinen abgewinkelten Unterarm hineinlegen konnte. Die Rückwand dieser Mulde fühlte sich wie kaltes Metall an, die Ecken an der Oberfläche waren scharfkantig, und als er seinen Arm wieder herauszog, fügte er sich daran einen Kratzer zu. Er fluchte.

Ein unbestimmtes, mulmiges Gefühl zog seinen Magen zusammen und breitete sich bis in die Knie aus. Sein Herz begann, schneller als gewöhnlich zu schlagen. Auch lauter.

Mit geballten Fäusten trommelte er an die Tür.

»Claire, mach sofort auf! Der Spaß hat ein Ende! Ich habe genug!«

Das Hämmern seiner Fäuste und das Schreien seiner Stimme verhallten ungehört.

Jetzt war ihm eiskalt. Er kroch auf allen vieren durch den Raum, auf der Suche nach seinen Kleidern oder seiner Frau, die sich, weiß der Teufel wo, versteckt haben musste. Doch außer den Schaumstoffmatten, die er selbst übereinandergelegt hatte, fand er nichts. Als er an den Geräteschrank stieß, lachte Philippe erleichtert auf.

Endlich hatte er ihr Versteck entdeckt.

Er würde sich nun ein paar Minuten völlig ruhig verhalten und dann mit einem Ruck die Klappe des Kastens hochreißen. Seine Frau, die sich zweifellos dahinter verbarg, würde vor wohligem Gruseln aufkreischen, sich lachend und zitternd an ihn klammern, und vielleicht würden sie sich miteinander ausgiebig auf den Matten vergnügen.

Er hielt den Atem an und presste behutsam ein Ohr an die Klappenwand, um ein verhaltenes Kichern oder nervöses Rascheln zu hören.

Das einzige Geräusch, das seine angestrengten Ohren vernehmen konnten, war ein Knacken des Holzes, das in der vollkommenen Stille des Raumes wie ein Peitschenknall klang.

Philippe zuckte erschrocken zusammen.

Mit steifen Fingern tastete er nach dem gebogenen Griff der schweren Klapptür. In Gedanken zählte er langsam bis neun, und bei zehn riss er die Klappe von unten nach oben hoch und rief vergnügt: »Hab ich dich!«

Stille.

»Claire, du kannst jetzt herauskommen. Ich habe gewonnen!«

Seine Stimme hörte sich sogar in seinen eigenen Ohren verwirrt und ein bisschen weinerlich an.

Nichts geschah.

Er griff mit beiden Händen in das Klappfach, doch seine Frau war nicht da. Das Fach war außer den restlichen, fein säuberlich geschichteten Matten leer.

Philippe ließ die Klappe langsam wieder sinken und starrte in die dumpfe, bedrohliche Schwärze des Raumes. In dem fensterlosen Kellerraum war die einzige Öffnung die Tür, doch auch durch ihre Ritzen und Fugen drang kein noch so zarter Schimmer.

Was war hier los? Wo war Claire? Warum war er nackt? Wo waren seine Kleider? Warum gab es plötzlich keinen Türgriff mehr? Was hatte die Einbuchtung in der Tür zu bedeuten? Warum war sie ihm nie aufgefallen?

Philippe öffnete erneut die Klappe, zerrte eine Gymnastikmatte heraus und legte sie sich um die Schultern. Eine zweite Matte versuchte er, sich wie ein Badetuch um die Hüften zu schlingen, doch sie ließ sich nicht feststecken, sie war zu sperrig und löste sich immer wieder. Er hielt sie mit einer Hand fest, mit der anderen Hand stützte er sich ab, während er sich langsam auf den Boden gleiten ließ, den Rücken an seinen Schrank gelehnt.

Waren sie Opfer eines Überfalls geworden? Hatte man ihn betäubt und Claire verschleppt? Wie lange war er schon hier allein im Dunkeln? Er hatte seine Armbanduhr, konnte aber außer einem einzigen schwach fluoreszierenden Pünktchen nichts erkennen.

Hin und wieder knarzte das Holz, Philippe erschrak nicht mehr. Nicht der leiseste Laut drang in diesen Raum. Auch von oben war nichts zu hören. Keine Schritte, keine Stimmen, kein Gemurmel, kein Geschrei, kein Öffnen von Türen oder Schränken, nicht das Rumpeln der Waschmaschine, nicht leise Musik oder die Wasserpumpe des Spülers. Keine Autogeräusche von der idyllischen, wenig befahrenen anonymen Pariser Innenstadtstraße.

Er musste dringend Wasser lassen. Jetzt hatte er Angst.

Minute um Minute

Die eckigen Ziffern des Radioweckers am Nachttisch verstrahlten ihr neongrelles Licht in die Dunkelheit des Elternschlafzimmers der Bonnets. Claire lag auf ihrer ehelichen Hälfte des Doppelbettes, seitlich zusammengekrümmt, die Knie angezogen, die Augen starr auf die giftgrüne Minutenanzeige gerichtet. Leise vor sich hin murmelnd zählte sie langsam bis sechzig, um den Rhythmus, in dem die Minutenanzeige weitersprang, mitzuverfolgen. Sie hatte sich selbst noch eine Stunde zugestanden, um ihren nach reiflichen Überlegungen gefassten Entschluss ein letztes Mal zu überdenken.

Jetzt, als sie den ersten, alles entscheidenden Schritt gewagt hatte, war sie plötzlich unsicher geworden. Noch war Zeit umzukehren, noch konnte sie das Ruder herumreißen. Claire seufzte gequält auf. Sie durfte jetzt nicht schwach werden, es konnte nicht alles umsonst gewesen sein.

Minute um Minute verstrich, und als die Anzeige bei achtundfünfzig stand, überfiel sie ein hemmungsloses Schluchzen, von dem sie schon jetzt wusste, dass es für die nächste Zeit nicht das letzte gewesen war. Um Punkt zwanzig Uhr trocknete sie sich mit einem Papiertaschentuch Augen und Nase, wischte sich den Schweiß von der Stirn und ging in die hell erleuchtete Küche, um die abschließenden Vorbereitungen zu treffen.

Als Erstes kontrollierte sie die digitalen Zeitschaltuhren in Küche und Badezimmer, mit denen sie die Lampen in beiden Räumen gekoppelt hatte. Sie verglich die Anzeige der Uhren mit ihrer Armbanduhr und überprüfte zum hundertsten Mal Zeitabstände und Einstellungen. Jetzt war sie sich sicher, dass sie sich auf die elektronischen Schaltuhren verlassen konnte und kehrte ins Schlafzimmer zurück, um sich umzuziehen.

Es war eine eisige Nacht, in der sich dichter Schneefall mit gefrorenen Graupeln mischte, und das war ihr gerade recht so. Das lausige Wetter trug dazu bei, dass sich wenige Autos und Menschen auf den Straßen befinden würden. Ein gutes Zeichen.

Sie streifte über ihre Jeans eine weite Hose von Philippe, schlüpfte samt ihrer Winterjacke in seinen wuchtigen Parka und zog sich über ihre eigenen Turnschuhe seine ausgetretenen Schneestiefel. Im Badezimmer stülpte sie sich eine Duschkappe, die sie im Sommerurlaub vorsorglich aus dem exquisiten Fünf-Sterne-Hotel an der Côte d'Azur mitgenommen hatte, über ihre dichten Locken und achtete sorgsam darauf, jedes einzelne Haar unter dem knisternden Plastik zu verstecken.

Sie warf einen Blick durch einen Spalt der Vorhänge des Küchenfensters. In Emilies Arbeitszimmer brannte Licht, und sie sah verschwommen die Umrisse ihrer alten Freundin, wie sie sich stehend über ihren von Philippe abfällig bezeichneten »Dinosaurier von Computer« beugte.

»Schau noch ein paar Sekunden aus dem Fenster, Em, ich bitte dich. Schau herüber! Ein paar Sekunden nur«, flüsterte Claire so inständig, als könnte sie mit ihren telepathischen Worten Emilie dazu bewegen, am Fenster auszuharren. Em schien es zu spüren. Es war ungemein wichtig, dass Emilie die Lichter im Haus sehen und später die dazugehörigen Uhrzeiten bestätigen konnte.

Claire holte die Cornflakes-Packung aus dem Vorratsschrank, zog daraus ein in einer Serviette verpacktes Prepaid-Mobiltelefon und wählte Philippes Nummer. Phils Telefon klingelte in der linken Außentasche des Parkas. Nach drei Durchgängen der ersten Takte der launigen Melodie von »Don't worry, be happy« nahm sie den Anruf an, lauschte eine Minute dem Rauschen ihres eigenen Atems und unterbrach nach genau dreiundsechzig Sekunden die Verbindung. Sie steckte sein Mobiltelefon wieder zurück in die Parkatasche, öffnete das Prepaid-Telefon auf der Rückseite, entfernte die Abdeckung und entnahm Chipkarte und Akku. Mit einem schweren Fleischhammer zertrümmerte sie auf einem Schneidebrett für Gemüse das Kunststoffgehäuse, das sich als äußerst widerstandsfähig erwies, und warf sämtliche Einzelteile in eine Einkaufstüte mit dem Werbelogo der Galeries Lafayette. Fleischhammer und Schneidebrett steckte sie in den Geschirrspüler und startete den heißesten Waschvorgang.

Sie schob ihre feingliedrigen Hände in Phils pelzgefütterte

Handschuhe und begab sich mit dem Plastiksack in der Hand auf einen letzten Kontrollgang.

Das Badezimmer lag im Dunkeln, Küche und Treppenhaus waren hingegen beleuchtet, die Vorhänge straßenseitig zugezogen.

Sie zog sich Philippes rote Wollmütze fest über die Duschkappe. Die Mütze war ihr stolzes Werk nach einem Jahr Strickkurs bei Em, und entgegen kichernder Erwartungen der beiden Frauen und der Mädchen hatte sie ihm gefallen, und er trug seit dem Weihnachtsfest vor zwei Jahren im Winter keine andere Kopfbedeckung mehr.

Die Verbindungstür von Diele zu Garage war entriegelt, und sie ließ sie offen stehen. In der Garage nahm sie Philippes und ihre eigenen Autoschlüssel von dem von den Mädchen zum zehnten Muttertag liebevoll geschnitzten und bemalten Schlüsselbrett. Sie stieg in seinen Wagen und öffnete mit dem Sender aus dem Handschuhfach das elektrische Garagentor. In letzter Sekunde erinnerte sie sich daran, das Gaspedal schnell und fest durchzutreten, um den Wagen in Phils bei allen Nachbarn gefürchteter Manier aus der Einfahrt zu katapultieren. Das Tor schloss sich automatisch, sobald sie die im Torrahmen verborgene Lichtschranke passiert hatte.

Sie selbst war eine besonnene Fahrerin, schon allein deshalb, weil sie ihr halbes Leben lang die Kinder chauffiert hatte und deshalb einen umsichtigen Fahrstil pflegte. Aber das kurze Stück der Wohnstraße musste sie nun einfach dahinpreschen, so verlangte es ihr Drehbuch.

Sie wählte die Straßen vorbei am Montmartre Richtung Saint-Ouen in nördlicher Richtung ins Landesinnere, um Radarfallen oder Überwachungskameras der Stadtautobahn zu umgehen. Wie sie vermutet hatte, waren zu so später Stunde bei der nasskalten Witterung nur einzelne Fahrzeuge unterwegs. Am Fuße des Montmartre-Hügels erspähte sie durch die Tropfen der Windschutzscheibe einige verzweifelte Prostituierte, die in der Eiseskälte in Hauseingängen nach Freiern Ausschau hielten. Im Abstand von jeweils fünfundzwanzig Kilometern – sie hatten in diesem Jahr ihren fünfundzwanzigsten Hochzeitstag gefeiert –

schleuderte sie die kaputten Einzelteile des Prepaid-Telefons aus dem Autofenster der Beifahrerseite und hoffte, dass sie im Straßengraben landen und in ein paar Stunden, von Schmutz und Schnee begraben, zwischen Plastikflaschen, Papierfetzen und McDonald's-Tüten eingefroren werden würden.

Nach Mitternacht

Emilie Dickson sah Philippe wegfahren und die flirrenden Neonröhren im Badezimmer der Bonnets verrieten ihr, dass sich Claire nun einen geruhsamen Schönheitsabend genehmigen würde.

Eigenartig nur, dass sie Claires Wagen nicht in der Garage gesehen hatte. Nun ja, vielleicht war er in der Werkstatt.

Sie schrieb ein wenig in ihrer Erinnerungsdatei, aber so richtig wollte sie nicht in Schwung und ihre Schreibe nicht in Fluss kommen. Diese Phasen kannte sie, heute Abend würde es keinen Sinn mehr machen. Sie schaltete den Computer ab und warf beiläufig noch einen Blick hinüber zu ihren Nachbarn. Claire war wohl schon zu Bett gegangen – die Badezimmerbeleuchtung war mittlerweile erloschen – oder saß im Wohnzimmer, das Em von ihrer Seite aus nicht sehen konnte. Das Haus war jetzt völlig finster, nur die schummrige Beleuchtung über der mit Tannenzweigen und Bändern weihnachtlich geschmückten Eingangstür warf ihr spärliches Licht auf die Dekoration. Ein einsamer Mann zerrte einen winzigen Hund an der Leine hinter sich her, seinen Schirm gegen den Schneewind stemmend. Monsieur Janou aus dem baufälligen Haus Nummer 1c am Ende der Straße.

Phil hatte wohl wieder eine seiner langen Nächte.

Emilie machte sich an ihre Abendtoilette und legte sich wohlig müde von der körperlichen Betätigung eines langen Tages in ihr allen orthopädischen Ratschlägen zum Trotz federweiches Bett.

Sie konnte es kaum erwarten, ihre alten Knochen schwebend in den Schlaf zu entlassen. Erwartungsvoll schloss sie die Augen und schlief tatsächlich traumlos und entspannt, bis sie nach Mitternacht aus der Ferne dumpf das Geräusch eines vorbeifahrenden Autos vernahm.

Im dösigen Halbschlaf sah sie das Bild vor sich, wie Phils Wagen aus der ungewöhnlich leeren Garage geschossen kam, und war hellwach.

Alles nach Plan

Nach beinahe zwei Stunden Fahrt war sie am weitläufigen Gelände des ländlichen Krankenhauses von Saint-Denis angekommen. Der graue verwitterte Betonkomplex lag am äußersten Stadtrand und die dazugehörigen Parkflächen waren weder mit modernen Sicherheitsschranken noch Videoüberwachungsanlagen gesichert. Davon hatte sie sich mehr als einmal selbst überzeugt. Die Anlage hatte nach dem Zweiten Weltkrieg als Lazarett für Kriegsversehrte gedient und seit dieser Zeit nur die notwendigsten Sanierungen erfahren. Im Laufe der Jahre hatte sich daraus ein kleines Hôpital entwickelt, das nur dazu diente, einfache Krankheiten und Verletzungen zu behandeln, um die überfüllten Krankenhäuser von Paris ein wenig zu entlasten. Die Patienten hier waren vor allem einfache Bauern, mittellose Alte und Verkehrsopfer.

Sie parkte Philippes Wagen mit abgeschalteten Lichtern zwischen einem schwarz glänzenden Jeep Cherokee und einem roten Citroën mit Kindersitzen im Fond und stellte den Motor ab. Claire wusste, wer die Besitzerin des Cherokee war: Dr. Isabelle Ledoux, die leitende Oberärztin der Intensivstation. Der rote Wagen gehörte wohl einer überarbeiteten Krankenschwester, vermutete sie.

Claire riss sich die rote Mütze vom Kopf und warf sie energisch auf die Rückbank, die Duschkappe hatte sich eng an ihre verschwitzte Kopfhaut gesaugt, und sie war froh darüber. Phils Mobiltelefon drückte sie in die dafür vorgesehene Halterung am Armaturenbrett und vergewisserte sich, dass es eingeschaltet war. Seinen rechten Handschuh klemmte sie zwischen Gangschaltung und Mittelkonsole, den linken warf sie in den Plastiksack. Sie ließ den Autoschlüssel stecken, schnappte sich den Sack, stieg aus dem Wagen und ließ die Autotür ein Stück weit offen. Die Innenbeleuchtung schimmerte matt und würde aus größerer Entfernung niemandem auffallen. Außerdem war sie hier für die nächsten Stunden bis zur Morgendämmerung und dem Schichtwechsel des Krankenhauspersonals mit großer Wahrscheinlichkeit die einzige Besucherin des Angestelltenparkplatzes. Sie blickte nicht zurück, als sie Phils Wagen verließ und sich zu Fuß vier Reihen weiter nach hinten begab, wo ihr eigener unauffälliger, verbeulter Renault seit gestern Nacht darauf wartete, wieder nach Hause gebracht zu werden.

Claires Hände zitterten ohne Handschuhe vor Kälte, ihr Autoschlüssel ließ sich nur mühsam im gefrorenen Schloss drehen. Wenn jetzt etwas schiefging, der Schlüssel im Schloss brach oder stecken blieb, die Türen sich nicht öffnen ließen oder der Wagen nicht ansprang, war alles mit einem Schlag vorbei. Sie hatte keinen Ersatzplan und sich niemals Gedanken über nichtige Widrigkeiten gemacht. Stets war sie davon ausgegangen, dass alles reibungslos gelingen würde, und sie hatte sich auf ihr Anfängerglück verlassen.

So war es auch. Mit etwas Nachdruck ließ sich der Schlüssel drehen, die Tür war nicht eingefroren, und ihr treuer Begleiter war viel zu erleichtert über die Aussicht auf eine beheizte Garage, als dass er Mätzchen gemacht hätte. Die Fahrt nach Hause verlief zwar wegen der glatten Fahrbahn und schlechten Sicht etwas anstrengend und länger als erwartet, aber unfallfrei und – noch besser – ohne Polizeikontrolle. Selbst die Polizei nahm heute Nacht lieber Verkehrssünder in Kauf, als am Straßenrand in einem Dienstwagen trotz der obligaten Thermoskanne mit Kaffee zu frieren. Sie hatte für den Heimweg die Route über Clichy ausgesucht, nur zur Sicherheit; mit ihrem Wagen und ohne rote Mütze würde sie zwar niemand mit dem Fahrer aus Philippes Lieferwagen in Verbindung bringen, schon gar nicht eindeutig identifizieren können, doch sie fühlte sich einfach sicherer.

In einer kleinen Pannenbucht hielt sie kurz an, schälte sich aus Parka, Hose und Stiefel und stopfte alles zu dem Handschuh in den Plastiksack, zerrte die Duschkappe von den Haaren und schüttelte ihre Locken aus. Im Wageninneren war es nun angenehm warm, und sie hing ihren Gedanken nach.

Ein unberechenbarer Risikofaktor dieser gefährlichen Aktion war schon immer das Einfahren in die Garage bei ihrer Rückkehr gewesen. Sie hoffte, dass Emilie wie gewöhnlich tief und fest schlafen und sie nicht kommen sehen oder hören würde. Die Chancen standen gut. Em äußerte sich des Öfteren darüber, wie dankbar sie für ihren erholsamen, ruhigen Schlaf war, verglichen mit den Klagen ihrer Bekannten selben Alters, die über zu kurzen, zu unruhigen, zu langen, zu totenähnlichen, zu späten, zu frühen oder überhaupt keinen Schlaf jammerten. Ems Schlafzimmer zeigte außerdem in den Innenhof nach hinten und lag nicht an der Vorderfront des Hauses, die zur Straße hin ausgerichtet war.

Es half alles nichts, sie musste das durchstehen, in ein paar Minuten würde sie es wissen.

Ihre Wohnstraße lag ruhig und finster da, vereinzelt beleuchteten Straßenlaternen den verschneiten Gehsteig oder Bewegungsmelder verborgene Eingangstüren.

Sie fuhr langsam wie auf rohen Eiern, um nicht auf den letzten Metern ins Schlittern zu geraten und gegen eines der am Straßenrand geparkten Autos zu krachen.

Schon von Weitem richtete sie ihre Fernbedienung in Richtung des Garagentors aus, und als der Sensor den Kontakt endlich aufgenommen hatte, zogen Stahlseile und Ketten das Tor entlang der Führungsschienen in Zeitlupentempo auf.

Ems Haus war unbeleuchtet. Sie schlief. Welch ein Segen!

Claire trommelte mit den Fingern ungeduldig auf das Lenkrad, ihre Nerven waren zum Zerreißen gespannt, die Oberschenkel zitterten unkontrolliert, sodass sie fürchtete, die Füße nicht länger auf den Pedalen halten zu können. Noch nie war ihr das Öffnen des Tores so langwierig und umständlich erschienen.

Als es gerade so weit geöffnet war, dass sie auf ihrer rechten Seite Platz genug hatte, ließ sie den Wagen behutsam in die schützende Garage rollen, drückte die »Schließen«-Taste am Sensor und beobachtete im Rückspiegel, wie das Tor wieder in seine ursprüngliche Position einrastete.

Erschöpft ließ sie sich im Autositz zurückfallen. Schweißperlen tropften entlang ihrer Lider und brachten ihre Augen zum Tränen. Entschlossen wischte sie die salzigen Tropfen weg, packte den Müllsack, stieg aus dem Wagen, das Licht in der Garage erlosch automatisch, und sie lief nach oben ins Wohnzimmer, wo im offenen Kamin noch ein kümmerlicher Rest an Glut vor sich hin glomm. Sie stocherte mit einem Eisenhaken darin herum, legte trockene Holzspäne und, als diese knisternd zu brennen begannen, zwei dicke Holzscheite auf. In das helle Feuer warf sie Philippes Parka, Arbeitshose, Schneestiefel, den linken Handschuh und zuletzt ihre Duschkappe. Zischend schmolzen Plastik, chemische Fasern und künstlicher Pelz, und es stank erbärmlich. Sie legte noch zwei sperrige Holzstücke obenauf und öffnete trotz der niedrigen Temperaturen draußen Fenster und Terrassentür des Wohnbereiches.

Es war mittlerweile ein Uhr morgens, und sie fühlte eine lähmende Müdigkeit in ihre Beine kriechen. Eine heiße Dusche und extrastarker Kaffee würden sie wieder auf Vordermann bringen.

Nur kein Licht in Küche und Bad einschalten!

In der Zwischenzeit bis zu ihrem ersten Anruf konnte sie ihre Kleidung waschen und in den Trockner geben, das Holz im Kamin würde niederbrennen und die stinkende Luft in den kleinen hofseitigen Garten entweichen. Der Schneeregen würde den Geruch vertreiben, keiner der Nachbarn würde um diese Zeit besorgniserregenden Gestank oder Qualm aus ihrem Haus wahrnehmen und womöglich die Feuerwehr alarmieren.

Sie entfernte die Zeitschaltuhren aus Bad und Küche, setzte die benötigten Einstellungen zurück und legte sie zu Philippes Sammelsurium aus alten Kabeln, verrosteten Computerteilen, kaputten Ladegeräten und leeren Batterien. Der Geschirrspüler hatte während ihres Ausfluges seine Arbeit gewissenhaft erledigt und war schnell ausgeräumt, Fleischhammer und Schneidbrett befanden sich im Handumdrehen wieder an ihren angestammten Plätzen in der Küche. Diese Arbeiten konnte sie nach fünfundzwanzig Jahren Hausarbeit blind erledigen, dazu brauchte sie kein Licht.

Nach einer ausgiebigen, belebenden Dusche im finsteren Bad putzte sie die verschmorten Reste aus dem Kamin, rollte sie wegen des Gestanks fest in Alufolie ein, deponierte sie vorübergehend im Aktenschredder in Philippes Büro, legte Holz nach, schloss alle Fenster und Türen und versprühte in den Räumen duftendes Zimt- und Vanilleöl. Später würde sie noch mit überkochender Milch ein wenig nachhelfen.

Sie machte es sich in einem frischen Pyjama und kuscheligen Bademantel mit einer Tasse Kaffee bequem.

Es war drei Uhr morgens, Zeit für den nächsten Schritt.

Sie ging in die Küche, schaltete bewusst nachdrücklich das Licht ein, brühte frischen Kaffee auf.

Gleich eine große Kanne voll, die würde sie heute bestimmt noch brauchen.

Sie legte ihr Mobiltelefon andächtig auf den Küchentisch und drückte die abgegriffene Kurzwahltaste 1. Das Display begann in schillernden Farben zu leuchten – einen flüchtigen Augenblick lang konnte sie erkennen, dass man bereits Sonntag, den 19. Dezember und 03.02 Uhr schrieb –, und in pinkfarbenen Lettern erschien eine blinkende Schrift: »Philischatz anrufen.«

Drei Uhr morgens

Emilie wälzte und warf sich noch einige Zeit unruhig in ihrem Bett herum, darauf hoffend, dass sich der Schlaf doch noch einstellen würde, wenn sie nur lange genug in ihrem Bett ausharren würde. Sie resignierte, erkannte, dass ihre verbissenen Bemühungen zwecklos waren und sie nicht mehr einschlafen konnte. Sie schaltete entnervt ihre Nachttischlampe ein und griff nach dem langweiligen Reisebericht einer Klimaforscherin, die die Auswirkungen der globalen Erderwärmung auf die Fruchtbarkeit von Eisbärenweibchen untersuchte. Für gewöhnlich garantierte dieses Buch unverzügliches Gähnen, gefolgt von schweren Augenlidern und angenehmer Mattigkeit. Doch heute war auch dieser Versuch erfolglos. Jetzt musste sie härtere Maßnahmen ergreifen.

Ärgerlich schwang sie sich aus dem Bett und ließ sich in der Küche ein Stückchen cremiger Nougatschokolade genüsslich auf der Zunge zergehen. Dem süßen, klebrigen Geschmack im Mund konnte sie anschließend nur mit einem frischen, kühlen Glas Bier Herr werden. Aber auch nach dem zweiten Glas Bier wurden zwar Ems Knie etwas weich, Müdigkeit verspürte sie jedoch nach wie vor keine.

Erstmals bekam Emilie eine Ahnung davon, wie es ihren Altersgenossen erging, wenn sie nächtelang wach lagen und eine bedrückende Einsamkeit sich wie ein stählerner Panzer um die Brust legte.

Nicht mit mir, dachte sie kämpferisch und öffnete entschlossen die Tür zu ihrem Arbeitszimmer. Noch im Dunkeln bemerkte sie den gelblichen Schein des erleuchteten Küchenfensters ihrer Nachbarn. Irritiert blickte sie auf die Uhr, es war drei Uhr morgens.

Em setzte sich im Finsteren auf ihren Bürostuhl und starrte auf die gegenüberliegende Straßenseite. Alles schien normal.

Philippe dürfte noch nicht zu Hause sein, sie konnte keine Reifenspuren im Schnee vor der Garage ausmachen. Dass er bereits früher nach Hause gekommen war und der Schnee die

Reifenabdrücke überdeckt hatte, hielt sie für unwahrscheinlich. Phil kehrte von seinen Reisen stets eher spät als zu früh ins traute Heim zurück.

Nach einer Stunde war sich Emilie sicher: Bei den Bonnets war etwas nicht in Ordnung. Es brannte immer noch Licht, aber sie würde drüben nicht besorgt anrufen, sie hatte sich noch nie aufgedrängt. Sollten Claire oder Phil ihre Hilfe benötigen, würde sie ihnen signalisieren, dass sie bereit war. Sie stand auf und knipste die Schreibtischlampe an. So konnten die Bonnets erkennen, dass sie munter war.

Sie eilte zurück in ihr Schlafzimmer, riss die Daunendecke vom Bett, wickelte sich darin ein, griff nach ihrem Telefon und nahm wieder auf dem Stuhl im Arbeitszimmer Platz, um den Lauf der Dinge abzuwarten.

Es sollte noch eine gute Stunde dauern, bis ihr Telefon endlich vibrierte, denn Claire war sehr beschäftigt.

Wie am Schnürchen

Claire rief noch einige Male das Telefon ihres Mannes an, sprach die für erst besorgte, dann verärgerte und später fassungslose Ehefrauen üblichen Texte auf seine Mailbox: »Hallo, Schatz! Ich bin's! Bis wann kommst du denn nach Hause? Ruf kurz zurück! Bis später! Ich vermisse dich!« – »Liebling? Wo bist du? Ich mach mir Sorgen! Bitte ruf mich an! Es ist schon bald vier!« – »Philippe! Melde dich! Ich bin verrückt vor Angst! Wo treibst du dich herum?! Komm nach Hause!«. Zusätzlich schrieb sie einige SMS ähnlichen Inhalts.

Erfreut hatte sie nebenbei festgestellt, dass in Ems Arbeitszimmer Licht brannte und Emilie offensichtlich nicht mehr schlief. Das lief ja alles wie am Schnürchen.

Noch war es zu früh für einen Anruf bei Em.

Sie füllte eine kleine Plastikflasche mit Wasser, versetzte es mit einem kräftigen Schuss aus der Essigflasche, nur dass es sich bei der braunen Flüssigkeit nicht um original italienischen Balsamico handelte, fügte etwas Honig hinzu, schüttelte die Mischung und stieg damit die Kellertreppe hinab.

Vorsichtig löste sie das unterste von vier Stuckpaneelen, mit denen die schalldichte Tür zum Fitnessraum verkleidet war. Die Zierplatten waren mit raffinierten Magnetmatten beklebt, hafteten nahtlos am metallischen Türblatt und ließen sich beliebig abziehen und wieder anbringen. Auch die Innenseite der Tür war dermaßen ausgestattet.

Hinter der untersten Verkleidung kam eine kleine, stählerne Box zum Vorschein, die einem mittelgroßen Wandsafe ähnelte und mit einer flachen Drehscheibe an der Vorderseite versehen war. Claire drehte die Scheibe ein Stück nach links, dann nach rechts und wieder zurück nach links, die Verriegelung löste sich, und das schmale Türchen sprang auf. Statt der stählernen Rückwand eines Faches gähnte ein schwarzes Loch ins Innere des Fitnessraumes.

Claire schob die Wasserflasche in den Hohlraum, gab ihr einen kleinen Schubs und hörte, wie sie auf der anderen Seite der Tür gedämpft auf den Parkettboden plumpste und ein Stück weit rollte. Schnell schloss sie das Türchen, drehte an der Scheibe und presste darüber die Zierplatte wieder fest ans untere Viertel der Tür. Ihre zitternden Hände waren schweißnass.

In der Küche öffnete sie die kaputte Mikrowelle, entfernte daraus eine Teetasse und erweckte mit einem Knopfdruck den Bildschirm zum Leben, der an der spiegelnden Rückwand befestigt war und Bilder des Fitnessraumes aus der Vogelperspektive übertrug. Kein Wunder, denn die kleine, hochauflösende Kamera war, als Halogenspot getarnt, von ihr persönlich in die Zimmerdecke eingebaut worden. Am Sicherungskasten drückte sie den Schalter, der für die Stromversorgung von Waschmaschine, Fußbodenheizung, Kellerlicht und zwei Steckdosen im Vorratsraum verantwortlich war.

Das Tablett mit den Champagnergläsern und der Flasche stand am Küchentisch bereit, sie goss sich ihr Glas voll, hob es prostend in Richtung des flimmernden Bildschirms und beobachtete, wie kochende Milch auf dem Herd aus dem silbernen Topf überquoll und sich zischend weiße Perlen in die glühende Herdplatte fraßen.

Vibrationen

Das scharfe Ziehen und der brennende Druck in seinem prallen Unterleib hatten wider Erwarten nachgelassen, obwohl er seine schmerzende Blase nicht entleert hatte. Ein tief verwurzeltes Schamgefühl hatte verhindert, dass er seine Notdurft in einer Ecke des Raumes, auf die Gymnastikmatten oder den Holzboden verrichten konnte und für eine biologische Sperre in seinen verkrampften Harnleitern gesorgt. Philippe zog sich die Matte enger um die Schultern, er fror, obwohl er gleichzeitig schwitzte. Die unangenehme Feuchtigkeit auf seiner Haut konnte nicht abtrocknen, dazu war es im Raum viel zu frostig. Er kroch auf die Klappe zu, stemmte sie auf und zog daraus die restlichen Matten, um sich damit ein provisorisches Lager zu bauen, in das er mit seinem ganzen Körper schlüpfen konnte und das ihm einerseits eine weiche Unterlage, andererseits eine wärmende Bedeckung bot.

Er hatte jegliches Zeitgefühl verloren, wusste nicht, ob es Tag oder Nacht war und hatte keinen blassen Schimmer, wie lange er in seinem eigenen Fitnessraum gefangen war. So bequem es ging, legte er sich zwischen die klammen Matten, und als er auf dem Rücken liegend mit offenen Augen in die undurchdringliche Schwärze starrte, vernahm er ein zartes Vibrieren der Wände, das seinen angespannten Körper durchfuhr.

Er setzte sich ruckartig auf und horchte angestrengt. Kein Ton drang in den Raum, nur dumpfe Vibrationen übertrugen sich auf seine nackten Fußsohlen.

Schräg über dem Fitnessraum lag die Garage, und er vermutete, dass sein Auto gestartet worden war. Claire hatte ihren Wagen ja gestern wegen defekter Bremsen in die Werkstatt gebracht, also musste es sich um seinen eigenen luxuriös ausgestatteten Dodge-Lieferwagen handeln.

Schon nach kurzer Zeit hörte das Vibrieren auf. Er legte sich wieder auf die kühlen Matten zurück und versuchte krampfhaft, sich jede Einzelheit, jedes noch so winzige Detail des vergangenen Tages in Erinnerung zu rufen, bevor er von bedrohlicher Finsternis umfangen worden war. Doch sosehr er sich bemühte, ihm fiel nichts Eigenartiges, Verdächtiges oder Ungewöhnliches ein. Trotz höchster Konzentration glitt er in einen leichten Schlaf, der nur ein einziges Mal kurz von einem erneuten Vibrieren unterbrochen wurde. Es erschien Philippe aber nur nebelhaft, sodass er eher dachte, es sich eingebildet zu haben.

Unsanft aus dem Schlaf gerissen wurde er schließlich von einem Poltern, das von einem herabfallenden Gegenstand herrühren musste.

Sein Puls beschleunigte sich.

Der Geräteschrank war noch nicht eingeräumt und daher leer. Das dumpfe Geräusch war auch aus einer anderen Richtung gekommen.

Philippe schälte sich aus seinem Mattenlager und kroch auf allen vieren durch den Raum in der Erwartung, dass er früher oder später mit Händen oder Füßen an den Gegenstand stoßen musste, der den dumpfen Aufprall verursacht hatte, von dem er geweckt worden war. Als er mit seiner linken kleinen Zehe unvermutet an die Plastikflasche stieß, zuckte er erschrocken zurück und wagte es nur unsicher, mit zitternden Fingern das unbekannte Objekt zu ertasten. Als seine klammen Fingerspitzen endlich die erlösende Information an sein Gehirn weiterleiteten, dass es sich um eine gewöhnliche Plastikflasche handelte, stieß er einen Seufzer der Erleichterung aus, hob sie auf, schüttelte sie und vermutete, dass sie mit Flüssigkeit gefüllt war.

Woher war sie gekommen?

Es gab nur eine Möglichkeit: Die Ausbuchtung in der Tür musste eine Art breiter Briefschlitz sein, der von außen geöffnet und geschlossen werden konnte. Er war sich ganz sicher, dass er ihn noch niemals gesehen hatte. War die Tür ausgetauscht worden? Wann? Von wem? Jedenfalls bedeutete die Flasche, dass auf der anderen Seite jemand sein musste.

Philippe sprang auf, rannte in die Richtung, in die er die Tür wähnte und prallte mit der Wucht seines gesamten Gewichts gegen eine Mauer. Er hatte in der Aufregung vergessen, die

Hände zum Schutz vorzustrecken und sich empfindlich die Nase gestoßen. Heißes Blut schoss über seine Lippen und hinterließ einen ekeligen metallischen Geschmack. Ungeduldig wischte er sich mit der Hand über den Mund. Er musste in Zukunft klüger handeln, ruhiger, nicht so impulsiv.

Auf Knien erkundete er den Raum aufs Neue, bis er an die Tür stieß.

Mit beiden Fäusten hämmerte er dagegen und brüllte: »Hilfe! Ich bin hier unten eingesperrt! Claire, wo bist du? Ist jemand da draußen? Hilfe!«

Nichts rührte sich, nichts war zu hören.

Verzweifelt wandte er sich von der Tür ab und machte sich auf die Suche nach der Plastikflasche, die er vorhin fallen gelassen hatte. Das Blut trocknete langsam unter seiner Nase, auf den Lippen und dem Kinn. Er hatte jetzt Durst. Wie sehr er schon ausgetrocknet war und dringend die Flüssigkeit benötigte, bemerkte er erst, als er die Flasche endlich wiederfand, sie aufschraubte und in gierigen Schlucken das bittersüße Gebräu, das ihn an einen von Claires grässlichen Kräutertees gegen Husten und Heiserkeit erinnerte, seine Kehle hinunterrinnen ließ. Er ließ einen Rest in der Flasche und versuchte, den Drehverschluss wieder aufzusetzen. Es gelang ihm auf Anhieb, und gleichzeitig durchfuhr ihn wie ein urplötzlicher Blitz ein furchtbarer Gedanke: Was, wenn er nun vergifteten Tee getrunken hatte? Wie hatte er so unüberlegt trinken können, war er schon verrückt? Helle Panik presste seine Magennerven zusammen, Blut rauschte in seinen Ohren, er versuchte sich zu übergeben, steckte sich den linken Mittelfinger in den Rachen, um seinen Schlund zu zwingen, das Gesöff auszuspeien. Er beugte sich vornüber, würgte keuchend mit offenem Mund, und in einem letzten Versuch, seine Eingeweide zum Protestieren zu bringen, sackte er bewusstlos zur Seite und schlug mit dem Kopf auf den frisch geschliffenen und polierten Holzboden.

Drecksarbeit

Claire nahm ruhig den letzten Schluck aus ihrem Champagnerglas und erhob sich verärgert seufzend, um einen Eimer mit heißem Wasser, Spülmittel und Putzlappen zu richten. Das Blut musste sorgfältig aufgewischt werden, bevor es sich in die feinen Fasern des Holzbodens fraß oder hässliche Flecken an Tür und Mauer hinterließ. Dass sich Philippe die Nase blutig schlagen würde, damit hatte sie nicht gerechnet. Dieses unvorhergesehene Ereignis würde ihren exakten Zeitplan ein wenig durcheinanderbringen, aber nicht ernsthaft gefährden. Eilig zog sie sich ausgebeulte Trainingshosen und ein löchriges Shirt an und stieg mit ihren Putzutensilien die Treppe zum Keller hinunter. Die Tür zum Fitnessraum war nicht abgesperrt, das war nicht erforderlich, denn es gab auf der Innenseite keinen Türgriff mehr. Mit dem Ellbogen drückte sie die Türschnalle hinunter, die Tür schwang lautlos auf, und sie tastete mit der freien Hand nach dem Lichtschalter.

Helles Licht durchflutete den Raum, die Halogenlampen leuchteten in den letzten Winkel. Claire betrachtete das Ausmaß der blutigen Schlieren, bevor sie den Blick aufmerksam auf ihren bewusstlosen Mann richtete. Soweit sie es beurteilen konnte, war er im Großen und Ganzen in Ordnung.

Sie näherte sich ihm vorsichtig und reinigte mit einem nassen Lappen Gesicht und Hände. Sobald er wieder munter war, sollte er nicht weitere Blutspuren legen. Zügig wischte sie das Blut vom Boden und rubbelte es von Wand und Tür. Oben leerte sie das rosa gefärbte, metallisch riechende Wasser in die Toilette und warf die blutigen Lappen in die Waschmaschine. Sie kehrte zurück und band Philippes Knöchel mit einem starren Plastikband zusammen, wie es auch von der Polizei anstatt Handschellen verwendet wurde und in jedem Baumarkt als Haushaltsbehelf erhältlich war. Claire drehte Philippe auf den Bauch, griff nach seinen Handgelenken und band auch diese auf dieselbe Art hinter seinem Rücken zusammen. Sie achtete darauf, dass das Band zwar stramm saß, aber dennoch seine Haut nicht verletzte oder die Blutzufuhr zu seinen Fingern und Zehen unterbrach. Stöhnend drehte sie ihn wieder auf den Rücken und legte ein Ohr auf seine Brust. Sein Herz schlug langsam, aber regelmäßig, und er atmete flach. Zufrieden schob sie ihre Hände unter seine Achseln und schleifte ihn bis zum Schrank. Die Klappe war schwerer, als sie es in Erinnerung hatte, sie hievte sie mühsam in die Höhe und ließ sie in die Verankerungen einrasten. Bis auf zwei sammelte sie alle Gymnastikmatten, aus denen Phil sich sein gemütliches Bettchen gebaut hatte, zusammen und legte sie auf den Regalboden des Klappfaches. Darauf rollte sie Philippe, sodass er auf dem Rücken und seinen Armen zu liegen kam. Er würde keine Schmerzen verspüren, denn bis er aus seinem narkotischen Tiefschlaf erwachte, hätte sie ihn schon längst wieder aus seinem engen Verlies und von den Fesseln befreit. Zur Sicherheit drückte sie noch einen breiten Streifen von dem grauen Klebeband fest auf seine Lippen. Einen kurzen Moment hatte sie das Gefühl, in bittere Tränen ausbrechen zu müssen und alles rückgängig machen zu wollen, doch der Augenblick ging vorbei, und entschlossen ließ sie die Klappe niederknallen.

Sie legte die zwei Matten wieder so zurecht, wie sie gelegen hatten, als sie mit Philippe auf den gelungenen Raum angestoßen hatte, und stellte daneben auf den Boden das Tablett mit den beiden Gläsern und der halb vollen Champagnerflasche. In Philippes Glas befanden sich keinerlei Spuren mehr des mit dem Narkosemittel versetzten Schaumweins, nur seine Finger- und Lippenabdrücke. Sie hatte das Glas mit Desinfektionsmittel ausgesprüht, frischen Champagner eingegossen und wieder ausgeschüttet, sodass sich nun zwei, drei Tropfen am Boden des zierlichen Glases gesammelt hatten. Zum Schein presste sie noch einen magnetischen Türknopf an die Verkleidung, der sich fest an die Innenseite der Tür zum Fitnessraum saugte. Sie ließ alle Lampen brennen, die Tür offen stehen, noch ein letztes Mal ihre prüfenden Blicke durch den Raum schweifen, entdeckte in einer Ecke die kleine Plastikflasche, hob sie auf und kehrte zurück ins Badezimmer, wo sie sich die Putzkleidung vom Leib riss, sie zu den Lappen in die Waschmaschine steckte, ein extra kurzes

Waschprogramm startete, erneut eine heiße Dusche nahm und sich wieder in Pyjama und Bademantel hüllte.

In der Küche setzte sie sich an den Tisch und starrte auf die funkelnde Mikrowelle. Der Bildschirm an der Rückwand war erloschen, glänzte matt und war durch das Glasfenster nicht vom Gehäuse zu unterscheiden.

Sie griff zu ihrem Telefon, wählte die Nummer der Polizei, schrie wirre Worte über ihren verschwundenen Ehemann in den Hörer, legte auf und drückte auf die Kurzwahltaste 2 für Emilies Nummer.

Aufgelöst

Em sah am Display, dass Claire anrief und nicht Philippe.

Sie hob sofort ab.

Claire schluchzte hysterisch in den Hörer.

»Em, kannst du bitte herüberkommen? Emilie, bitte komm herüber!«

Em erschrak. So aufgelöst erlebte man Claire selten.

»Was ist passiert?«, rief sie besorgt, Claires Aufregung hatte sich auf sie selbst übertragen.

»Bitte komm einfach herüber, Em!« Claires Stimme drohte zu kippen und ging beinahe in ein dissonantes Kreischen über.

»Natürlich, Kindchen, natürlich, beruhige dich, ich bin schon auf dem Weg!«

Em wusste, es musste etwas Furchtbares passiert sein. Claire neigte weder zu grundloser Hysterie, noch war sie cholerisch oder schnell aus der Fassung zu bringen.

Sie hetzte in ihr Schlafzimmer, zog sich in Windeseile Jeans und einen alten Wollpullover an, warf sich eine dicke Winterjacke über, schlüpfte in ihre Doc Martens, nahm sich nicht die Zeit, sie zuzuschnüren, steckte Telefon und Schlüssel in ihre Hosentasche und rannte aus dem Haus.

Auf der anderen Straßenseite stand Claire in ihrem Bademantel in der geöffneten Eingangstür, die Arme weit ausgebreitet, die Lippen zuckend, die Augen vom Weinen gerötet.

Emilie drückte die junge Frau fest an sich, strich ihr leise murmelnd über die wirren Locken und brachte sie in die überheizte Küche. Der unverwechselbare Geruch verbrannter Milch, der sich im ganzen Haus eingenistet hatte, stieg ihr in die Nase.

»Liebes, erzähl mir, was geschehen ist«, forderte sie Claire sanft auf und strich ihr dabei immer wieder über die schmalen Hände, die zitternd auf die hölzerne Tischplatte klopften.

»Philippe, er ist noch immer nicht zu Hause, und ich kann ihn nicht erreichen«, flüsterte Claire. Tränen tropften auf ihre Hände.

»Wo ist er denn hingefahren?« Em war verwirrt. Philippe arbeitete des Öfteren bis in die Nacht, war auch schon mal einige Tage von zu Hause weg, das war nichts Ungewöhnliches.

»Das weiß ich nicht!«, schrie Claire verzweifelt.

»Erzähl mir alles genau der Reihe nach. Beruhige dich.« Ems Tonfall war bestimmt und verfehlte nicht seine beabsichtigte Wirkung.

Claire blinzelte ein wenig erschrocken, räusperte sich und trocknete die Tränen mit einem Papiertaschentuch.

»Ich habe die Polizei angerufen. Aber die sagen, er würde schon wiederkommen. Sie meinen, er hätte wohl einen über den Durst getrunken. Aber das macht Phil nicht, du kennst ihn, das würde er nie tun!« Claire weinte wieder.

»Claire, reiß dich jetzt zusammen!« Ems Geduld ging langsam zur Neige.

Claire riss die Augen auf, setzte zu einem empörten Protest an, überlegte es sich anders und fuhr in ruhigerem Ton fort.

»Wir haben heute den Schrank und den Fitnessraum fertig gemacht. Zur Feier des Tages haben wir ein Glas Champagner getrunken, unten, auf den Matten. Dann kam ein Anruf für Phil, und er fuhr weg, irgendeine Computeranlage eines Krankenhauses sei ausgefallen.«

»Nun, mein Kind, er wird noch zu tun haben. Das weißt du doch inzwischen, dass sich solche Dinge hinziehen können.«

»Nein, Em, das ist ganz und gar unmöglich. Wenn es länger dauert, meldet er sich. Seit fünfundzwanzig Jahren macht er das. Ohne Ausnahme. Er war immer erreichbar. Es muss etwas passiert sein, er geht nicht ans Telefon und ruft nicht zurück. Vielleicht hatte er einen Unfall? Oder er liegt mit einem Herzinfarkt irgendwo im Schnee?« Claires Stimme versagte, sie schluchzte.

Em versuchte, sich nicht von Claires Ängsten mitreißen zu lassen und einen kühlen Kopf zu bewahren, obwohl sie in sich selbst eine ungewohnte Beklemmung aufsteigen spürte. Sie bemerkte den befleckten Milchtopf und schwarze Krusten auf dem Herd.

»Hast du keine Ahnung, zu welchem Krankenhaus er gefahren ist?«

Claire schüttelte stumm den Kopf.

»Weiß Phils Chef vielleicht, wo die Anlage zusammengebrochen ist?«

Hoffnungsvoll blickte Claire in Ems faltiges Gesicht.

»Daran hab ich noch gar nicht gedacht. Ich rufe ihn sofort an!«

Mit fahrigen Fingern tippte sie auf ihrem Telefon herum, und Em hörte, wie sich nach längerem Klingeln jemand meldete.

Claire erklärte etwas verwirrend, worum es ging, doch Philippes Vorgesetzter schien die Zusammenhänge zu erfassen.

Ein neuer unstillbarer Fluss an Tränen strömte aus Claires dunklen Augen.

Sie senkte den Kopf, als Em sie erwartungsvoll ansah.

»Er hat keine Ahnung. Bei ihm ist kein Auftrag eingegangen. Das Krankenhaus muss Philippe direkt angerufen haben. Er ruft gleich alle Krankenhäuser an, die von seiner Firma betreut werden, und gibt mir dann Bescheid.«

Nun war auch Em etwas ratlos, doch sie nickte ermutigend.

Unzählige Male hatte sie sich selbst von Phils Verlässlichkeit überzeugen können. Was Claire sagte, stimmte. Er rief regelmäßig an, meldete sich, wenn er aufgehalten wurde. Auch wenn er für mehrere Tage verreisen musste, war er doch stets für Claire und die Mädchen in irgendeiner Form erreichbar.

»Ruf nochmals die Polizei an und bitte sie zu überprüfen, ob es in der Nähe einen Unfall gegeben hat. Beherrsch dich ein wenig, versuch vernünftig zu klingen und bleib höflich. Ich brühe uns inzwischen frischen Kaffee auf.«

Claire nickte ergeben, bemühte sich um ein ruhiges Gespräch mit der diensthabenden Polizeibeamtin und bat anschließend Em erschöpft: »Bitte mach eine große Kanne Kaffee und halt sie warm. Sie sind in zwanzig Minuten da.«

Das Kennzeichen

Dr. Isabelle Ledoux wankte erschöpft aus dem Personaleingang des Krankhauses, in dem sie die letzten zweiundsiebzig Stunden in der Intensivstation ihren Dienst versehen hatte, und schlug die Richtung zu den Parkplätzen für die Angestellten ein. Eiskalte Graupel prasselten ihr stechend ins Gesicht, und sie legte den Kopf in den Nacken, um die kühle Luft tief einzuatmen. Welch eine Wohltat nach drei langen Tagen Dauerdienst in der abgestandenen, süßlich miefenden Atmosphäre der Krankenzimmer und Behandlungsräume. Schwankend schlurfte sie durch den glitschigen Schneematsch, in Gedanken war sie immer noch bei dem verbrannten jungen Mann, den man ihr vor zwei Stunden sterbend in den Operationssaal gelegt hatte. Opfer eines Verkehrsunfalls, sie hatte nichts mehr für ihn tun können, zu schwer waren seine Verletzungen gewesen. Zum Glück hatte er auch das Bewusstsein nicht mehr erlangt. Sie versuchte, die furchtbaren Bilder seiner fleischigen schwarzen Wunden in ihrem Kopf loszuwerden, ungeduldig mit sich selbst, dass es ihr nicht gelang, sich schneller vom Leid ihrer Patienten zu distanzieren.

Nun, spätestens heute Abend würde sie hinreichend abgelenkt sein.

Die Aussicht darauf, dass sie den Sonntag ungestört im Bett verbringen und sich erholen konnte, stimmte sie zuversichtlich und entschärfte ein wenig ihre trübe Stimmung.

Das Klingeln eines Mobiltelefons riss sie abrupt aus ihren Überlegungen. Sie erkannte die Melodie sofort und rannte schlitternd auf ihren reservierten Parkplatz zu. Auch das neben ihrem Jeep abgestellte Fahrzeug erkannte sie auf den ersten Blick, und ihr Herz hüpfte unvermittelt vor Freude.

Philippe!

Er war gekommen, um sie abzuholen. Es war ihm gelungen, sich von seiner Frau loszueisen, und nun würde er mit ihr gemeinsam einen romantischen Sonntag im Bett verbringen.

Das Telefon hörte auf zu läuten. Phils »Don't worry, be happy« erstarb.

Die Türe der Fahrerseite war einen Spaltbreit geöffnet, und erwartungsvoll zog Isabelle sie noch ein Stück weiter auf.

»Philippe!«

Ihr erfreuter Ausruf brach jäh ab, als sie in die stumpfe Leere des dämmrigen Wageninneren blickte. Phils Telefon steckte in der Halterung am Armaturenbrett, einer seiner Handschuhe hing an der Gangschaltung, und als sie sich umblickte, konnte sie im fahlen Licht der Morgendämmerung seine lächerliche rote Strickmütze auf der Rückbank erkennen. Vielleicht hatte er sich im hinteren Teil des Lieferwagens versteckt, um sie zu überraschen und ein wenig zu erschrecken.

»Philippe?«, fragte sie in die stille Dunkelheit des geräumigen Wagenfonds.

Es kam keine Antwort, auch kein Rascheln oder verhaltenes Atmen, und Isabelle spürte, wie sich eine unangenehme Gänsehaut auf ihren Unterarmen ausbreitete. Ein beklemmendes Gefühl stieg in ihr auf.

Das alles sah Philippe überhaupt nicht ähnlich.

Der Autoschlüssel steckte im Zündschloss, die Innenbeleuchtung warf ihren matten Schein auf die Sitze, und er war mit Sicherheit nicht in der Nähe. Hier musste etwas passiert sein.

Isabelle öffnete die hinteren Türen des Lieferwagens, aber außer einigen Computertürmen, zwei Bildschirmen, Aktentaschen, Mappen und einem kleinen Werkzeugkoffer war nichts zu erkennen. Ratlos blickte sie sich um und sah, wie sich einige Krankenschwestern und Ärzte der Nachtschicht langsam dem Parkplatz näherten. Sie musste hier weg, bevor sie jemand mit Phils Auto in Verbindung bringen konnte. Mit eisigen Fingern öffnete sie die Tür ihres Jeeps, startete, parkte rückwärts aus und fuhr zügig zur Ausfahrt der großflächigen Parkanlage.

Fieberhaft überlegte sie, was sie tun sollte.

Das Ergebnis war ernüchternd. Sie konnte niemanden anrufen, um sich nach Phil zu erkundigen. Als heimliche Geliebte teilte sie mit diesem Mann weder einen gemeinsamen Freundeskreis noch Familienangehörige oder Nachbarn. Es gab auch keine beste

Freundin, der sie sich mit ihrer aufregenden Affäre anvertraut hätte und an die sie sich nun wenden könnte.

Isabelle fuhr entlang der Stadtautobahn Richtung Paris. Der Eiffelturm leuchtete ihr weihnachtlich geschmückt mit Tausenden Lämpchen aus der Ferne entgegen und wies ihr den Weg. Zu beiden Seiten der Straße waren Autobahnraststätten, Brasserien und Einkaufscenter dekoriert mit hell strahlenden Sternen, Rentieren und sonstigen Weihnachtssymbolen. Ganz Paris glänzte funkelnd in der Dunkelheit und warf seinen reflektierenden Lichtschein in den schwarzen Himmel.

Ihr kleines Häuschen lag an der Nordseite des Friedhofs von Clichy. Anfangs hatte sie es makaber gefunden, sich ausgerechnet als Ärztin vor den Toren eines Friedhofs niederzulassen, doch die einzigartige Ruhe und vor allem die üppige Vegetation, die hinter den Mauern gedieh und gut gepflegt wurde, hatten sie fasziniert und sofort begeistert. Dieses Haus war ein seltenes Juwel außerhalb der Périphérique, der Ringstraße, und nicht zuletzt hatte der Preis den Ausschlag dafür gegeben, dass sie es kaufte. Das alte Bestatter-Ehepaar, dem es gehört hatte, war in ein Altenheim gezogen. Der Makler hatte niemanden finden können, der als direkter Nachbar von so vielen Toten in das Haus einziehen wollte, und daher ließ er eine beträchtliche Summe des Kaufpreises nach, als er Isabelles ernsthaftes Interesse daran erkannte.

Die schmale Einfahrt sowie der winzige Vorgarten waren mit nassem, schwerem Schnee dick bedeckt, und noch während sie sich mühsam über den rutschigen Weg zu ihrem Eingangstor kämpfte, tippte sie mit unterdrückter Rufnummer die Kurzwahltaste des Polizeinotrufs, um einen anonymen Hinweis auf Philippes verlassenen Wagen zu hinterlassen.

Sein Kennzeichen kannte sie auswendig, es begann zufällig mit den Buchstaben ihrer Initialen.

Die Feuerprobe

Schweigen hatte sich in der Küche der Bonnets ausgebreitet, beide Frauen brüteten über ihren Gedanken.

Der wohltönende, sanfte Gong der Hausglocke riss Claire förmlich aus ihrem Stuhl. Sie sprang auf, rief mit sich überschlagender Stimme »Philippe! Phil, Liebling!«, rannte auf nackten Sohlen zur Eingangstür und fuhr enttäuscht zurück.

Ein farbiger Hüne in ungefähr ihrem Alter musterte sie interessiert, während er aus der hinteren Hosentasche seiner Jeans seine Dienstmarke zog und sie ihr auf der bleichen Handfläche entgegenhielt.

»Inspecteur Laroche, Pierre Laroche. Madame Bonnet? Sie haben uns wegen Ihres Mannes angerufen? Ist das richtig?«

Claire nickte, trat stolpernd einen Schritt zurück und bot ihm mit einer halbherzigen Geste Eintritt. Sie drückte hinter ihm fest die Tür ins Schloss, bemüht, die Fassung zu wahren.

Nun kam es zur Feuerprobe.

Laroche schritt forsch durch die Diele in die Küche, wo Emilie gerade dabei war, ihm eine Tasse Kaffee einzuschenken.

Er stellte sich auch ihr vor, Em erwiderte knapp: »Dickson Emilie, die Nachbarin.«

Laroche setzte sich und griff nach einem mehrmals zusammengefalteten Blatt Papier in einer hinteren Hosentasche. In den Tiefen seiner abgewetzten Lederjacke kramte er nach einem Stift.

»Madame Bonnet, bitte beschreiben Sie mir so genau wie möglich, wie Ihr Samstag verlaufen ist. Versuchen Sie, sich an jedes kleinste Detail zu erinnern, auch wenn es Ihnen unwichtig erscheint. Denken Sie in Ruhe nach, lassen Sie sich Zeit.«

Von trockenen Schluchzern unterbrochen berichtete Claire stockend, wie sie den Einbauschrank fertig gemacht hatten; wie mühsam und langwierig die Arbeit gewesen war, weil die massiven Bretter so schwer gewesen waren; wie sie mit Champagner auf den Matten gefeiert hatten; wie schließlich der Anruf für Philippe kam und er hastig das Haus verlassen hatte. Am Ende ihrer

Ausführungen angekommen, strich sie sich fahrig die Locken aus der Stirn und atmete stöhnend aus. Em streichelte ihr fürsorglich über die vom Weinen verschwollenen und geröteten Wangen. Laroche hatte sich nur wenige Notizen auf seinem zerknitterten Papier gemacht, Claire nicht unterbrochen und sich auf ihre Worte konzentriert.

Jetzt griff er nach seiner Tasse, lehnte sich im Stuhl zurück und streckte seine muskulösen, langen Beine unter dem Tisch aus. Er betrachtete Claire gelassen und stellte ruhig fest: »Madame Bonnet, bitte nehmen Sie es mir nicht übel, aber Ihr Mann ist erst seit wenigen Stunden verschwunden. Sie aber erscheinen mir völlig kopflos, um nicht zu sagen ein wenig hysterisch. Was macht Sie so sicher, dass Ihrem Mann etwas zugestoßen sein könnte? Warum glauben Sie nicht, dass er sich mit Freunden auf einen feuchtfröhlichen Absacker getroffen hat oder sich bei einer heimlichen Geliebten ein paar außereheliche Mußestunden gönnt?«

Seine rauchige, tiefe Stimme klang anziehend und bewirkte ein unvermutetes Kribbeln in Claires angespannter Bauchhöhle. Doch die blödsinnigen Anschuldigungen, die er gegen Philippe in den Raum stellte, konnte sie nicht unwidersprochen hinnehmen. Zornig richtete sie sich auf, beugte sich zu ihm und fauchte ihn mit gefurchter Stirn und brennenden Augen an: »Monsieur l'Inspecteur, in den fünfundzwanzig Jahren, seit ich meinen Mann kenne, ist es bereits mehrmals vorgekommen, dass er einen sogenannten Absacker genommen hat. Ob er jemals eine Geliebte oder Affäre hatte, weiß ich nicht und kann es daher auch nicht mit Sicherheit abstreiten. Aber es ist noch nie, hören Sie, noch nie, vorgekommen, dass Philippe sich nicht gemeldet hat! Egal wie spät es war, egal wo er war, egal in welcher Situation er sich auch befunden hat. Nennen Sie mir einen einzigen plausiblen Grund, warum er damit plötzlich aufhören sollte?« Die letzten Worte spuckte sie ihm ins Gesicht.

Laroche zeigte sich wenig beeindruckt.

»Nun, Madame, vielleicht hat er sich ja abgesetzt. Vielleicht gibt es Dinge in seinem Leben, von denen Sie keinen blassen Schimmer haben. Er wäre nicht der erste und ist auch bestimmt nicht der letzte Mann, der einen Neustart wagt.«

Claire war während seiner Worte in sich zusammengesunken und blinzelte ihn unter Tränen an.

»Das würde Philippe niemals tun«, flüsterte sie verzweifelt.

Laroche seufzte müde. Das hofften sie immer alle. Sie würde ihm nicht glauben, wenn er ihr von verlässlichen, biederen Ehemännern erzählte, die sich von einem Tag auf den anderen in Luft auflösten, um wie durch Zauberhand an einem idyllischen Flecken am anderen Ende der Welt wieder zu erscheinen. Während ihrer Reise vergaßen sie Meile für Meile trautes Heim, liebende Ehefrau, nervende Kinder und stressigen Job. »Ja«, würde sie vehement entgegnen, »das mag auf andere Männer zutreffen, aber nicht auf meinen Phil. Er ist anders als alle anderen, glauben Sie mir.«

Andererseits konnte Laroche nicht ausschließen, dass Monsieur Bonnet tatsächlich einen Unfall erlitten hatte oder von einem Herzinfarkt mitten im Pariser Autobahnnetz überrascht worden war. Wie auch immer, er würde hier seine Arbeit tun, alles gründlich untersuchen und dann zurück ins Büro fahren, um den unvermeidlichen Bericht zu schreiben. Laroche wettete einen Monatslohn darauf, dass Philippe Bonnet wieder auftauchen würde, so oder so.

»Madame Bonnet, dürfte ich mich kurz in Ihrem Haus umsehen? Reine Routine, es gehört zu meinen Pflichten, Sie als nächste Angehörige zu überprüfen und sicherzustellen, dass hier alles in Ordnung ist.«

Erschrocken riss Claire die Augen auf, doch sie fügte sich.

»Ja. Ja, sicher. Natürlich müssen Sie das.«

Sie erhob sich, um die Tür zu öffnen, hinter der die Kellerstiege lag, schaltete die Gangbeleuchtung ein und stieg vor Laroche die Treppe hinab bis zum Fitnessraum. Die neue Tür war offen, Claire betrat den Raum, drückte den Lichtschalter, und die Halogenspots verbreiteten angenehmes Licht. Ein scharfer Geruch schlug ihr entgegen. Auch Laroche bemerkte ihn und rümpfte seine Nase.

»Der Holzleim und die Wandfarbe sind noch nicht ganz ausgetrocknet. Das Silikon auch nicht«, erklärte Claire entschuldigend.

Laroche nickte verständnisvoll und blickte auf die Matten am

Boden. Aus einer seiner Jackentaschen zog er eine durchsichtige Plastiktüte und ein Paar Einweghandschuhe.

»Ich werde die Gläser und die Flasche mitnehmen, wenn Sie damit einverstanden sind.«

Es war eher eine Feststellung als eine Frage, und noch während er sprach, bückte er sich, um seinen Worten Taten folgen zu lassen.

Claire zog ihren Bademantel enger um sich und verschränkte die Arme vor der Brust. Von ihr aus konnte er alles tun, was er wollte, solange er keinen forschenden Blick in Richtung des Wandschrankes warf, vor dem sich unter dem Klappfach eine kleine Pfütze gebildet hatte, die für den eigenartigen Gestank hier drinnen verantwortlich war.

Trotzdem fragte sie scheinbar empört: »Wozu? Werden die Sachen untersucht?«

»Wir müssen ausschließen, dass Sie Ihren Mann eventuell vergiftet haben, Madame Bonnet.«

Mit einem charmanten Lächeln nahm er seinen Worten die Schärfe.

Claire antwortete nicht, und Laroche suchte vergeblich in ihrem Gesicht nach Zeichen von Angst oder Unsicherheit. Kein Blinzeln mit den Wimpern, kein verräterisches Zucken der Mundwinkel, sie fuhr sich auch nicht verlegen mit den Händen ins Gesicht oder fummelte an ihrem Bademantel herum. Sie war einfach nur verzweifelt, überzeugt davon, dass ihrem Mann ein Unglück widerfahren war.

»Würden Sie bitte die Kastentüren öffnen?

Claire erwachte aus ihrer Starrheit, eilte zum Schrank, stellte sich vor die Pfütze und riss fahrig zwei Türen auf, um ihm leere Fächer zu präsentieren. Dabei plapperte sie aufgeregt, die Worte sprudelten eifrig über ihre Lippen.

»Sehen Sie sich das an! Sehen Sie, was Phil hier geleistet hat. Ein Meisterwerk! Er hat über ein Jahr daran gearbeitet. Ich hatte noch keine Zeit ihn einzuräumen. Aber sehen Sie nur, wie exakt er die Platten verleimt hat, wie auf den Millimeter genau die Scharniere gesetzt sind. Und haben Sie hier schon diese Haken gesehen? Sie sind genauestens abgestimmt auf die

Länge der Hanteln! Und gleich daneben gibt es Fächer für Handtücher und –«

»Schon gut, Madame Bonnet, schon gut. Ich danke Ihnen. Ja, der Verbau ist wirklich perfekt. Wenn Sie mir jetzt bitte das restliche Haus zeigen würden?«

Claire senkte den Kopf, Tränen stürzten wieder aus ihren Augen und tropften auf den Boden, als sie an Laroche vorbei den Raum verließ.

Er folgte ihr über die Treppe zurück in die Küche, die Tüte mit den Gläsern und der Champagnerflasche in der Hand.

Plötzlich tat sie ihm leid.

Es war ihm klar, was sie ihm mit ihrer begeisterten Demonstration des Kastens beweisen wollte: Wer für sie mit so viel Liebe und Mühe einen solchen Schrank zimmerte, hatte nicht die Absicht, sie zu verlassen.

Während sie ihn im Haus herumführte und ihm schweigend Raum für Raum zeigte, verschaffte er sich einen ersten Eindruck von diesem Ehepaar in mittleren Jahren, und er ließ die Atmosphäre des Heims auf sich wirken. Die Bausubstanz des Hauses war alt, doch sie hatten es vom Keller bis zum Dachboden saniert, und die Einrichtung war modern, geschmackvoll und auf den ersten Blick sehr teuer.

»Ihr Mann ist Computertechniker?«, erkundigte Laroche sich beiläufig.

Claire neigte zustimmend den Kopf.

»Bitte schreiben Sie mir Name und Adresse seiner Firma auf, in der er beschäftigt ist.«

Wortlos drehte sie sich um und suchte in der Küche nach Schreibzeug. Em saß unbewegt am Küchentisch und sah sie besorgt an.

Laroche drehte noch eine ausgiebige Runde im Haus, öffnete hohe Kleiderschränke, zog den Duschvorhang zurück und spähte unter das Bett. Alles war sehr sauber, modisch und elegant, ohne kühl oder steril zu wirken. Laroche gefiel es hier ausgesprochen gut, und er spürte, dass hier zwei Menschen am Werk waren: Der eine arbeitete, um für den finanziellen Hintergrund zu sorgen, die andere arbeitete, um ein heimeliges Nest zu schaffen.

Sicher, dass er nichts Augenfälliges oder Verdächtiges entdeckt hatte, gesellte er sich zu den beiden Frauen. Em hatte in der Zwischenzeit Rühreier gebraten und Baguette aufgeschnitten. Laroche freute sich über dieses unerwartete Frühstück, eine willkommene Abwechslung in seinem Junggesellenleben. Aus Bequemlichkeit ernährte er sich fast ausschließlich in Fast-Food-Buden oder besorgte sich Fertiggerichte in Plastikschalen, die er in der Mikrowelle, seinem einzigen vernünftigen Haushaltsgerät, erwärmte.

»Madame Bonnet, was trug Ihr Mann, als er losfuhr? Was hatte er alles bei sich?«

»Seine dicke Daunenjacke, die Arbeitshosen, alte, graue Winterstiefel …« Sie brach ab, da Laroches Telefon gedämpft durch seine Jacke klingelte.

Umständlich nestelte er es aus dem Innenfutteral einer Tasche.

»Ja?«

Emilie und Claire fixierten ihn mit ihren Blicken, versuchten aus seiner Miene zu lesen und bemühten sich angestrengt, der quäkenden Stimme, die sich durch den Hörer wie die einer Comicfigur anhörte, sinnvolle Worte zu entnehmen.

Laroche zog seine geschwungenen Augenbrauen zusammen, schrieb auf seinen Zettel Notizen, sagte: »Warte einen Moment!«, und wandte sich zu Claire. »Trug Ihr Mann Handschuhe?«

Claire bejahte.

»Fährt Ihr Mann einen exklusiven Dodge-Lieferwagen?«

Wie in Zeitlupe bewegte sich ihr Kopf auf und ab.

»Hatte Philippe eine rote Strickmütze dabei?«

Dass er zum ersten Mal ihren Mann beim Vornamen nannte, klang vertraulich und machte aus einem anonymen Fall ein persönliches Anliegen; das irritierte sie, und sie musste nachdenken.

Em sprang für sie ein.

»Ja! Ja, er trug seine rote Mütze, als er wegfuhr!«

Laroche zog seine Augenbrauen erstaunt in die Höhe.

»Ich sah zufällig aus dem Fenster, als er aus der Garage kam. Ich konnte seine rote Mütze erkennen«, stammelte Em verlegen.

Claire zerriss eine Serviette in mikroskopisch kleine Fetzen, die sie auf ihrem Teller zu einem Hügel über ihre erkalteten Rühreier häufte.

Laroche beendete das Gespräch, steckte sein Telefon wieder ein und räusperte sich.

»Madame Bonnet, wir haben den Wagen Ihres Mannes gefunden, aber …«

Bevor er seinen Satz beenden konnte, war Claire aufgesprungen und rannte auf die Tür zu.

»Ich wusste es! Er hatte einen Unfall! Ich muss mich nur schnell umziehen, ich seh ja furchtbar aus, so kann ich Phil nicht unter die Augen treten, er hasst es, wenn ich mich so gehen lasse, bringen Sie mich sofort zu ihm!«

Wie versteinert hielt sie inne, als Laroches erhobene Stimme sie einholte.

»Ihr Mann war nicht im Wagen.«

»Was soll das heißen, mein Mann war nicht im Wagen? Wo ist er denn? Wurde er herausgeschleudert? Ist er verletzt? Was ist mit ihm?« Schrill schnitt ihre Stimme in Ems und Laroches Ohren.

»Sein Wagen steht auf einem Krankenhausparkplatz im Norden, zwei Stunden von hier, in Saint-Denis. Als meine Kollegen ihn fanden, war er geöffnet, der Schlüssel steckte, sein Telefon, der rechte Handschuh und seine rote Strickmütze befanden sich im Wagen. Von ihm selbst fehlt jede Spur.«

Erst jetzt drehte sich Claire langsam zu Em und Laroche um und lächelte sie freudig an.

Messerstiche

Seine Blase entleerte sich.

Verzerrte Stimmen kämpften sich durch flimmernde Farbkreise, dichte Schatten und blutrote Lichtspiralen, um bis zu den narkotisch lahmgelegten Schichten von Philippes Bewusstsein vorzudringen, verebbten, verstummten und umspülten ihn erneut in immer wiederkehrenden sanften Wellen.

Einzelne Laute vereinten sich zu Claires unverwechselbarer Stimme, ohne dass er verständliche Worte erkennen konnte. Daneben nahm er noch andere Klänge wahr, tiefere, männliche.

»Claire, Süße!«, schrie er aus Leibeskräften, entsetzt, dass er seine eigene Stimme nicht hören konnte.

Er riss seinen Mund weit auf, ohne ihn zu öffnen.

Ein schmerzhaftes Brennen durchfuhr die empfindlich dünne Haut seiner Lippen. Reflexartig griff er mit den Fingern zum Mund, ohne ihn zu berühren.

Messerstiche schnitten scharf in seine Arme und Handgelenke.

Flatternd hoben sich seine Augenlider und grelle Farbenspiele wichen einem glatten Schwarz.

Ich liege in einem Sarg. Ich bin geknebelt.

Meine Hände sind am Rücken festgebunden.

Meine Fußknöchel sind gefesselt.

Der grausame Augenblick jäh aufblitzender Klarheit forderte seinen Tribut. Scharfe Zacken in funkelnden Regenbogenfarben verdrängten die seelenlose Schwärze und saugten ihn gnädig in einen wirbelnden Strudel.

Ich sterbe? Ich bin tot?

Besorgt

»Aber das ist doch wunderbar!« Claires samtglänzende Augen strahlten, ein hinreißendes Grübchen an der Nasenwurzel begleitete ihr glückliches Lächeln. »Der Zündschlüssel steckt, die Autotür ist geöffnet, Phils Telefon steckt an seinem Platz – er ist doch nur kurz ausgetreten, um zu pinkeln. Jedenfalls ist er nicht verletzt, und das ist das Wichtigste!«

Laroche hob abwehrend eine Hand, sah Claire aber direkt an und versuchte, ihr die Tatsachen schonend, aber unmissverständlich begreiflich zu machen.

»Madame Bonnet, der Wagen Ihres Mannes muss schon längere Zeit auf dem Parkplatz stehen, er ist völlig ausgekühlt. Und von Ihrem Mann findet sich weit und breit keine Spur. Wir finden das bedenklich. Eigenartig ist außerdem, dass nur ein Handschuh im Auto hängen geblieben ist und seine Mütze auf der Rückbank liegt.«

»Was ist daran eigenartig? Mein Mann ist seit fünfundzwanzig Jahren etwas nachlässig, hin und wieder sogar schlampig. Es wird ihm zu warm geworden sein, und er hat Handschuh und Mütze einfach ausgezogen, in den Wagen geworfen und sich nicht weiter darum gekümmert, wo die Dinge landen.«

»Wie Sie meinen, Madame Bonnet. Wir schreiben Philippe auf jeden Fall zur Fahndung aus und werden unsere Suche ausweiten, so lange, bis wir ihn gefunden haben. Möglicherweise ist er entführt worden.«

Claire zuckte gleichgültig mit den Schultern.

»Tun Sie, was Sie tun müssen. Phil wird seine Arbeit im Krankenhaus erledigt haben und gönnt sich gerade ein üppiges Frühstück in der Cafeteria.«

Laroche wiegte seinen Kopf nachdenklich hin und her.

»Wir werden das Gelände bis auf den letzten Zentimeter genauestens überprüfen, Madame Bonnet. In der Zwischenzeit muss ich Sie darum bitten, mir eine Aufstellung über die Gegenstände zu machen, die Ihr Mann bei sich trug, als er das

Haus verließ. Denken Sie bitte auch darüber nach, ob er Neider oder Feinde hatte, ob Sie jemand erpressen könnte.«

Uninteressiert zupfte Claire an ihren dichten Locken. »Das sagte ich Ihnen doch schon. Autoschlüssel, Telefon, Handschuhe, die rote Mütze. Die Hausschlüssel liegen noch auf der Kommode in der Diele, er braucht sie nicht, denn ich bin ja zu Hause. Wir haben auch nicht so viel Geld, dass uns jemand darum beneiden müsste.«

»Was ist mit seiner Brieftasche? Führerschein? Ausweise?«

Claire nickte automatisch, in Gedanken jedoch versuchte sie sich daran zu erinnern, wo sie Phils Brieftasche zum letzten Mal gesehen hatte. Vor ihrem inneren Auge wollte sich kein Bild einstellen. Am wahrscheinlichsten war, dass die Brieftasche samt Kreditkarten und Führerschein in einer Jackentasche im knisternden Feuer verbrannt worden waren.

»Gut, Madame Bonnet. Eine letzte Frage noch: Hat Ihr Mann eine Lebensversicherung zu Ihren Gunsten abgeschlossen?«

»Keine Ahnung, darum kümmere ich mich nicht. Diese Dinge macht Philippe. Emilie, was meinst du, Em, denkst du, dass Phil eine Versicherung für mich hat?«

»So wie ich Phil kenne, hat er nichts dem Zufall überlassen und dich bestimmt gut abgesichert, falls ihm etwas zustoßen sollte. Er ist sehr verantwortungsvoll und würde dich niemals ohne einen Cent zurücklassen.« Die letzten Worte kamen nur mehr zaghaft und flatternd aus Ems Mund, und Claires Augen füllten sich sofort wieder mit Tränen.

Um einen neuerlichen Verzweiflungsausbruch im Keim zu ersticken, wandte sich Laroche an Emilie. »Madame Dickson, erzählen Sie mir doch bitte, was Sie heute Nacht gesehen und gehört haben.«

Emilie straffte die Schultern, drückte ihren Rücken durch, setzte sich kerzengerade hin, hüstelte in eine hohle, von Altersflecken übersäte Hand und bot insgesamt ein Bild von ehrbarer Rechtschaffenheit.

»Es muss kurz nach acht Uhr am Abend gewesen sein, als ich Philippe in seinem Wagen aus der Garage fahren sah. Wie ich schon sagte, konnte ich erkennen, dass er seine rote Mütze, die

Handschuhe und die dicke Daunenjacke trug. Er schoss viel zu schnell aus der Einfahrt, wie immer war der Junge rasant unterwegs. Aber er hatte noch nie einen Unfall, er ist ein sicherer Fahrer.« Emilie zwinkerte Laroche um Verständnis heischend zu.

»Was sonst noch?« Laroche schmunzelte, er mochte die alte Frau, die sich nicht aus der Ruhe bringen ließ, geistig fit zu sein schien und – dem Himmel sei Dank – nicht jeden Satz dreimal wiederholte.

»Kurz darauf brannte in Claires Badezimmer das Licht. Dann legte ich mich selbst schlafen. Allerdings wachte ich leider zeitig wieder auf und gegen drei Uhr am Morgen sah ich, dass in der Küche der Bonnets Licht brannte. Ich setzte mich in mein Büro, weil ich schon vermutete, dass bei den beiden etwas nicht stimmte.«

»Madame Dickson, Sie scheinen die Gewohnheiten Ihrer Nachbarn sehr gut zu kennen. Wie lange sind Sie schon befreundet?« Laroche beugte sich verschwörerisch zu ihr hin. »Lauschen Sie, spionieren Sie?«

Emilie lächelte milde und griff wieder nach Claires Hand. »Du meine Güte, das müssen schon zwanzig Jahre her sein, wir haben uns von Beginn an gut verstanden, sind natürlich jetzt schon sehr vertraut miteinander. In meinem Alter ist dieser Familienanschluss ein Segen, und ich weiß das sehr zu schätzen.«

»Haben Sie eine Vermutung, wo Philippe sein könnte?«

»Nun, um ehrlich zu sein, ich mache mir mittlerweile selbst die größten Sorgen. Was Claire sagt, stimmt. Phil ist zwar geschäftlich häufig unterwegs, aber er ist verlässlich und pflichtbewusst. Er war immer erreichbar. Diese ganze Geschichte passt nicht zu ihm. Auch dass er entführt worden ist, erscheint mir unglaublich. Von wem und vor allem warum?«

Laroche erhob sich wortlos, zog eine Visitenkarte hervor und hielt sie Claire hin. »Madame Bonnet, Madame Dickson, bitte rufen Sie mich sofort an, wenn Ihnen noch irgendetwas einfällt oder wenn Philippe sich meldet oder auftaucht. Ich fahre jetzt zum Hôpital St. Antoine, um mir vor Ort ein Bild zu machen. Suchen Sie in Phils Unterlagen nach einer Versicherungspolice, nach Kontoauszügen Ihrer Bank. Ich schicke einen Polizeibeamten vorbei, der die Sachen abholt. Madame Dickson, bitte bleiben Sie bei Madame Bonnet und gehen Sie ihr ein wenig zur Hand. Auch eine Hausdurchsuchung wird später wahrscheinlich unumgänglich sein.«

»Aber natürlich.« Em nahm seine Karte entgegen, da Claire keine Anstalten dazu machte. Wie eine Marionette saß sie auf ihrem Stuhl und blickte durch Laroche hindurch.

Er drehte sich um und verließ eilig das Haus.

Em rüttelte Claire sanft an der Schulter. »Liebes, du solltest dich jetzt anziehen, vielleicht auch unter die Dusche stellen. Ich laufe inzwischen schnell hinüber, um mich fertig zu machen und abzuschließen. Komm schon, lass dich jetzt nicht hängen, wir müssen der Polizei helfen, wo wir nur können.«

Claire hob den Blick, ihre Augen schimmerten wässrig, und sie legte ihre Hand an Ems Wange.

»Ich danke dir. Was täte ich nur ohne dich?«

»Schon gut, Kindchen, schon gut. Ich bin ja da. Mach dich jetzt fertig, ich komme gleich wieder.«

Mit einem letzten besorgten Blick auf Claire wandte sich Em ab, um in ihr eigenes Haus zu gehen. Sie achtete sorgsam darauf, die Haustür nicht ins Schloss fallen zu lassen, sie würde ja schnell zurückkehren und wollte Claire nicht mit ihrem Klingeln aus der Dusche holen.

Claire atmete erleichtert auf, als Emilie endlich draußen war. Eilig füllte sie den Eimer mit heißem Wasser, holte die Putzlappen aus dem Wäschetrockner und rannte in den Fitnessraum. Die Pfütze vor Philippes Versteck hatte sich nicht besonders ausgebreitet, roch aber sehr unangenehm. Sie riss die Klappe hoch, um nach Phil zu sehen, sie befürchtete schon das Schlimmste. Doch er atmete flach, Schweißperlen standen ihm auf der Stirn. Das Klebeband saß noch immer straff, und auch die Bänder an Händen und Knöcheln hatten sich nicht gelockert. Dass er eingenässt hatte, lag wahrscheinlich an der hohen Dosis des Narkotikums. Er hatte über seine elementarsten Körperfunktionen keine Kontrolle mehr, das hätte sie bedenken müssen. Beinahe wäre alles schiefgegangen, aus reiner Nachlässigkeit. Und jetzt hatte sie keine

Zeit, sie konnte nur den Schaden begrenzen. Sie setzte sich auf den Boden und stemmte unter Aufbietung all ihrer Kräfte Phils Hüfte so weit in die Höhe, dass sie die Putzlappen unter sein Gesäß stopfen konnte, um damit seine Körperausscheidungen aufzufangen und zu verhindern, dass sie durch die Matten wieder den Boden nässten. Sie steckte ihm noch ein altes Handtuch zwischen die Beine und schloss die Klappe wieder. Das musste vorerst reichen. Wenn sich die erste Aufregung gelegt hatte und alle ein wenig zur Ruhe gekommen waren, würde sie alles andere hier unten erledigen und Philippe aus seinem Gefängnis befreien.

Noch war es nicht so weit. Noch mussten sie beide ein wenig Geduld haben, bis sie ihr einfaches Leben wieder weiterführen konnten.

Der Vorwand

An Schlaf war nicht mehr zu denken. Ruhelos wanderte Isabelle in ihrem Haus umher, bis sie die bohrende Ungewissheit nicht länger ertrug. Ihr wallendes Blut jagte mit pulsierender Hochgeschwindigkeit durch ihren erschöpften Körper, vertrieb die bleierne Müdigkeit und ersetzte sie durch adrenalingeschwängerte Nervosität. Angst und Panik nagten an ihr, in den Fingerspitzen kribbelte es und besorgniserregende Bilder von einem blutüberströmten, verletzten Philippe blitzten in ihrer Vorstellung auf. Die Untätigkeit, zu der sie gezwungen war, machte sie verrückt.

Überstürzt lief sie wieder aus dem Haus, rutschte auf dem schmierigen Schneematsch aus, stolperte, ruderte noch hilflos mit beiden Armen in der Luft, um ihr Gleichgewicht wiederzuerlangen, fiel dennoch und prallte hart auf dem eisigen Weg auf. Verzweifelt rappelte sie sich mühsam wieder auf, wischte den nassen Straßenschmutz notdürftig von Mantel und Hose, suchte in der Dämmerung nach ihrer Handtasche und wuchtete ihren schwerfälligen Körper in ihren Wagen. Im Inneren war es noch angenehm warm. Sie steuerte vorsichtig aus der Einfahrt und spürte dabei einen stechenden Schmerz in ihrem rechten Knöchel. Hoffentlich war nichts gebrochen oder keine Sehne gerissen. Auf dem Weg zurück zum Krankenhaus fühlte sie, wie ihr pelzgefütterter Stiefel sich immer enger um ihr Fußgelenk schloss, und sie wusste, dass sie sich tatsächlich verletzt hatte. Nun, der geschwollene Fuß lieferte ihr jedenfalls einen glaubwürdigen Vorwand, warum sie ins Krankenhaus zurückkehrte, obwohl ihr Dienst bereits seit einigen Stunden beendet war.

Vielleicht konnte sie ja irgendetwas über Philippe herausfinden, wenn sie direkt vor Ort war. Sie durfte sich nur nicht allzu auffällig benehmen, sodass die Polizei auf sie aufmerksam wurde.

In der Morgendämmerung wurde das milchige Licht von immer mehr Scheinwerfern auf den Straßen durchbrochen. Paris erwachte an diesem schneeverhangenen Wintersonntag nur zögernd zum Leben. Isabelle fuhr vorsichtig und langsam, ihr

Knöchel schmerzte bei jeder kleinsten Bewegung, und wenn sie auf das Gas- oder Bremspedal drückte, fuhren ihr brennende Stiche messerscharf bis ins gebeugte Knie.

Bereits in der Einfahrt des Parkplatzes vor dem Hôpital St. Antoine sah sie von Weitem das zuckende Blaulicht der Polizeiwagen. Beruhigt, dass ihr Anruf offenbar Wirkung gezeigt hatte und nun professionelle Hilfe für Philippe am Werk war, steuerte sie auf ihren Abstellplatz zu. Allerdings kam sie nicht weit, denn sobald sie die Reihe erreicht hatte, in die sie einbiegen wollte, versperrte ihr ein junger Beamter der Police Municipale den Weg und gab ihr durch Handzeichen zu verstehen, sie möge das Fenster herunterlassen. Eisige Kälte schlug ihr entgegen, als sich der Polizist zu ihr hinunterbeugte und mit zitternder Stimme fragte: »Madame, wo wollen Sie hin?«

Isabelle zwang sich, ihre Stimme gelassen und ruhig klingen zu lassen und kein Wort zu viel zu sprechen.

»Ich bin le Docteur Isabelle Ledoux, leitende Oberärztin der Intensivstation, und möchte gern auf meinen Parkplatz. Was ist hier los?«

»Tut mir leid, Madame, das ist im Moment nicht möglich. Vielleicht könnten Sie woanders parken?«

»Natürlich kann ich das«, erwiderte Isabelle mit bemüht ärgerlicher Stimme, »aber ich würde trotzdem gern wissen, warum die Polizei ausgerechnet diese Parkreihe absperrt?«

»Darüber darf ich Ihnen leider keine Auskunft geben, Madame. Wenn Sie jetzt bitte weiterfahren würden?«

Isabelle ließ wortlos die Fensterscheibe in die Höhe surren, stieg behutsam aufs Gas und fuhr bis zur ersten Reihe weiter, wendete und folgte der Zufahrt für Rettungsfahrzeuge. Dort stellte sie ihren Wagen ohne schlechtes Gewissen auf den einzig freien Parkplatz, der mit einem überdimensionalen blauen Schild gekennzeichnet und unübersehbar Menschen mit körperlicher Behinderung vorbehalten war. Sie seufzte erleichtert, niemand hatte ihr im Augenblick Fragen gestellt, doch früher oder später würde die Polizei wissen, dass sie in der Nähe von Philippes Wagen gestanden hatte, und das würde unweigerlich die Frage aufwerfen, ob ihr der Wagen nicht aufgefallen sei, als sie nach ihrem Dienst nach Hause gefahren war. Für diesen Fall hatte sie sich bereits die Antwort zurechtgelegt, dass sie von der Behandlung des Brandopfers dermaßen erschöpft gewesen sei, dass sie nur nach Hause gewollt und ihrer Umgebung überhaupt keine Beachtung geschenkt habe. Und nein, sie habe nicht die Polizei verständigt, und schon gar nicht anonym. Diese Erklärung sollte reichen, zumindest konnte ihr niemand etwas anderes beweisen. Ihren Notruf hatte sie natürlich vorsorglich gelöscht, und man würde kaum ihre Telefonate überprüfen. Dazu waren sie zu unwichtig.

Sie humpelte auf den Notaufnahmeschalter zu, und als die ältere, mollige Schwester Marie hinter der Glasfront sie erkannte, kam sie aus ihrer Kabine gestürzt und eilte auf Isabelle zu.

»Madame le Docteur, was ist passiert? Kommen Sie, ich rufe gleich einen Arzt Ihrer Wahl! Du liebe Güte, stützen Sie sich auf mich! Soll ich einen Rollwagen holen? Heute haben wir Hochbetrieb, aber ich treibe jeden auf, den Sie wollen! Sie sind wohl ausgerutscht? Und dabei hatten Sie so lange Dienst.«

»Schon gut, Schwester Marie, ich danke Ihnen. Bringen Sie mich gleich in den Röntgenraum, und welcher Kollege auch immer Zeit hat, soll mich behandeln. Ich habe vollstes Vertrauen zu allen. Vor allem zu Ihnen, Schwester Marie.«

Über Schwester Maries feistes Gesicht strahlte ein stolzes Lächeln, feine Kringellocken lugten aus ihrer Kappe hervor, und kleine Schweißperlen zwischen ihren feinen Barthaaren verrieten Isabelle, dass Schwester Marie sehr aufgeregt darüber war, einer Oberärztin helfen zu dürfen.

»In Ordnung, Madame le Docteur, kommen Sie, ich helfe Ihnen.«

Sie fasste Isabelle energisch um die Hüfte und schleifte sie einen schier endlosen lindgrünen Krankenhausflur entlang.

»Sagen Sie, Schwester Marie, was ist denn auf dem Parkplatz geschehen? Die Polizei ließ mich nicht zu meinem Platz durch.«

Schwester Marie senkte verschwörerisch die Stimme.

»Gleich neben Ihrem Platz ist ein Auto geparkt, ein teures, ganz nobles. Ich glaube, ein amerikanischer Lieferwagen. Der war offen, der Zündschlüssel steckte noch, aber weit und breit vom Fahrer nichts zu sehen. Die Polizei sucht ihn, auch hier bei uns im

Haus. Angeblich soll es einer von den Computermenschen sein, die vor Jahren unsere Computer aufgestellt haben. Ich möchte bloß wissen, was der hier zu tun hätte, wo wir schon seit Jahren kein Geld mehr haben für unsere Anlagen. Nein, nein, ich sage Ihnen, da stimmt was nicht, da ist bestimmt was Schreckliches passiert.« Ihre Stimme hatte einen wichtigtuerischen, beinahe freudig erregten Unterton bekommen.

Isabelle schluckte ein entsetztes Stöhnen zwischen zusammengebissenen Zähnen hinunter und konzentrierte sich darauf, ihren Fuß die letzten Schritte bis zum Röntgenraum nicht zu belasten.

»Madame Bonnet! Was machen Sie hier um ...?«

Eine schwere Hand hatte sich auf ihre Schulter gelegt und zwang Isabelle, sich umzudrehen und demjenigen ins Gesicht zu blicken, der sie für Philippes Ehefrau hielt. Sie sah einen athletischen Farbigen mit attraktiven, kantigen Gesichtszügen, dessen verwundertes Stirnrunzeln sich in eine entschuldigende Grimasse verwandelte, als er seinen Irrtum erkannte.

»Oh, Madame, verzeihen Sie, ich habe Sie mit jemandem verwechselt. Sie haben mit einer Frau eine große Ähnlichkeit. Vor allem von hinten, also, ich meine, was ich sagen wollte ... Entschuldigen Sie bitte«, schloss er verlegen und musterte sie ungeniert.

»Kein Problem, Monsieur«, gab Isabelle kurz, aber nicht unfreundlich zurück, drehte sich um und setzte ihren Weg samt Schwester Marie fort.

»Sieht der nicht umwerfend aus? Das ist l'Inspecteur Laroche von der Pariser Polizei. Er will sich hier ein bisschen umhören, ob jemand den Besitzer des Autos kennt«, kicherte Schwester Marie unbefangen.

Isabelle ließ sich ergeben von ihr fürsorglich auf eine Krankenliege betten, den sperrigen Stiefel samt dicken Wollsocken von ihrem brennenden Knöchel ziehen, mütterlich die Schulter tätscheln und versichern, das in den nächsten zwanzig Sekunden mindestens drei Ärzte und zwei Schwestern zur Verfügung stehen würden.

Dann drehte Isabelle den Kopf zur Seite, beugte ihn über den Rand der Liege, klammerte sich fest und übergab sich.

Notizen

Emilie ließ sich Zeit. Sie musste ihre verwirrten Gedanken in Ordnung bringen und sich die ganze Sache noch einmal in Ruhe durch den Kopf gehen lassen. Sie musste sich unbedingt beruhigen, denn wenn sie aufgeregt war, tauchten wieder die Nebelfetzen auf und hinterließen ihre beängstigenden Erinnerungslücken. Die konnte sie jetzt am allerwenigsten brauchen.

Statt der Dusche ließ sie sich das zweite heiße Bad des Tages ein und legte eine neue Tafel Nougatschokolade auf den Wannenrand. Ausgerüstet mit Notizbuch und Bleistift saß sie aufrecht im dampfenden, nach Rosenöl duftenden Wasser und kritzelte ihre Beobachtungen auf eine von der Feuchtigkeit bereits gewellte Seite. Sie notierte minutiös sämtliche Uhrzeiten, wann sie Philippe wegfahren hatte sehen, wann sie aufgewacht war, wann das Licht im Bad der Bonnets ausging, was sie alles gesehen hatte.

Und was sie nicht gesehen hatte.

Claires Wagen.

Er hatte definitiv nicht in der Garage gestanden. Von ihrem Bürofenster aus hätte sie ihn auf jeden Fall sehen müssen. Das Garagentor ging weit genug auf, um auch den zweiten Stellplatz drinnen wahrzunehmen.

Sie musste Claire unbedingt danach fragen.

Das Wasser kühlte rasch ab, und Emilie stöhnte, als sie sich an den Haltegriffen – Philippe hatte sie montiert, damit sie eine stabile Stütze für ihre müden Knochen hatte – hochzog und das Knacken in Rücken, Hüfte und Knien hörte.

Sorgfältig kleidete sie sich an, griff nach Schokolade und Haustürschlüssel und überquerte die verlassene Straße zu Claires nun hell beleuchtetem Haus.

Alles im Griff

Claire hatte das wohlige Gefühl, alles im Griff zu haben. Sie hatte – zum wievielten Mal an diesem Tag? – geduscht und bequeme, aber dennoch schicke Kleidung ausgewählt. Es war damit zu rechnen, dass sie mit zur Polizei gehen musste, um entweder Philippes Dodge zu identifizieren oder im Präsidium ihre Aussage zu machen. Keinesfalls wollte sie jetzt schon die hysterische Ehegattin geben, noch war sie ja felsenfest davon überzeugt, dass ihr ach so verlässlicher Philippe nur vom Frühstück noch nicht zurückgekehrt wäre.

Ihr Haar war frisch gewaschen und fiel in duftigen Wellen über die schmalen Schultern, leichtes Make-up hatte sie sich nach einigem Hin und Her erlaubt. Es ließ sie ein wenig frischer aussehen. Vor allem aber wollte sie einen gefassten, glaubwürdigen Eindruck erwecken, und das konnte sie nur, wenn sie auch äußerlich das Bild einer besorgten, aber keineswegs verrückten Ehefrau vermittelte.

In letzter Sekunde hatte sie zum Glück daran gedacht, die in Folie verpackten Schmorreste aus Phils Schredder zu holen und auf einen Teller in den Kühlschrank zu verbannen. Bei einer Durchsuchung würde man davon ausgehen, dass sie darin Essensreste aufbewahrte, und vermutlich nicht näher darauf achten. Wenn sich der erste Rummel um Philippes Verschwinden gelegt hatte, würde sie das verschmorte Brandgut einfach in die Mülltonne werfen und damit vertrauensvoll der städtischen Müllentsorgung überlassen. Philippes Büro allerdings würde die Polizei genauestens unter die Lupe nehmen, so viel war sicher.

Claire setzte sich an den Küchentisch, auf dem noch die Teller mit den Frühstücksresten standen, zog ihre Tasse mit dem erkalteten Kaffee zu sich heran und überprüfte gewissenhaft, ob sie für die nächsten Stunden an alles gedacht hatte: Philippe dürfte noch geraume Zeit im Tiefschlaf verbringen, die Tür zum Fitnessraum stand weit offen – versehen mit allen Paneelplatten und dem magnetischen Türgriff an der Innenseite –, und eine Tür des

Einbaukastens stand wie zufällig offen und gab den Blick auf leere Fächer frei, der Bildschirm in der Mikrowelle war ausgeschaltet und glänzte unauffällig schwarz, Putzlappen und Eimer waren längst wieder an ihrem Stammplatz in einer Nische neben der Waschmaschine im Abstellraum verstaut.

Woran sie sich allerdings absolut nicht erinnern konnte, war, wo Philippes Geldbörse geblieben war. Sie war sich ziemlich sicher, dass sie wie gewohnt in einer der Taschen seines Parkas gesteckt haben musste. Ob sie tatsächlich mit den anderen Kleidungsstücken verbrannt war – darüber konnte Claire nur spekulieren. Sie wusste es einfach nicht mehr. Andererseits ließ auch der verschmorte Klumpen, den sie aus der Asche gekratzt hatte, keine genauen Rückschlüsse darauf zu, ob sich darunter Kreditkarten oder Ähnliches befanden. Dies könnte wohl nur durch eine polizeiliche Untersuchung im Labor festgestellt werden, und daran wollte sie lieber nicht denken.

Als sich eine gekrümmte Hand fest auf ihre Schulter legte und Emilies leise Stimme zu ihr vordrang, zuckte sie erschrocken zusammen. Sie war so in ihre Gedanken versunken gewesen, dass sie ihre Umwelt für kurze Zeit nicht mehr wahrgenommen hatte.

»Liebes, wie geht es dir?« Emilie blickte ihr besorgt ins Gesicht und strich ihr behutsam über die Wange.

»Ich denke, ich bin in Ordnung«, flüsterte Claire mit tränenerstickter Stimme. »Em, wir müssen alles tun, um der Polizei zu helfen, bitte, du musst mir dabei helfen!« Eindringlich sprach sie auf Emilie ein und umklammerte dabei mit beiden Händen den knochigen Unterarm der alten Frau.

»Natürlich, Claire, das ist doch selbstverständlich. Wir räumen erst gemeinsam hier die Küche auf, dann überlegen wir, was wir tun können. Kümmere du dich bitte um frischen Kaffee, ich fülle inzwischen den Spüler.«

Claire war dankbar für Emilies Ruhe und Bestimmtheit. Em war ein Sinnbild an Aufrichtigkeit und Ehrlichkeit und würde als ihre langjährige Freundin Claires eigene Glaubwürdigkeit gegenüber der Polizei untermauern. Außerdem würde Em nur bestätigen können, was Claire auszusagen hatte. Etwas anderes hatte sie ja nicht gesehen, dafür hatte Claire gesorgt.

In einvernehmlichem Schweigen verrichteten die beiden Frauen die alltäglichen Handgriffe in der Küche, die ihnen so vertraut und in Fleisch und Blut übergegangen waren, dass sie dabei mühelos ihren Gedanken nachhängen konnten.

Em sinnierte, wie sie am besten ihre Frage nach dem Auto formulieren konnte, ohne dass sie einen misstrauischen oder gar dementen Eindruck machte. Claire beschäftigte die Vorstellung, wie Pierre Laroche Philippes Auto begutachten und Nachforschungen im Hôpital anstellen würde. Vielleicht traf er auf Isabelle? Wäre das von Nutzen, oder könnte es ihr schaden?

»Ist eigentlich dein Auto in der Werkstatt?« Von allen möglichen Varianten hatte sich Emilie für die direkteste entschieden. So hatte sie es stets in ihrem Leben gehalten – offen, geradeheraus, manchmal deshalb verletzend, aber niemals unehrlich.

»Wie?« Claire sah verständnislos von der Tischplatte auf, die sie gerade mit einem feuchten Tuch sauber poliert hatte.

»Ich habe gestern Abend deinen Wagen nicht sehen können, als Philippe wegfuhr. Er stand nicht in der Garage. Daher dachte ich, er wäre vielleicht in der Werkstatt.«

Claire schüttelte mit gerunzelter Stirn langsam den Kopf.

»Em, da irrst du dich. Er steht in der Garage. Da stand er immer. Die ganze Zeit. Das Tor wird dir die Sicht genommen haben. Darum konntest du ihn dahinter nicht sehen.«

Emilie schluckte schwer, ihr betagtes Herz schlug schneller, und ihr Kopf schien sich mit nasser Watte zu füllen.

Das konnte nicht sein. Sie wusste, was sie gesehen hatte. Sie war sich sicher, ganz sicher. Weder war sie müde gewesen, noch hatte ihr das Garagentor die Sicht genommen, noch hatte sie schlecht gesehen. Doch warum sollte Claire lügen?

»Claire, ich konnte in die Garage sehen. Sie war beleuchtet, wie immer, wenn ihr mit den Autos herausfahrt. Dein Wagen war nicht da. Das Tor hat sich automatisch wieder geschlossen, und das Licht ist ausgegangen. Kurz darauf ist im Badezimmer das Licht angegangen. Ich bin mir ganz sicher.«

Emilie registrierte ein leichtes Zittern in ihrer Stimme und ärgerte sich darüber. Sie war nicht senil und nicht dement. Noch nicht. Aber sie war auf dem besten Weg dahin.

Claire kam langsam um den Tisch herum auf sie zu, wrang das Tuch in ihren Händen und lächelte Emilie mitleidig an.

»Emilie, du irrst dich, wirklich. Komm, wir gehen in die Garage, und du kannst dich selbst davon überzeugen, dass mein Wagen dort steht, wo er hingehört.« Während sie sprach, umfasste sie zart Ems Schulter und schob sie mit sanftem Druck in Richtung Diele und zum Durchgang, der in die Garage führte.

In diesem Augenblick, völlig unvermutet und vehement, hasste Emilie Claire aus ganzem Herzen. Wegen des Mitleids in ihrem Lächeln. Wegen der Behutsamkeit. Wegen der Art und Weise, wie sie sie zur Garage führte. Wegen dem Gefühl, das sie Em damit vermittelte: eine alte Frau zu sein, die nicht mehr wusste, was sie sah. Eine dumme, vergessliche alte Frau, die man rücksichtsvoll und sacht behandeln musste, weil man sich damit Widerspruch, Ärger oder womöglich Aggression ersparte. Das hörte und las man ja überall: Demenzkranke neigen zu Aggressionen, Wutanfällen und Zornesausbrüchen, körperliche Gewalt inbegriffen.

Emilie war schockiert über ihren plötzlich intensiven Hass. Am liebsten hätte sie Claire ins Gesicht geschlagen, ein undenkbarer Wunsch, den sie nie in ihrem Leben je zuvor empfunden hatte. War es schon so weit? Waren diese unbeherrschten Gefühle milde Omen einer beängstigenden Krankheit, die sich mit sanften Nebelfetzen bereits in ihr Leben geschlichen hatte? Sie wollte jetzt auf keinen Fall darüber nachdenken, jetzt nicht und auch nicht später. Eine ärztliche Untersuchung vielleicht, dann würde sie weitersehen.

Sie starrte auf Philippes leeren Abstellplatz auf der linken Seite. Der gekachelte Boden darunter war mit eingetrockneten Wasserrändern, Steinchen und Straßendreck verschmutzt. Auf der rechten Seite stand Claires verbeulter silberner Renault.

Und jetzt wusste Emilie mit beruhigender Gewissheit, dass etwas ganz und gar nicht in Ordnung war. Unter Claires Wagen hatten sich nass glänzende Pfützen ausgebreitet, und sie konnte das leise Glucksen hören, mit dem noch immer vereinzelte, winzige Tropfen von Kotflügeln, Stoßstangen und Unterboden in die kleinen Seen fielen.

Irritationen

Das erbrochene Omelette aus der Cafeteria vom späten Abend stank erbärmlich. Isabelle rappelte sich stöhnend hoch und versuchte, so gut es ging, es sich auf der schmalen Liege einigermaßen bequem zu machen. Die Tür zum Behandlungsraum flog mit einem saugenden Schmatzgeräusch auf, und zwei ihrer Kollegen stürmten mit besorgten Blicken auf sie zu. Ihnen folgte zu Isabelles Verwunderung der Vorstand ihrer Intensivabteilung, Monsieur Bruel. Bruel stand drei Monate vor seiner Pensionierung, und Isabelle bedauerte seinen Weggang schon jetzt. Er war ihr immer ein väterlicher Freund gewesen, und seine buschigen Brauen, streng zusammengezogen über blitzblauen Augen, hatten sie nie einschüchtern können, sondern waren für sie in all den Jahren vielmehr zu einem lieb gewonnenen Symbol für Entschlossenheit und Sicherheit geworden.

Nun hatte er seine von Arthritis geplagten Arme auf dem Rücken verschränkt, warf einen kurzen Blick auf das Erbrochene und sah ihr prüfend ins Gesicht, während ihre Kollegen sich um eine Reinigungskraft und um ihren verletzten Knöchel bemühten.

»Wie fühlen Sie sich, Isabelle?« Seine vertraute, raue Stimme bewirkte, dass sich die nervöse Anspannung in ihr löste, und brachte ihre Augen zum Tränen.

»Mir war kurz übel, aber jetzt ist es vorbei. Wahrscheinlich habe ich das Omelette nicht vertragen. Und als hilflose Patientin bin ich völlig ungeeignet.« Sie versuchte ein kleines Lächeln.

»Die schlimmsten Patienten sind Ärzte, das wissen wir. Sie befinden sich also in guter Gesellschaft. Wir werden Ihren Knöchel röntgen, bandagieren oder wenn nötig mit einem Gipsverband versehen. Mit Weihnachtsmotiven natürlich. Das sollte nicht nur unsere kleinen Patienten zum Grinsen bringen, sondern auch Ihre Stimmung ein wenig aufheitern. Sobald Sie versorgt sind, möchte ich Sie in meinem Büro sehen. Schwester Marie, Sie sorgen bitte dafür, dass Madame le Docteur wohlbehalten zu mir nach oben gebracht wird.«

Schwester Marie nickte diensteifrig und beglückt darüber, dass ihr derartiges Vertrauen entgegengebracht wurde, dass sie sogar die heiligen Hallen in der obersten Etage betreten durfte. Als Krankentransport für eine verletzte Oberärztin zwar, aber immerhin. Monsieur Bruel verließ ohne ein weiteres Wort den Raum, allerdings irritierte Isabelle sein nachdenklicher Gesichtsausdruck, den sie bei ihm nur dann sah, wenn es für die Abteilung unangenehme Schwierigkeiten gab oder er beim verbotenen Poker im anrüchigen Etablissement Chez Mimi in der Rue Rivoli verloren hatte.

Die Röntgenaufnahmen bewiesen zum Glück, dass ihr Knöchel nicht gebrochen war, dennoch musste sie eine schmerzhafte, sperrige Bandage in Kauf nehmen, um gerade noch stabil mit ihrem Fuß auftreten zu können, und die ganze Prozedur dauerte eine gute Stunde. Zum ersten Mal hatte sie am eigenen Leib erfahren müssen, was es bedeutete, Patient zu sein. Dabei war sie bevorzugt behandelt worden und hatte nicht stundenlang in der miefenden, überfüllten Ambulanz auf Hilfe von hoffnungslos überarbeiteten Schwestern und Ärzten ausharren müssen. Erleichtert ließ sie sich von Schwester Marie beim Aufstehen helfen und ertrug deren geschwätzigen Tratsch mit freundlicher Anteilnahme bis in Monsieur Bruels Büro.

Er nahm sie an der Tür in Empfang, dankte Marie, führte sie zu einem behaglichen Lederfauteuil und bettete ihr Bein fachmännisch auf einen dafür geeigneten Hocker. Am antiken Beistelltischchen stand ein Fingerbreit Cognac in einem Kristallschwenker für sie bereit.

»Trinken Sie. Das wird entgegen medizinischer Weisheiten Ihren Magen beruhigen. Und Ihre Nerven.«

Ein erster Impuls ließ Isabelle nach dem Glas greifen, dann hielt sie abrupt inne.

»Nun trinken Sie schon, das hat noch keinem geschadet.« Die unvermutete Gereiztheit in seiner Stimme ließ sie das Glas in einem Zug hinunterstürzen, und die braune Flüssigkeit brannte ihre Kehle entlang, flammte im Magen erneut auf, und mit einem krächzenden Keuchen stellte Isabelle das geleerte Glas zurück.

»Weshalb sind Sie nach Ihrem Dienst in das Hôpital zurückgekehrt?«

Die Frage kam ruhig, sachlich und traf sie nicht ganz unvorbereitet.

»Ich bin zu Hause in meiner Einfahrt auf dem Eis ausgerutscht und habe mir dabei den Knöchel verletzt.« Ihre Antwort war ebenso ruhig und sachlich. »Meine Wahl fiel auf das Hôpital St. Antoine«, fügte sie nach kurzem Zögern zynisch hinzu.

Monsieur Bruel nickte wortlos, die Finger ineinander wie zum Gebet verschränkt, die Arme auf die Ellbogen gestützt.

»Verstehe. Isabelle, Sie wissen, dass ich Sie sehr schätze und mir gewünscht hätte, Sie als meine Nachfolgerin vorschlagen zu können, hätten Sie nicht private Pläne, die meine Vorstellungen gehörig durchkreuzen.« Dabei musterte er sie wohlwollend und lächelte ihr zwinkernd zu. »Sie wissen auch, dass ich Sie vorbehaltlos unterstütze, wie auch immer Sie Ihre Entscheidungen treffen. Aber es passieren Vorkommnisse in Ihrer Intensivstation, die ich Sie bitte, mir zu erklären.«

Bei den letzten Worten hatte ein schroffer Unterton seine sonore Stimme unterlegt, der Isabelle beunruhigt aufhorchen ließ. Sie richtete sich auf, ihre volle Aufmerksamkeit auf den Mann gerichtet, der ihr immer gewogen gewesen war und sie stets feinfühlig, aber bestimmt auf Fehler oder Mängel hingewiesen hatte.

»Welche Vorkommnisse?«

»Ihr Team hat bereits mit der jährlichen Inventur der Medikamente begonnen. Dabei hat sich herausgestellt, dass doppelt so viele Mengen an Narkotika, Schlaf- und Schmerzmitteln in diesem Jahr benötigt wurden wie auf anderen Stationen im Hôpital. Ihre Kollegen haben die Bücher überprüft, und ihnen ist aufgefallen, dass vor allem Ihre Unterschrift am häufigsten die Entnahme der Narkosemittel gegenzeichnet.«

Isabelle schüttelte benommen den Kopf.

»Das verstehe ich nicht. Ich habe noch nie mehr Medikamente entnommen, als wir für Operationen benötigen. Wir hatten auch nicht eklatant mehr Operationen als in den letzten Jahren. Außerdem muss bei jeder Entnahme ein Kollege oder zumindest die diensthabende Oberschwester anwesend sein und im Register mitunterschreiben.«

»Isabelle, das weiß ich alles. Das brauchen Sie mir nicht zu erklären. Ich habe die Bücher hier, Sie können Sie selbstverständlich einsehen, und Sie werden bemerken, dass Sie tatsächlich unglaubliche Mengen vor allem an Propofol und Diazepam verbraucht haben. Also, erklären Sie mir das.« Fast unmerklich waren seine Ausführungen zu einer Anklage geworden, unwirsch schob er ihr zwei dicke, in schwarzes Leder gebundene Bücher über den Mahagonitisch zu und hob auffordernd die linke Augenbraue zum Zeichen seiner Ungeduld.

Seite um Seite blätternd überflog Isabelle die Eintragungen der letzten Wochen und stellte mit lähmendem Entsetzen fest, dass Monsieur Bruels Anschuldigungen der Wahrheit entsprachen. Mindestens jede dritte Entnahme stammte von ihr, vorschriftsmäßig mit Datum, Uhrzeit und der Kontrollunterschrift eines Kollegen oder einer Oberschwester versehen.

»Ich habe keine Erklärung dafür.« Ihre Stimme klang brüchig und versagte letztendlich bei den letzten Silben. Mit fahrigen Bewegungen rückte sie die Bücher auf dem Tisch zurecht. »Jemand muss sich für mich ausgegeben haben.«

»Wie bitte? Das ist doch wohl nicht Ihr Ernst? Wie soll dies vor sich gegangen sein? Sie müssen persönlich die Medikamente entnehmen und unterschreiben, und das in Gegenwart einer zweiten autorisierten Person des Hôpitals! Wenn Sie Probleme haben, Isabelle, dann erzählen Sie mir in aller Ehrlichkeit davon, und wir werden eine Lösung für Ihre Vergehen finden. Aber tischen Sie mir keine absurden Lügenmärchen auf!«

Röte schoss in Isabelles Gesicht, doch weder war sie beschämt, noch hatte sie Angst. Sie war bitter enttäuscht, dass ihr Mentor auch nur einen Augenblick ihre Unschuld anzweifeln konnte und stattdessen argwöhnte, sie hätte ein massives Drogenproblem, das sie dazu zwang, Narkotika aus der ihr anvertrauten eigenen Abteilung zu stehlen und ihre Mitarbeiter zu hintergehen. Auch ihn, Bruel.

»Wenn Sie die Eintragungen mit meinen Dienstplänen vergleichen, werden Sie herausfinden, dass ich die meiste Zeit nicht einmal im Hôpital anwesend war, obwohl ich angeblich unterschrieben habe. Aber Sie scheinen von meiner Schuld überzeugt zu sein, also bitte ich Sie, diese Diebstähle korrekt untersuchen zu lassen. Die Polizei ist gerade im Haus, das trifft sich günstig.« Sie hatte ruhig und fest gesprochen, kein Zögern verriet ihren unbändigen Zorn oder ihre tiefe Trauer über Bruels Misstrauen.

Bruel seinerseits glaubte ihr zwar, aber er war gezwungen gewesen, sie in die Ecke zu drängen, um ihre unvorbereitete Reaktion zu sehen. Sie war so ausgefallen, wie er sie sich erhofft hatte.

»Isabelle, natürlich glaube ich Ihnen, und ich werde selbstverständlich die Polizei benachrichtigen und Anzeige erstatten. Ich hatte nie auch nur den geringsten Zweifel an Ihrer Integrität, aber ich musste ein bisschen auf den Busch klopfen, um ganz sicherzugehen und Ihnen den Rücken stärken zu können.« Versöhnlich streckte er seine Hand über den Tisch in ihre Richtung.

Isabelle fixierte stumm seine Augen, bis er sich abwandte, die Hand sinken ließ und auf die Bücher zwischen ihnen blickte.

»Ich fahre jetzt nach Hause, sollte die Polizei eine Aussage von mir benötigen, Monsieur Bruel, Médecin-Chef.« Isabelle zog ihr bandagiertes Bein vom Hocker, balancierte, um ihr Gleichgewicht zu finden, und wandte sich vom Tisch ab, um zur Tür zu humpeln.

Dass sie ihn mit seinem vollen Titel angesprochen hatte, machte ihm seinen fatalen Fehler mit einem fürchterlichen Schlag bewusst. Er hatte sie gedemütigt, sie an den Pranger gestellt und war sich dabei auch noch besonders schlau vorgekommen. Anstatt mit ihr die Vorfälle auf Augenhöhe zu diskutieren, hatte er sie verdächtigt und beschuldigt. Natürlich würde er sich nicht sogleich an die Polizei wenden, vielmehr wollte er mit Isabelle vorerst eine Besprechung mit dem gesamten Team abhalten. Möglicherweise ließ sich ja im kleinen Kreis alles aufklären. Wenn nicht, müsste er die Angelegenheit natürlich offiziell anzeigen, was dem Ruf der ohnehin nicht besonders renommierten Klinik allerdings empfindlichen Schaden zufügen würde.

»Isabelle, verzeihen Sie, warten Sie, ich bitte Sie –«

»Nein, ich verzeihe nicht. Nein, ich warte nicht. Nein, Sie müssen mich um nichts bitten.«

Isabelle drehte sich, während sie sprach, nicht einmal mehr um, öffnete die Tür, nickte der Sekretärin im Vorraum höflich zum Abschied zu, wartete auf den Aufzug, und erst als sie allein in der Kabine nach unten fuhr, übermannten sie Entsetzen über die Diebstähle, Verletzung über Bruels Verhalten und Sorge über Philippes verlassenen Wagen. Und nicht zuletzt die mittlerweile vertraute Übelkeit.

Die Durchsuchung

Emilie senkte schweigend den Kopf. Sie hatte genug gesehen und war zutiefst verstört und verwirrt. Fröstelnd rieb sie sich die Oberarme und wandte sich der Verbindungstür zur Diele zu.

»Ich muss mich tatsächlich geirrt haben«, meinte sie beiläufig, während Claire hinter ihr leise die Tür ins Schloss zog und ihr in die Küche folgte.

»Kein Problem, Em, das passiert doch jedem einmal. Vergiss es! Wir sollten aber jetzt endlich alles für die Polizei vorbereiten. Kommst du?«

Abwartend stand Claire vor Philippes Büro und zwang sich, ein paar Tränen aus den Augenwinkeln zu quetschen. Emilie nickte zustimmend und sah an Claire vorbei in Phils Arbeitsraum, der ausgesprochen aufgeräumt und ordentlich war. In mannshohen Regalen waren farbige Mappen fein säuberlich beschriftet und systematisch eingeordnet, in Fächern lagen in millimetergenauen Stapeln Bücher, in Schubladen lagen Computerteile in Reih und Glied. Die beiden Frauen zogen Ordner mit den Schildern »Bank«, »Versicherungen« und »Job« aus den Fächern und blätterten sie durch.

Claire hatte schon davor gewusst, dass auf Bankkonto und Sparbuch genügend Geld vorhanden war, dass sie damit ungefähr zwei Jahre gut leben konnte, ohne sich um Arbeit kümmern zu müssen. Sie konnte darüber verfügen, sie hatte Zugang zu allen Konten und eigene Kreditkarten. Ebenso wusste sie, dass es tatsächlich eine wechselseitige Lebensversicherung gab, deren Begünstigte sie war, sollte Philippe einem tödlichen Unfall oder Mord zum Opfer fallen. Selbstmord war von der beträchtlichen Prämie extra ausgenommen, bei spurlosem Verschwinden gab es irgendeine verschachtelte Regelung. Soweit Claire diese in Erinnerung hatte, bestand eine komplizierte Klausel mit Verjährungsfrist, bevor sie ihre Ansprüche geltend machen konnte. Außerdem müsste sie Philippe für tot erklären lassen, und das wollte sie keinesfalls. Sie brauchte das Geld aus der Versicherung nicht zum Überleben, und das war gut so; somit hatte sie kein offensichtliches Motiv, ihren Ehemann umzubringen, und würde als Hauptverdächtige bald ausscheiden.

Emilie war sehr ruhig und in sich gekehrt, und sie tat Claire leid. Die Schmach, als verwirrt und greise vorgeführt zu werden, hatte sie nicht verdient. Aber Claire hatte keine andere Möglichkeit gesehen, Em von ihrer fatalen Beobachtung abzubringen, als Selbstzweifel in ihr zu säen. Die Saat war gerade dabei aufzugehen und zu gedeihen, wie sie Emilies Stirnrunzeln und unsteten Blicken entnehmen konnte. Em war verunsichert, ob sie ihren alten Augen oder ihren mangelhaften Erinnerungen noch trauen konnte. In Gedanken bat Claire sie demütig um Verzeihung und versprach, ihr jedes kleinste Detail genauestens zu erzählen, sobald alles vorbei war.

Vier Polizisten kamen gegen zehn Uhr am Vormittag, durchstöberten Philippes Sachen, warfen einen oberflächlichen Blick in den Fitnessraum, durchsuchten das restliche Haus sowie die Garage gründlich nach vermeintlichen Hinweisen, verloren zu Claires Erleichterung kein Wort über die Pfützen unter dem Wagen, packten verschiedenste Mappen und Unterlagen ein und verluden sie zusammen mit seinem Computer in ihren Lieferwagen.

Sie wanderte inzwischen mit Emilie ziellos in den Räumen umher, mit hängenden Schultern, tapfer bemüht, ihre Fassung zu wahren, und verzweifelt bereit, die kriminalistischen Ermittlungen nach allen Kräften zu unterstützen. Zwischendurch bot sie immer wieder Kaffee und Gebäck an, was alle ablehnten, weil sie mit ihrer Arbeit fertig werden und sich nicht den jammernden Tiraden einer unglücklichen Ehefrau aussetzen wollten.

Claire erhielt eine Quittung für jedes einzelne Teil, und der älteste der Polizeibeamten versicherte ihr, dass sie alles unbeschädigt wieder zurückbekommen würde, sobald die Untersuchungen abgeschlossen wären. Außerdem kündigte er Pierre Laroches Besuch um die Mittagszeit an; bis dahin wisse man wahrscheinlich schon einiges mehr über den Verbleib ihres Mannes. Alles in allem waren die Beamten sehr freundlich und mitfühlend, wichen verlegen Claires tränenverhangenen Blicken aus und belästigten sie nicht weiter. Nach zwei Stunden war der Zauber vorbei, und es wurde ruhig im Haus.

Emilie verabschiedete sich etwas überstürzt mit der Absicht, sich nach der anstrengenden Nacht ein wenig auszuruhen, nicht ohne Claire zu versichern, sie sei jederzeit erreichbar und würde in ein, zwei Stunden ohnehin wiederkommen, um ihr beizustehen.

Claire dankte ihr gerührt, vergoss ein paar Tränen und umarmte Emilie innig zum Abschied. Als sie die Tür hinter Emilie fest verschlossen hatte, richtete sie einen Eimer mit heißem Wasser und nach Aprikosen duftendem Schaumbad, packte zur Sicherheit eine Einwegwindel mit Gummiverstärkung, Hautcreme und einige alte Handtücher zusammen und trug alles in den Fitnessraum.

Sie öffnete die Klappe und rümpfte die Nase wegen des scharfen Geruchs, der daraus hervorströmte. Die Matten eigneten sich hervorragend als mobile Unterlage, mit deren Hilfe sie Philippe aus dem Fach ziehen konnte. Während sie ihn von den uringetränkten Putzlappen befreite, sorgsam wusch und eincremte und ihm danach die Windel anlegte, erzählte sie Philippe haargenau, was seit seinem letzten Glas Champagner geschehen war. Sie war der festen Überzeugung, dass er sie irgendwo in tiefsten Hirnregionen hören konnte und dass es ungemein wichtig war, dass er an ihrem gemeinsamen Leben teilnahm, auch wenn er körperlich nicht anwesend sein konnte. Vor sich hin plappernd reinigte sie die Matten, massierte seine Arme und Beine und überlegte dabei kurz, ihm die Hände statt auf den Rücken vor den Bauch zu binden, kam aber wieder davon ab, weil sie fürchtete, er könnte zu früh erwachen und mit den Fingerknöcheln an die Klappwand klopfen. Das erschien ihr im Augenblick noch zu riskant. Zum Schluss wischte sie noch das Fach mit einem Lappen aus, und erst als sich der üble Geruch in einen sanft fruchtigen Duft verwandelt hatte, war sie erleichtert. Sie stapelte die noch feuchten Matten wieder auf den Boden, legte drei trockene Handtücher in Gesäßhöhe darauf, rollte Philippe mit Hilfe der letzten Matte wieder in seine neue Bettstatt zurück und deckte ihn mit ihr zu. Sein Gesicht war bleich und von einem feinen Schweißfilm überzogen, Puls und Atmung waren zwar sehr langsam, aber regelmäßig. Zärtlich streichelte sie seine eingefallenen Wangen, küsste ihn auf Stirn, Augenlider und Nase und registrierte dabei zufrieden, dass das Klebeband noch straff genug saß. Sie entschloss sich, ihn mit dem Gesicht zur Rückwand auf die Seite zu drehen, da sie vermeiden wollte, dass er sich womöglich übergeben musste und an seinem eigenen Erbrochenen erstickte.

Mit einem leichten Stöhnen drückte sie die Klappe energisch wieder in ihre Verankerungen, warf die schmutzigen Tücher in den Eimer, klemmte sich die Creme unter den Arm, räumte in Bad und Abstellraum ihre Utensilien ein, wusch sich die Hände, schaltete erneut die Waschmaschine mit den Putzlappen ein, öffnete die Verbindungstür zur Garage, damit die Pfützen im Luftzug schneller trocknen konnten. Sie wollte bewusst nicht aufwischen, hätte sie doch damit nur verräterische Spuren und keine natürlich eingetrockneten Ränder hinterlassen. Dann ging sie ins Schlafzimmer, legte sich ins Bett und schlief tief und traumlos, bis ein dröhnendes Hämmern an der Eingangstür sie unsanft aus ihrer wohlverdienten Ruhepause riss.

Unter Freunden

Emilie war durcheinander und schalt sich selbst eine dumme ängstliche Närrin, während sie eilig über die Straße zu ihrem Haus lief, rasch die Doc Martens und Jacke anzog, Notizbuch, Stift, etwas Kleingeld und Schlüssel in die Hosentaschen steckte und umgehend wieder ihr Heim verließ. Sie musste jetzt weg von hier, aus der Distanz über alles nachdenken, sich ein Gläschen in ihrem Stammbistro gönnen und vielleicht mit Louis, dem alten Besitzer, ein wenig über die Welt philosophieren, um auf andere Gedanken zu kommen.

In der Metrostation kaufte sie bei Suzanne's ein knuspriges Pain au chocolat, zwängte sich im überfüllten Waggon durch die Fahrgäste und gab sich dabei recht gebrechlich und zittrig, sodass sich eine junge Frau ihrer erbarmte, sich von ihrem Sitzplatz nahe dem Ausgang erhob und ihn Emilie anbot. Em bedankte sich überaus freundlich, setzte sich und aß gemütlich und zufrieden in sich hinein grinsend ihr Pain. Nach zwanzig Minuten stieg sie an der Haltestelle direkt vor dem Louvre aus und spazierte gemächlich über die Pont Neuf direkt ins Herz des Quartier Latin. Hier am linken Seine-Ufer hatte sie sich immer am wohlsten gefühlt. Zwar war es einst als Viertel der Intellektuellen und Künstler bekannt geworden, doch diese ruhmreichen Zeiten waren schon seit den fünfziger Jahren vorbei. Emilie hatte den steten Wandel traurig miterleben müssen. Wo einst der Wind aus verrauchten Bars Piano- und Bassklänge auf die Straße geweht hatte, füllten heute Imbissbuden oder Tandläden jeden Zentimeter entlang der Bürgersteige aus, um dem nie versiegen wollenden Touristenstrom fettige Pizzen oder billige Kunstdrucke feilzubieten.

Nur einige wenige Lokale hatten der Modernisierung die Stirn geboten und legten auch keinen Wert auf schnelles Geld von gaffenden ausländischen Besuchern. Eines davon war Louis' kleines Bistro, das eigentlich nur aus einem einzigen Raum bestand und wie ein altertümliches Wohnzimmer mit verschlissenen

Sofas, bunt zusammengewürfelten Stühlen, schiefen Beistelltischen, ausgefransten Brokatvorhängen und zwei geschnitzten Kommoden eingerichtet war. An den Wänden hingen vergilbte Kinoplakate, ungerahmte Aquarelle vom seinerzeit legendären Rive Gauche, mit denen die Künstler vermutlich ihre warmen Mittagessen bezahlt hatten, und Fotografien in scharfem Schwarz-Weiß von französischen Filmstars wie Simone Signoret, Alain Delon oder Brigitte Bardot. An der Stirnseite des Raumes befand sich eine uralte Theke, hinter der Louis' Frau Rosalie an einem gusseisernen Herd den »Plat du Jour«, das Tagesmenu, zubereitete. Louis war achtzig, seine Frau sechsundsiebzig und die beiden Söhne, die, seit sie laufen konnten, die Gäste bedienten, weit über fünfzig. Louis hatte nie Aushilfen angestellt, jeden einzelnen Tag im Jahr arbeitete er nur mit seiner Familie im Bistro, Enkelkinder mit eingeschlossen.

Louis war es damals gewesen, der zu Fuß quer durch die halbe Stadt zu ihr gelaufen war, um ihr die Nachricht zu überbringen, dass ihr zweiter Ehemann mit den drei Söhnen betrunken mit dem Auto von der Pont Neuf in die Seine gestürzt war. Louis war es auch gewesen, der seine Schwiegertöchter damit beauftragt hatte, in der schweren Zeit danach Emilie bei den Begräbnisvorbereitungen zu unterstützen und sie jeden Tag am Abend in das Bistro zu bringen, damit sie von Rosalie gehegt und – meist gegen ihren Willen – mit einer kräftigen Mahlzeit versorgt wurde. Im Gegenzug hatte Emilie nach Rosalies Hüftoperation hinter der Theke mitgeholfen und mit so manch schmackhaftem Eintopf die erstaunten Gäste im Lokal erfreut. Von da an holte Louis sie immer dann, wenn Not am Mann war, und sie kam gern, um zu helfen. Emilie schätzte die Freundschaft zu Louis und Rosalie sehr, und weder Schnee noch Regen oder flimmernde Großstadthitze konnten sie davon abhalten, den beiden mindestens dreimal in der Woche einen Besuch abzustatten und mit ihnen ein gemütliches Schwätzchen zu halten.

Als Emilie ankam, merkte sie, dass sie heute nicht so richtig in Stimmung zu einem Tratsch war. Louis und Rosalie warfen sich über ihren Kopf hinweg einen besorgten Blick zu, Louis zuckte hilflos die Achseln, brachte Emilie ihr kleines Glas Rotwein und etwas Brot und behielt sie im Auge.

Sie las aufmerksam in ihrem abgegriffenen Notizbuch, fügte hin und wieder zusätzliche Anmerkungen ein, schüttelte manchmal mit gefurchter Stirn den Kopf, trank ihren Wein schneller als üblich aus und orderte ganz entgegen ihrer Gewohnheiten ein zweites Glas. Als sie ungefähr die Hälfte davon getrunken hatte, setzten sich Louis und Rosalie wortlos zu ihr, legten die Hände auf den Tisch und beugten sich erwartungsvoll nach vorn.

Emilie seufzte, war aber gleichzeitig froh, ihre Geschichte mit jemandem teilen zu können, und so berichtete sie von den Ereignissen der letzten Nacht. Als sie zu dem Teil kam, wie sie Claires Auto und die Pfützen in der Garage gesehen hatte und einfach keinen plausiblen Grund dafür fand, warum Claire sie belügen sollte, andererseits aber sicher war, dass Claires Wagen in der Nacht nicht in der Garage gewesen war, riss sie dabei mit zitternden Fingern Brotkrümel von den Baguettestücken und drehte sie zu winzigen Teigkugeln, die sie dann auf eine Serviette fallen ließ.

Louis und Rosalie erkannten Emilies Dilemma sofort, waren aber auch im Laufe ihrer aufgeregten Erzählung nachdenklich geworden.

»Emilie, sei vorsichtig. Claire war in der Nacht unterwegs, das sage ich dir. Weiß der Himmel, wo und warum, aber sie verheimlicht dir irgendetwas.« Rosalie schrubbte ihre abgearbeiteten Hände an der Kittelschürze und zog ihre Stirn nachdenklich in Falten. »Claire lügt. Vielleicht ist sie ihrem Mann nachgefahren.«

Kein Verdacht

Isabelle hatte, so schnell es ihr mit ihrem steifen Fuß möglich war, das Krankenhaus verlassen und war nach Hause gefahren. Am Parkplatzgelände war sie erneut von einem jungen Flic aufgehalten und nach ihren Personalien gefragt worden. Auf ihre Frage, warum es hier diesen Polizeieinsatz gebe und ob sie vielleicht irgendwie behilflich sein könnte, hatte er nur stumm den Kopf geschüttelt und sie weitergewunken.

Zu Hause ließ sie sich erschöpft auf ihr Sofa fallen, unfähig, sich umzuziehen oder etwas zu trinken zu holen. Hunger hatte sie nicht, obwohl sich in ihrer Magengrube ein flaues Gefühl breitgemacht hatte, das sie nicht länger ignorieren konnte. Mehr aus Pflichtgefühl denn aus Lust am Essen raffte sie sich auf, wärmte eine Portion Fertigsuppe und aß dazu ein Stück hartes, trockenes Brot.

Es war beinahe Mittag, und der Schneeregen war in leises Nieseln übergegangen, dunstige Nebel hatten sich über Paris gesenkt und raubten der Stadt das natürliche Tageslicht. Sie saß im Dunklen im Wohnzimmer, löffelte langsam die Suppe, kaute sorgfältig die alte Brotrinde und versuchte, diese furchtbare, lähmende Angst um Philippe nicht überhandnehmen zu lassen.

Wo war er? Was war passiert? Wie könnte sie Näheres über ihn erfahren, ohne die Aufmerksamkeit auf sich zu lenken?

Sie war sich sicher, dass niemand über ihr Verhältnis Bescheid wusste. Kein Mensch schöpfte Verdacht. Philippe und sie waren mehr als vorsichtig, ja geradezu paranoid in ihren Tarn- und Täuschungsmanövern gewesen. Mietautos, Prepaid-Telefone, falsche Namen, niemals schriftliche Mitteilungen, keine E-Mails, keine SMS … die Liste der Maßnahmen, die sie ergriffen hatten, um ihre verbotene Liebe geheim zu halten, war schier endlos, vor allem aber erfinderisch.

Philippe wollte die Scheidung langsam und mit Anstand vorbereiten; nach dem Weihnachtsfest hatte er eine erste Aussprache mit Claire und den Mädchen geplant, bis spätestens

Februar sollte alles geregelt sein. Er würde das Haus hinter der Champs-Élysées verlassen und mit Isabelle sein, wie er sagte, sein zweites »Isaphil«-Leben beginnen. Mit den Umbauarbeiten in ihrem beschaulichen Häuschen am Friedhof hatten sie schon vor einem Jahr gemächlich begonnen, Elternschlafzimmer und Bad waren fertig renoviert und neu eingerichtet, mit den restlichen Räumen wollte sie an ihren freien Tagen über Weihnachten und Neujahr beginnen.

Doch diese freudigen Vorhaben hatten jeglichen Glanz verloren und waren unwichtig geworden. Sorge und Ungewissheit trieben sie rastlos von Zimmer zu Zimmer; das Mobiltelefon fest umklammert, stolperte sie unruhig im Haus umher und grübelte über alle unfassbaren Möglichkeiten nach, die Philippe zugestoßen sein könnten. Am schlimmsten war die deprimierende Untätigkeit, zu der sie gezwungen war, die sie wie ein Korsett umschloss und ihr das Atmen schwer machte.

Um ihrer aller Leben willen durfte sie jetzt nicht verzweifeln, nicht resignieren, sie musste optimistisch bleiben und durfte die Hoffnung nicht verlieren. Nach vorne schauen. Die gemeinsame Zukunft nicht aus den Augen verlieren.

Viel zitierte Schlagworte aus Selbsthilferatgebern. Leere Worthülsen. Heiße Luft. Hohle Phrasen.

Hier und jetzt war sie verzweifelt, hatte sie Angst, war sie panisch.

Mitten auf den kalten Küchenboden setzte sie sich hin, kaute am Daumennagel, die Tränen liefen ihr übers Gesicht, und langsam kroch aus ihrem übersäuerten Magen wieder – welche Überraschung! – die Übelkeit.

Nichts Neues

Claire hatte nicht von Philippe geträumt, war nicht mit rasendem Herzklopfen und verschwitztem Haar aus ihrem Bett hochgefahren und hatte keine vor Angst ausgetrocknete Kehle. Ihr Schlaf war entspannend und erholsam gewesen, viel zu kurz zwar, doch immerhin ausreichend, um gelassen und mit ruhigem Kopf die Tür zu öffnen, die Laroche so vehement bearbeitet hatte.

»Geht es Ihnen gut, Madame Bonnet? Ich klopfe schon seit einiger Zeit und –«

»Kommen Sie herein, Inspecteur Laroche. Ich war kurz eingenickt.« Claires Tonfall war beinahe schroff und ungeduldig, und sie stand bereits an der Kaffeemaschine und werkelte lautstark daran herum, noch bevor Laroche die Tür geschlossen und Schuhe und Jacke vom Schneeregen abgeklopft hatte.

Hoffnungsvoll richtete sie ihren Blick auf ihn und knetete nervös ihre Finger. Sie war sehr attraktiv, auch in ihrem derzeitigen verzweifelten Zustand, bemerkte Laroche irritiert, und er atmete tief durch, bevor er am Küchentisch auf demselben Stuhl, auf dem er schon bei Sonnenaufgang gesessen hatte, unaufgefordert Platz nahm.

»Wir haben ihn nicht gefunden, Madame Bonnet. Sein Auto war offen. Der Schlüssel steckte, sein Mobiltelefon war in der Halterung, und wir haben im Wageninneren seine rote Mütze und einen Handschuh gefunden. Gegen zwanzig Uhr hat er einen Anruf von einer Nummer erhalten, die wahrscheinlich von einem Prepaid-Telefon kam, das konnten wir bis jetzt überprüfen, und die Techniker versuchen sich gerade an der Ortung. Tatsache ist jedenfalls, dass er nicht vom Krankenhaus angefordert wurde. Er erhält schon seit zwei Jahren keine Aufträge mehr von diesem Hôpital, da Einsparungsmaßnahmen die Verwaltung dazu zwingen, die Angestellten mit Wartung und Bedienung der Computeranlagen zu betrauen. Ansonsten haben wir nur mehr Ihre Anrufe feststellen können. Die fingen so gegen drei Uhr morgens an, nicht wahr?«

Claire nickte nur, sprach aber nicht. Ihre Augen musterten ihn erwartungsvoll.

»Wussten Sie, dass er nicht mehr für das Hôpital arbeitete?«

Sie schüttelte langsam den Kopf.

»Für uns sieht es so aus, als ob ihn jemand auf den Angestelltenparkplatz locken wollte. Leider gibt es auf dem veralteten Gelände keine Überwachungskameras oder Zeitschranken, und es wird schwierig werden, Zeugen zu finden für diese Zeit. Der Schichtwechsel für Schwestern und Ärzte beginnt um sechs Uhr früh, und abends ist der Parkplatz um zwanzig Uhr belebt. Das ist die Zeit, zu der Philippe angerufen wurde, für die Fahrt benötigte er annähernd zwei Stunden. Das heißt, bei seiner Ankunft muss das Personal schon entweder zu Hause oder beim Dienst in der Klinik gewesen sein.«

Er ließ seine Worte wirken. Claire wandte sich der Kaffeemaschine zu, hantierte klirrend mit den Tassen und setzte sich damit zu ihm an den Tisch.

»Was hat das alles zu bedeuten, Pierre?«, flüsterte sie heiser. Indem sie ihn beim Vornamen nannte, schuf sie Vertraulichkeit zwischen ihnen, demonstrierte ihre Hilflosigkeit und erweckte in ihm das Bedürfnis, ihr zu helfen. Dieses archaische Gefühl würde ihn nicht auf den falschen Gedanken bringen, sie als Verdächtige in Betracht zu ziehen.

»Das kann ich Ihnen leider noch nicht genau sagen, Madame Bonnet. Wir befürchten, dass er entführt wurde. Wir konnten ihn nirgends finden, haben das gesamte Klinikareal, alle Räumlichkeiten und das Gelände im Umkreis von zwanzig Kilometern abgesucht. Die Suche geht aber noch weiter, keine Sorge. Wir haben bereits Hubschrauber und Hundestaffeln angefordert. Er dürfte zumindest nicht verletzt sein, wir haben weder Blut noch andere Spuren gefunden, die darauf schließen lassen, dass er …« Claires Schluchzen unterbrach seine weiteren anschaulichen Ausführungen.

Laroche sah ihr eine Weile zu, dann neigte er sich zu ihr hin, legte seine schmalen dunklen Finger mit den blütenweißen Nägeln über ihre Hände und drückte sie sanft.

»Claire, Sie müssen sich jetzt zusammenreißen. Ich muss noch einiges mit Ihnen besprechen, damit ich vielleicht Anhaltspunkte finde, die mir bei der Suche helfen könnten, in Ordnung?«

Claire lächelte innerlich. Er hatte sie Claire genannt und damit die heroische Rolle, die sie ihm zugedacht hatte, angenommen.

»Konnten Sie irgendetwas von dem Telefonat mit Philippe hören? Eine Stimme aus dem Hörer vielleicht? Haben Sie irgendetwas bemerkt?«

Wieder konnte sie nur stumm den Kopf schütteln.

»Hat Ihr Mann Neider? Verfügt er über viel Geld? Hat er sich vielleicht jemanden zum Feind gemacht? Ist Ihnen irgendetwas an ihm in letzter Zeit aufgefallen? Haben Sie eigenartige Anrufe erhalten? War irgendetwas anders als sonst? Denken Sie nach! Es geht um jede noch so unbedeutende Kleinigkeit!«

Er feuerte die Fragen ohne Atempause auf sie ab, um ihr keine Gelegenheit zu bieten, über ihre Antworten allzu lange nachdenken zu können.

»Hören Sie sofort auf!« Claire presste sich die Handflächen auf ihre Ohren und schrie ihn tränenüberströmt an. »Nein, nein, nein … zu allen Fragen nein! Lassen Sie mich in Ruhe! Sie haben doch seinen Computer und alle unsere Unterlagen. Sehen Sie nach! Finden Sie es heraus! Und bringen Sie mir Philippe zurück!« Nun hemmungslos schluchzend barg sie ihr Gesicht in ihren Händen, Laroche blickte auf ihre glänzenden Locken und den zuckenden Rücken und musste sich eingestehen, dass seine Taktik nicht allzu beeindruckende Ergebnisse hervorgebracht hatte. Es wurde Zeit, sich auf die ernsthafte Suche nach Monsieur Bonnet zu machen. Von Claire waren keine bahnbrechenden Erkenntnisse zu erwarten; sie führten offenbar eine recht liebevolle Ehe, hatten keine finanziellen Probleme, galten aber auch nicht als reich. Alles schlicht und einfach, ohne großartige Besonderheiten. Seine Kollegen befragten gerade Nachbarn und umliegende Geschäfte, auch im Arbeitsumfeld von Philippe, bei den beiden Töchtern und Claires Freundinnen würde man sich genauestens über das Leben der Bonnets umhören.

Pierre Laroche stand auf, räusperte sich und musste sich zwingen, ihr nicht tröstend über die geröteten Wangen zu streichen.

»Bleiben Sie erreichbar. Ich komme am Abend noch einmal

vorbei, es könnte aber spät werden. Rufen Sie mich an, wenn Ihnen noch etwas einfällt.«

Wie die Porzellanpuppe einer aufgezogenen Spieluhr nickte Claire mechanisch vor sich hin, starrte in ihre Tasse und sah auch nicht auf, als die Tür hinter ihm ins Schloss fiel. Sie wusste, sie würde ihn am späten Nachmittag unter einem Vorwand anrufen müssen, um zu verhindern, dass er noch einmal persönlich nach ihr sehen wollte.

Denn für den Abend hatte sie leider schon eine überaus prickelnde Verabredung. Unten.

Ein nettes Ehepaar

Nach fünfzehn Stunden lieferten die kriminaltechnischen Untersuchungen von Champagner und Gläsern, Philippes Wagen, seinem Mobiltelefon, seinen Computerdaten, den Versicherungsunterlagen und in Haus und Auto gesicherten Fingerabdrücken nur magere, um nicht zu sagen überhaupt keine verwertbaren Ergebnisse.

Nachbarn, Geschäftsangestellte, Kellnerinnen, Philippes Vorgesetzter, Firmenkollegen und die wenigen engeren Freunde aus dem Bekanntenkreis der Bonnets waren sich samt und sonders einig: ein nettes, angenehmes Ehepaar mit wohlerzogenen Töchtern; wohlhabend aufgrund Philippes gut bezahltem Job, aber nicht reich; führten ein schlichtes, ruhiges Leben ohne Skandale; Streit oder gar Handgreiflichkeiten waren nie vorgekommen; lebten seit über zwanzig Jahren in der Sackstraße hinter der Champs-Élysées; Philippe war seit jeher beruflich viel unterwegs; Claire kümmerte sich aufopferungsvoll um Heim, Garten und die Mädchen.

Keine Auffälligkeiten, keine Besonderheiten, keine Anhaltspunkte für ein Motiv, warum Philippe freiwillig das Weite gesucht haben und noch viel weniger dafür, warum er entführt worden sein sollte.

Auch Madame Bonnet bot keinen greifbaren Anlass für wilde Spekulationen. Sie profitierte nicht von Philippes Verschwinden und hatte dadurch keinen finanziellen Gewinn aus hohen Versicherungsprämien. Erschien sie anfangs hysterisch und übertrieben verzweifelt, so beruhigte sie sich doch sichtlich in Anbetracht der polizeilichen Bemühungen und versuchte, sich zusammenzunehmen und zu kooperieren. Sie leistete keinen Widerstand bei der Durchsuchung ihres Hauses, hatte ohne Diskussion einer Abhörung und Ortung ihres Mobiltelefons zugestimmt für den Fall, dass sie von Entführern kontaktiert werden sollte, hatte bereitwillig alle Unterlagen zur Verfügung gestellt und war alles in allem so ängstlich und weinerlich, wie es in ihrer Situation wohl verständlich war.

Hubschrauber und Hundestaffeln hatten ebenfalls nichts entdecken können. Der Dauerregen, in den sich zwischendurch immer flaumige Schneeflocken mischten, hatte sein Übriges dazu beigetragen, um die Spurensuche zusätzlich zu erschweren.

Philippe war wie vom Erdboden verschluckt, obwohl alle wussten, dass das einfach nicht sein konnte.

Pierre Laroche war also nach der letzten Teambesprechung in seinem Büro hinlänglich ratlos. Auch seine Kollegen, die für die Ermittlungen abgestellt waren, konnten mit keinen nützlichen Ideen dienen und übergaben der Nachtschicht die nächsten Aufträge für intensivere Untersuchungen an Philippes Hab und Gut.

Was Laroche am meisten beschäftigte, war der Auffindungsort des Wagens sowie der anonyme Anruf, der eingegangen war, um den auffällig beleuchteten, aber verlassenen Wagen zu melden.

Die Anruferin hatte bis jetzt trotz modernster Technologien nicht zurückverfolgt werden können, und er ging davon aus, dass es sich um eine Ärztin oder Krankenschwester handelte, die nach einem anstrengenden Arbeitstag nur mehr nach Hause und sich nicht mit lästigen Befragungen zu einem Auto, das sie gar nichts anging, aufhalten lassen wollte.

Warum Philippe auf dem Parkplatz des Hôpitals, für das er schon seit zwei Jahren nicht mehr engagiert worden war, geparkt hatte, war Laroche ein Rätsel. Der Verwaltungsdirektor hatte angegeben, dass Philippe vor einigen Jahren für die Installierung und Wartung der gesamten Computeranlagen verantwortlich gewesen war. Im Zuge der Einsparungsmaßnahmen durch Frankreichs Gesundheitsministerium hatte das Vorstandsgremium beschlossen, Philippe eine Woche dafür anzufordern, das Personal auf allen Geräten einzuschulen, und ansonsten durfte die Computerfirma nur in dringenden Notfällen, zum Beispiel bei Ausfall überlebenswichtiger Anlagen wie in Operationssälen oder Intensivstationen, mit Reparaturarbeiten beauftragt werden. Zum Glück war dies aber in den letzten zwei Jahren nicht erforderlich gewesen, und daher hatte man Philippe auf dem Klinikgelände während der Einschulung zum letzten Mal gesehen. Er hatte damals einen eigenen Parkplatz zugewiesen bekommen, aber dieser lag direkt vor dem Haupteingang, da Philippe des Öfteren unhandliche, schwere Teile hatte transportieren müssen.

Laroche beschäftigte sich gerade aufmerksam mit den gesammelten Notizen an der großflächigen Pinnwand, als sein Telefon klingelte und Claire ihn mit mühsam beherrschter Stimme bat, von seinem angekündigten abendlichen Besuch abzusehen, außer er wäre unabdingbar, da sie Emilie bitten wollte, bei ihr zu übernachten, in ihrer ersten Nacht ohne Philippe. Außerdem wollte sie ein Schlafmittel zu sich nehmen. Ob er vielleicht gleich morgen früh kommen könne? Um sechs würde sie schnell in die Boulangerie ums Eck laufen, um frisches Brot und Croissants zu besorgen, und er könne dann gern mit Emilie und ihr gemeinsam frühstücken. Pierre teilte ihr in knappen Worten den aktuellen Stand der Ermittlungen mit, sicherte sein Kommen für sieben Uhr früh zu, wünschte ihr eine gute Nacht und bestellte Grüße an Emilie.

Er freute sich auf das Frühstück, und das ärgerte ihn.

Eine absurde Möglichkeit

Mit furchtbar schlechtem Gewissen, dass Claire vielleicht ausgerechnet während ihres Besuchs bei Louis und Rosalie ihrer Hilfe bedurft hätte und sie nicht zur Stelle gewesen war, machte sich Emilie mit vom schweren Wein unsicheren Beinen auf den Heimweg. Anfangs hatte sie wieder die Metro ab Louvre Rivoli nehmen wollen, aber als sie aus dem Bistro trat, schwirrte ihr der Kopf von Rosalies unglaublichen Vermutungen, und sie genoss die schneekalte Luft. An der Metrostation hielt sie inne und beschloss kurzerhand, noch durch den Jardin des Tuileries zu spazieren, den sie um diese Jahreszeit besonders liebte. Kaum ein Mensch verirrte sich an einem eisigen Sonntag bei diesem Wetter in die großzügigen, kunstvoll gestaltete Parkanlage, und Emilie fürchtete sich nicht vor Taschendieben oder Raubüberfällen. Was sollte ihr schon passieren? Sie war alt, nicht teuer gekleidet und trug weder wertvollen Schmuck noch eine prall gefüllte Handtasche bei sich – alles in allem bot sie keinen verlockenden Anblick für eine ertragreiche Ausbeute. Vor Jahren hatte sie ein betrunkener Obdachloser in den unterirdischen Gängen der Metro mit einer zerbrochenen Bierflasche bedroht und bestehlen wollen, aber nachdem sie aus den Tiefen ihrer abgenutzten Jacke einen Geldschein gezogen, umständlich nach weiteren Münzen gekramt und sie ihm ohne Gezeter und Geschrei hingehalten hatte, hatte er sie aus rot umränderten Augen traurig angesehen, nur nach den Münzen gegriffen und beschämt »Madame, ich danke Ihnen« gemurmelt. Em fühlte sich sicher, und das Vertrauen darauf, dass sie nicht zum willfährigen Opfer taugte, hatte sie noch nie im Stich gelassen.

Vielmehr beschäftigte sie Rosalies Verdacht, dass Claire lüge und Philippe vielleicht sogar nachspioniere. Emilie erschien diese Möglichkeit völlig absurd. Aber nun war es zu spät, diese vermessenen Gedanken hatten sich schon unangenehm in ihrem Kopf und, was noch viel schlimmer war, in ihrem Herzen eingenistet und trieben dort ihre bösen Spielchen. Em konnte sie einfach nicht zum Schweigen bringen, sie musste sich damit auseinandersetzen, um ihnen ihren negativen Einfluss auf ihren alten Verstand zu nehmen.

Es war durchaus möglich, dass Claire Philippe gefolgt war. Emilie hatte schließlich nicht ununterbrochen am Fenster gestanden und das Häuschen der Bonnets beobachtet. Es gab große Lücken in ihrem Zeitplan, in denen Claire die Garage hätte verlassen und wieder zurückkehren können. Aber warum hätte sie das tun sollen? Hatte Philippe etwas zu Hause vergessen, das Claire ihm nachgebracht hatte? Unwahrscheinlich. Das hätte sie Emilie doch erzählt. Warum also hatte sie gelogen? Wollte sie überprüfen, ob Philippe die Wahrheit sagte, und war es ihr peinlich, dies Emilie gegenüber zuzugeben? Noch unwahrscheinlicher. Claire hatte Emilie im Verlauf ihrer engen Freundschaft an weit pikanteren Details ihres Ehelebens teilhaben lassen, und dies war in erster Linie Emilie peinlich gewesen.

Sobald sie nach Hause kam, würde sie sich aufwärmen, umziehen und mit einer Flasche Rotwein zu Claire gehen, vielleicht sogar in einem der Mädchenzimmer übernachten. Sie würde Claire reden lassen, vorsichtige Fragen stellen und versuchen, aus Claires Verhalten etwas herauszufinden, das ihr eine vernünftige Erklärung für den fehlenden Wagen in der Garage bot.

Kaum hatte sie diesen Entschluss gefasst, löste sich die enge Klammer, die sich seit dem Gespräch mit Claire um ihren mageren Brustkorb gelegt hatte, und sie durchquerte den herrlichen Park in seiner gesamten Länge, bis sie durch den trüben Nieselregen das im Jugendstil gefertigte, verblichene Schild ausmachen konnte, das den steilen Treppenabgang zur Metrostation der Tuileries kennzeichnete.

Tapfer ignorierte sie das flaue Zittern in ihrer Magengrube, das sich immer dann einstellte, wenn Emilie das untrügliche Gefühl hatte, dass ihre Welt nicht mehr rund war.

Laute Schreie

Der graue Nachmittag war früh in einen dunklen Abend übergegangen, und Claire schaltete die weihnachtlichen Lichterketten vor dem Haus ein, um wenigstens nach außen hin den Anschein zu wahren, auf Philippes Rückkehr mit heimeliger Wärme vorbereitet zu sein.

Um unwillkommenen Überraschungen vorzubeugen, rief sie Emilie an, sobald sie auch bei ihr gegenüber die Lichter angehen sah.

Sie bat Em mit trauriger Stimme, ob sie in dieser furchtbaren Nacht bei ihr bleiben könne, bis am Morgen Pierre Laroche zum Frühstück kommen würde. Sie wolle sich nur noch ein wenig ausruhen, ein Bad nehmen und sich etwas sammeln.

Wie erwartet, sagte Em sofort ihre Unterstützung zu, und sie vereinbarten, dass Claire nochmals anrufen solle, wenn sie alles erledigt hatte und bereit war.

Claire ging ins Badezimmer, machte Licht und richtete wieder einen Eimer mit duftendem Badezusatz. Sie ließ das Licht brennen, packte eine frische Windel, Lappen und Handtücher zusammen, füllte in der Küche in eine Wasserflasche einige Tropfen aus der Essigflasche und stieg beschwingt die Kellertreppe zum Fitnessraum hinab.

Die Fußbodenheizung strahlte eine angenehme Wärme aus. Philippe war von dem Narkosemittel noch viel zu schwach, um sie angreifen zu können oder eine ernsthafte Gefahr darzustellen. Wenn er dank ihrer fürsorglichen Kochkünste wieder einigermaßen bei Kräften war, sah die Sache allerdings schon ein wenig anders aus. Da wäre es dann leicht möglich, dass sie sich vor ihm schützen musste. Sei es mit Hilfe einer geschlossenen Tür samt Schlitzfach, Pfefferspray, Taser oder gezückter Einwegspritzen.

Claire war aufgeregt wie vor ihrem ersten richtigen Rendezvous mit Philippe. Sie war zuversichtlich, dass er sich hier unten wohlfühlen und nicht mehr böse sein würde, wenn er nur erst den Grund dafür wusste und alles verstand.

Der beleuchtete Raum wirkte zwar karg, aber durchaus gemütlich, und es stank auch nicht mehr nach Ammoniak oder sonstigen Fäkalgerüchen. Claire legte ihre Utensilien ab, kniete sich vor das Fach und öffnete vorsichtig die massive Klappe, wider besseres Wissen darauf gefasst, dass sich Philippe irgendwie von seinen Fesseln hatte befreien können und sich auf sie stürzen würde. Die Zeit zum Aufwachen war nach ihrer eigenen Erfahrung mit dem Narkotikum schon vor ungefähr einer halben Stunde gekommen.

Er blickte ihr direkt in die Augen.

Claire fuhr erschrocken zurück. Seine Augen waren zwar von einem milchigen Schleier getrübt, aber er blinzelte nicht, als das plötzliche Licht die undurchdringliche Finsternis des engen Fachs erhellte.

Als er sie erkannte, verzog er unter dem Klebeband seinen Mund zu einem verkrampften Lächeln, das seine feinen Augenfältchen kräuseln ließ, und er drehte mit angespannten Nackenmuskeln den Kopf in ihre Richtung. Dabei presste er aufgeregt dumpfe Laute zwischen den verklebten Lippen hervor und ruckelte mit Schultern und Knien hin und her.

»Pscht, ruhig, Philippe, ganz ruhig, mein Schatz«, flüsterte Claire und strich ihm zart über die schweißbedeckte Stirn und die fahlen Wangen, auf denen erste dunkle Bartstoppeln über ihre kühle Handfläche kratzten.

Philippe schloss mit einem tiefen Stöhnen die Augen und legte entspannt seinen Kopf wieder auf die Matte zurück.

Claire packte mit beiden Händen die Matte und zog kraftvoll daran, bis sie Philippe aus dem Fach gezogen hatte. Schlaff lag er da und verfolgte mit trockenen Augen jede ihrer Bewegungen.

Claire lächelte ihm zärtlich zu.

»Das Schlimmste haben wir überstanden, Liebster. Bis jetzt ist auch alles gut gegangen. Keine Komplikationen, keine Probleme, alles bestens.« Sie strahlte ihn glücklich an. Auch Philippes Augen glänzten schon ein wenig klarer, und er lächelte erleichtert.

»Geht es dir gut, mein Schatz. Bist du in Ordnung?«

Philippe nickte langsam und versuchte, ihr mit Augen, Kopfbewegungen und heftigem Rütteln an den Handfesseln klarzumachen, dass sie ihn endlich von all diesen Foltergeräten befreien sollte.

»Ja, ja, ich weiß schon, Chéri, bald ist es so weit! Aber zuerst musst du mir aufmerksam zuhören, einverstanden?«

Philippe runzelte die Stirn, aber wieder nickte er bedächtig.

Claire setzte sich zu seinen Füßen auf den Boden und begann, seine nackten Zehen zu massieren.

Philippes Blick schweifte im Raum umher und fiel schließlich auf Eimer, Lappen und Wasserflasche.

Er riss die Augen auf und suchte in Claires Gesicht eine Erklärung für das Unfassbare.

Ernst und stumm wich sie seinem Blick nicht aus und bearbeitete weiter seine Beine, in die mit schmerzhaften Nadelstichen das Blut schoss und zu zirkulieren begann.

Er hatte begriffen. Unbarmherzig schnell begriffen. Mit aller Kraft zog er instinktiv seine Knie an, versuchte, sie mit seinen Beinen wegzustoßen, aber er war zu schwach und zu erschöpft, um mehr als nur ein unkontrolliertes Zucken zustande zu bringen. Er schlug seinen Kopf verzweifelt in den Boden, drehte seine Schultern und riss an den Plastikbändern an seinen Handgelenken hinter dem Rücken. Keuchend stieß er übel riechenden Atem durch die Nase aus und versprühte dabei schaumigen Schleim.

Claire war seinem hilflosen Stoß mühelos ausgewichen und knetete nun seine Wadenmuskeln.

»Hör auf damit!«, befahl sie ihm scharf.

Philippe erstarrte.

»Je eher du begreifst, wie sinnlos es ist, sich zu wehren, desto schneller werde ich dich freilassen. Hast du das verstanden?«

Aus seinen Augenwinkeln stahlen sich einzelne Tränen, er schloss die Lider und zog sein Kinn zur Brust.

»Fein, dann wäre das klar. Es kann dich hier unten niemand hören, Philippe. Ich habe bei der Renovierung Schallschutzmatten verwendet, der Boden und auch die Decke sind mit speziellen Platten zur Geräuschdämmung ausgelegt. Ich habe gelernt, dass Schall durch jede Luftritze dringt, daher hat dieser Raum keine Entlüftung oder Klimaanlage. Die Tür ist ebenfalls schallisoliert, und den Türknopf kann ich nach Belieben abnehmen, da er nur magnetisch aufgesetzt ist. Zu öffnen ist diese Tür ausschließlich von außen, aber das ist dir wohl schon aufgefallen, nicht wahr?« Bei diesen Worten schmunzelte sie.

Philippe starrte regungslos an die schneeweiße Decke.

»Im dritten Spot in der Mittelreihe der Lichterschiene befindet sich, wie du siehst, keine Lampe, sondern eine kleine Kamera, mit der ich dich oben beobachten kann. Der Hohlraum in der Tür ist nichts anderes als ein Schlitz, über den ich dich versorgen kann, ohne den Raum zu betreten. Das Fach ist ab jetzt dein Bett, in dem du dich, je nachdem, welche Besucher sich bei uns anmelden, auch zwischendurch immer wieder zurückziehen wirst. In nächster Zeit wird das noch ziemlich häufig der Fall sein, da die Polizei allen Ernstes um dein Wohlergehen besorgt ist, und auch die Mädchen werden den Weihnachtsabend hier bei uns verbringen. Sie werden sehr traurig sein, dass du nicht bei uns bist, Philippe.«

Tränen liefen über seine Schläfen, immer wieder schniefte er durch die Nase.

»Nicht weinen, Philippe, das kann gefährlich für dich werden. Wenn der Schleim dich verstopft, kannst du weder durch die Nase noch durch den Mund atmen und erstickst. Und das wollen wir doch beide nicht, mein Liebling!«

Besorgt hob sie seinen Kopf an, wischte mit einem feuchten Lappen über sein Gesicht und putzte ihm die laufende Nase wie einem Säugling.

»Nun, ich habe bei meiner Renovierung zweifellos an alles gedacht, du weißt ja, wie akribisch ich bin. Das hast du ja oft genug an mir zu bemäkeln gehabt.« Claire lachte leise.

Philippe reagierte nicht.

»Ich werde gut für dich sorgen, Philippe, keine Angst. Das habe ich schließlich auch die letzten fünfundzwanzig Jahre gemacht, da hattest du nichts daran auszusetzen, oder? Ich werde dich mit deinen Lieblingsspeisen verwöhnen, hin und wieder bringe ich dir zu besonderen Anlässen sogar ein Gläschen Champagner, wenn du möchtest. Was deine Körperhygiene angeht, kümmere ich mich darum, solange es nötig ist. Später schiebe ich dir fürs große Geschäft eine Bettpfanne durch den Schlitz und zum Pinkeln eine Urinflasche. Du wirst dich schon daran gewöhnen. Haben wir erst unsere kleine Ehekrise hinter uns, fallen mir bestimmt noch andere Dinge ein, die du gern magst.« Ihr kecker Tonfall sollte verwegen und sexy klingen. Philippe erschauerte.

Während ihrer Ausführungen massierte sie unentwegt Philippes Gliedmaßen oder rubbelte mit dem in warmem Wasser getränkten Lappen seinen Körper ab.

»So, nun weg mit der Windel und umgedreht!« Sie riss mit gerümpfter Nase die Klebeverschlüsse der Windel auf, zog sie mit einem kräftigen Ruck unter seinem Gesäß hervor und rollte ihn auf den Bauch. Philippe drehte sein Gesicht zur Seite und blickte auf eine nackte Wand.

»Ich glaube, mehr musst du für den Anfang noch nicht wissen, Chéri. Lass alles einmal sickern und denk in Ruhe darüber nach. Es ist halb so schlimm, wie du es momentan empfindest. Das Wichtigste ist, dass wir zusammen sind. Nichts kann uns trennen, Phil, wirklich gar nichts.«

Mit schroffen Griffen drehte sie ihn wieder auf den Rücken, sodass sein nicht unerhebliches Gewicht auf den Armen und Händen zu liegen kam, und er stöhnte bei den Stichen, die durch seine Glieder fuhren.

»Ja, mein Liebster, ich weiß, das ist sehr unangenehm. Aber es dauert wirklich nicht mehr lange«, versicherte sie ihm verständnisvoll.

Glühend heiß schoss ihm die Schamesröte ins Gesicht, als sie seine Beine anhob, ihn mit feuchten Tüchern zwischen Pobacken und Hoden reinigte, eincremte und eine frische, nach antiseptischen Mitteln stinkende Windel anlegte.

Feine Schweißtröpfchen standen ihr auf Stirn und Oberlippe, eine lockige Haarsträhne klebte an ihrer feuchten Wange, in ihren dunklen Augen lag ein sanfter Schimmer.

»So, Philischatz. Das hätten wir. Nun bist du wieder frisch und richtig zum Knuddeln.« Claire beugte sich über ihn, drückte ihre Lippen liebevoll in seine Halsbeuge und kuschelte ihren Kopf kurz an seine Schulter.

»Ich habe dir auch etwas zu trinken mitgebracht. Natürlich ist das Wasser mit einem starken Schlafmittel versetzt, damit du dich von den Anstrengungen etwas erholen kannst. Leider kann ich erst morgen Vormittag wieder zu dir kommen. Emilie wird heute bei mir übernachten, und morgen früh kommt unser lieber Inspecteur Pierre. Also rate ich dir, so viel wie möglich zu trinken. Mach dir keine Gedanken wegen der Windel, mein Schatz. Das ist überhaupt kein Problem, und ich hab genug davon eingekauft, wirklich!«

Philippe würgte. Ätzende Magensäure fraß sich entlang der Speiseröhre ihren Weg in die Mundhöhle, und panisch hob er mit geröteten Wangen den Kopf. An seinen Schläfen pochten dicke blaue Adern und schienen ihn zu zerreißen.

»Ach du meine Güte, Phil, stell dich nicht so an!«, schimpfte Claire ungehalten, riss ihm das Klebeband vom Mund und hielt ihm einen Lappen davor, in den er den zähen, bitteren Schleim spuckte.

Sorgsam fuhr sie ihm mit einem frischen Tuch über den Mund, säuberte auch die Mundwinkel, und er versuchte, sie zu beißen. Spielerisch schlug sie ihm mit dem Tuch leicht ins Gesicht.

»Na, na, mein Lieber. Wer wird denn die Hand beißen, die ihn füttert?« Sie griff nach der Wasserflasche. »Komm, trink, sonst dehydrierst du, und ich kann dir nicht vor morgen helfen.«

Er drehte den Kopf weg, und sie seufzte.

»Philippe, komm schon, sei nicht kindisch. Du schadest dir nur selbst. Möchtest du in diesem Klappfach da elend verrecken? In einem Sarg, den du dir noch dazu selbst gezimmert hast?« Claire schüttelte ungehalten den Kopf, so wie sie ihn immer dann geschüttelt hatte, wenn ihr die Mädchen eine fadenscheinige Lügengeschichte aufgetischt und gedacht hatten, sie würde sie tatsächlich glauben. Ihr Mund verzog sich zu einem spöttischen, beinahe mitleidigen Lächeln. Sie hielt ihm erneut den scharfen Rand der Plastikflasche an die Lippen.

Er schrie, laut und dröhnend röhren wollte er, brüllen, damit man ihn hinaus bis auf die Straße, ja sogar bis in Emilies Haus hören konnte. Ein heiseres, armseliges Krächzen quälte sich aus seiner ausgetrockneten Kehle, vermischt mit pappigen Speichelfäden, die wie ekeliger Leim an seinen Lippen kleben blieben.

»Okay, Liebling. Bist du jetzt bereit für die Flasche?«

Philippe hob mit geschlossenen Augen den Kopf, öffnete den weiß gesäumten Mund und schluckte gierig, als Claire ihm behutsam den Flaschenhals an die Lippen setzte.

Es dauerte eine geraume Weile, bis er die Flasche ausgetrunken hatte, erst ungestüm, später in kleinen Schlucken, damit er nicht husten oder erbrechen musste.

Zufrieden warf Claire die leere Flasche in den Eimer zu den Tüchern, der benutzten Windel und dem restlichen Wasser und zog ein Stück Klebeband aus ihrer Jeanstasche, das sie vorsorglich vorbereitet hatte.

Philippe presste fest die Lippen aufeinander und warf wild den Kopf hin und her.

Claire stellte ihre Beine links und rechts neben seinen Kopf und presste mit den Fußknöcheln seine Ohren zusammen. Der gleißende Schmerz brannte bis in die letzte Haarwurzel, und bevor er noch einen Ton von sich geben konnte, war sein Mund wieder fest verklebt.

Erschüttert und schockiert fixierte er mit den Augen seine verrückte Ehefrau, in der Hoffnung, in ihrem hübschen Gesicht einen Hinweis auf einen schrecklichen Irrtum oder ein spaßiges Abenteuer zu finden, aber sie zog ihn geschäftig samt seiner Matte wieder in Richtung Fach, packte ihn unter den Schultern, drückte und schob ihn in den Hohlraum, bettete ihn in seine frühere Position, erkundigte sich »Geht das so, Liebling?«, küsste ihn auf Nasenspitze und Wangen und ließ mit einem fröhlichen »Bis morgen, mein Schatz! Schlaf gut und träum süß!« die Klappe fallen.

Er musste unbeweglich und seiner elementaren Fähigkeiten beraubt mitanhören, wie sie den Raum aufräumte, zur Tür ging und diese von außen geräuschvoll zuzog, sodass sie fest im Schloss einrastete.

Philippe lag mit offenen Augen in der Schwärze seines einzigartigen Einbauschranks, lauschte dem aufgeregten Hämmern seines verwirrten Herzens und hoffte, dass das Schlafmittel schnell und schmerzlos seine Wirkung tun und ihn erlösen würde.

Was tun?

Erst als die beißende Kälte ihr in den Oberkörper gekrochen war und sie mit klammen Fingern versuchte, sich die Arme warm zu reiben, fiel Isabelle auf, dass es draußen bereits dämmrig geworden war. Sie rappelte sich umständlich auf, und der scharfe Schmerz, den ihr bandagierter Knöchel beim Auftreten verursachte, ließ sie zusammenzucken. Der Drang, sich in ihrem Bett zwischen warmen Kissen und Decken zu verkriechen und der Verzweiflung hemmungslos hinzugeben, war beinahe übermächtig.

Aber Isabelle wusste aus leidvoller Erfahrung, dass sie sich dabei keineswegs besser fühlen würde. Zu oft hatte sie in den letzten Jahren erfolglos versucht, mit dieser zweifelhaften Strategie ihren Kummer zu mildern; etwa wenn Philippe ein Treffen absagte, weil er zu Hause einen Wasserrohrbruch reparieren oder an Isabelles Geburtstag seine Frau ins Theater begleiten musste oder aber wenn er am Weihnachtsabend nicht bei ihr sein konnte. Stundenlanges Grübeln und Weinen hatten ihren Zustand stets nur verschlimmert, aber letzten Endes nichts an ihrer komplizierten Situation geändert. Dennoch hatte sie keine einzige Minute in Erwägung gezogen, Philippe zu verlassen.

Isabelle wusste, dass sie sich jetzt nur mit Ablenkung über Wasser halten konnte. Um die Ängste um Philippe und die aufkeimende Panik in den Griff zu bekommen, musste sie etwas Sinnvolles tun, sich bewegen, aktiv werden, die Lethargie überwinden. Sie stellte die Heizanlage um einige Stufen höher und während sich wohlige Wärme langsam im ganzen Haus ausbreitete, ging sie von Raum zu Raum, um überall Lampen einzuschalten, Vorhänge zuzuziehen und die Kerzen des dekorierten Weihnachtstellers am Couchtisch im Wohnzimmer anzuzünden. Obwohl die innere Spannung nicht wich, fühlte sie sich ein wenig wohler und nahm eine ausgiebige heiße Dusche. Eingewickelt in ihren flauschigen Bademantel kauerte sie sich auf das Sofa im Wohnzimmer und verspürte plötzlich große Lust auf ein Glas Rotwein. Sie verlor den inneren Kampf gegen ihr Verantwortungsbewusstsein und Gewissen und schenkte sich ein halbes Glas ein. Das unruhige Flackern der Kerzenflammen lullte sie behaglich ein, und sie überlegte, was sie unternehmen konnte, um ihrer untätigen Hilflosigkeit zu entfliehen. Die einzige Möglichkeit, etwas über Philippes Verbleib in Erfahrung zu bringen, war, sich dem Inspecteur aus dem Hôpital, der nach Philippe suchte, anzuvertrauen und zuzugeben, dass sie nicht nur die anonyme Anruferin, sondern auch Philippes Geliebte und zukünftige Ehegattin war. Sie konnte ihn zwar um Verschwiegenheit und Diskretion bitten, aber wenn sie ehrlich war, war es ihr eigentlich mittlerweile egal, ob die Welt von ihrem Verhältnis erfuhr oder nicht. In einigen Wochen würde sie ohnehin mit ihm ein neues Leben beginnen. Isabelle war der felsenfesten Überzeugung, dass Philippe nicht freiwillig verschwunden war. Er war immer schonungslos ehrlich, manchmal zu ehrlich für ihr Empfinden. Hätte er ihre Beziehung beenden wollen, so hätte er es ihr gewiss gesagt, auch auf die Gefahr hin, dass sie zutiefst verletzt gewesen wäre.

Für ihr zweites Problem, die fehlenden Narkotika im Krankenhaus, fand sie beim besten Willen überhaupt keine vernünftige Erklärung. Sie war bestürzt und entrüstet über Bruels Vermutung, dass sie süchtig sei, konnte jetzt aber auch ein wenig Verständnis dafür aufbringen, dass sich die Angelegenheit für ihn aufgrund der offensichtlichen Indizien so darstellen musste. Isabelle sprang auf, startete ihren Laptop und rief das Verzeichnis der Dienstpläne ihrer Station der letzten fünf Monate auf. Sie würde daraus eine minutiöse Aufstellung ihrer eigenen Dienstzeiten erarbeiten, auch wenn es die ganze Nacht dauern sollte. So hatte sie wenigstens genug zu tun und würde am frühen Morgen ihre Aufzeichnungen mit dem Medikamentenregister vergleichen. Zusätzlich würde sie Bruel darum bitten, am Nachmittag eine Krisensitzung in seinem Büro für ihr gesamtes Team der Intensivstation anzuordnen. Möglicherweise konnte in Gesprächen mit ihren Kollegen etwas Licht in diese ominösen Vorfälle gebracht werden. Sollte dies nicht der Fall sein, würde sie nach dieser Besprechung den Inspecteur kontaktieren, um diese ungewöhnlichen Diebstähle selbst zur Anzeige zu bringen, und ihn bei dieser Gelegenheit nach Philippe fragen.

In Gedanken holte sie Phils Einverständnis für ihre Vorhaben ein, und sie sah ihn zustimmend nicken. Er würde es genauso machen.

Überlegungen zu Claire

Genauso plötzlich, wie er in den schwarzen Strudel des Tiefschlafes gefallen war, wachte er wieder auf. Philippe verspürte keine Schmerzen, auch nicht, als er seine starren Schultern und die verdrehten Hände auf seinem Rücken vorsichtig bewegte. Claire musste dem Wasser auch ein Schmerzmittel hinzugefügt haben, und dafür war er ihr beinahe dankbar. Er horchte angestrengt in die Dunkelheit, doch das einzige Geräusch, das er wahrnahm, stammte von seinem Herzen, das sich beruhigt zu haben schien, denn es klopfte nun ruhiger und vor allem in einem steten Rhythmus. Er wackelte ein wenig mit den Zehen und hob die Knie an, so weit es ging, um sich ein wenig zu bewegen und die Starre zu lösen. Auch den Kopf hob und drehte er einige Male und kreiste mit den Schultern in dem beengten Radius, den seine fixierte Haltung und der schmale Verbau zuließen.

Mit einem unvermutet vehementen Schlag kamen die Erinnerungen.

Sein benebelter Verstand weigerte sich, das, was er gesehen hatte, auch zu begreifen. Dass seine eigene Frau, die er besser kannte als sie sich selbst, ihn gefangen hielt, war einfach nicht möglich, und dafür gab es auch genügend Beweise: Sie war zwar handwerklich einigermaßen geschickt, aber nie im Leben dazu imstande, diesen Raum schalldicht zu isolieren. Außerdem hatte sie nicht die geringste Ahnung von elektrischen Leitungen, wie sollte sie daher eine winzige Videokamera in einen Lichterspot eingebaut haben? Und wie hätte sie sich die Betäubungsmittel beschaffen können? Aber der wichtigste Grund von allen: Sie liebte ihn hingebungsvoll und aufrichtig, war keinesfalls fähig dazu, ihm Leid zuzufügen. Schließlich war er seit fünfundzwanzig Jahren mit ihr verheiratet, kannte jeden intimsten Zentimeter ihres Körpers und konnte ihre wechselhaften Stimmungen allein daran erkennen, wie sie beim Seufzen die Lippen schürzte oder verärgert ihre Stirn furchte. Weder war sie verschlagen noch clever genug, sich eine solch infame Grausamkeit auszudenken und auch durchzuführen. Wie hatte er nur eine Sekunde lang auf den absurden Gedanken kommen können, dass die häusliche, liebenswerte, besonnene, manchmal etwas naive, aber keineswegs dumme Mutter seiner Töchter ihn einsperren könnte? Und vor allem – weswegen?

Es tat ihm furchtbar leid, dass er in blindem Wahn nach ihr getreten und sogar versucht hatte, sie zu beißen. Was war bloß in ihn gefahren? Zum Glück hatte sie keinen Schaden genommen. Er musste ihr unbedingt erklären, dass die verheerenden Nebenwirkungen der Nervengifte, mit denen er betäubt worden sein musste, diese verwerflichen Reaktionen in ihm ausgelöst hatten.

Sie waren überfallen worden, dies war die einzig plausible Lösung dieses Horrorrätsels. Die Verbrecher zwangen Claire zu allen möglichen unvorstellbaren Handlungen, nachdem sie ihn hier eingesperrt und damit unschädlich gemacht hatten. Unter schlimmsten Androhungen musste Claire ihn versorgen und ihm all den Unsinn von isolierten Wänden und einem magnetischen Türgriff erzählen. Die reinste Psychofolter. Was wollten sie? Vielleicht war es nur ein Einzelner. Nicht auszudenken, wie dieser Abschaum Claire oben tyrannisierte, während er hier unten verdammt war, eine Windel zu nässen und schwarze Löcher in eine noch schwärzere Finsternis zu starren. Er stieß verbissen die Fersen in die weiche Matte, ließ die angezogenen Knie abrupt gegen die dicken Holzwände fallen, den Hinterkopf in den Boden hämmern – was immer er auch versuchte, kein Laut drang an seine Ohren, die Schaumstoffmatten verschluckten jedes Geräusch, und die stabilen Holzwände konnte er nicht erreichen.

Sie hat dich problemlos herausgezogen und wieder hereingerollt. Sie muss sehr kräftig sein, um das zu schaffen.

Klar und deutlich hörte er das verstohlene Wispern, das sich seiner rauen Philippe-Stimme bemächtigt hatte und hinter der linken Ohrmuschel zischte.

Claire, die ihn rasend machte, weil sie immer zum ungünstigsten Zeitpunkt nach ihm rief, um den Verschluss eines Konservenglases aufzudrehen? Claire Bonnet, seine Ehefrau, die im

Sommer niemals den verkohlten Grillstein aus seinen Schienen hob, um ihn zu schrubben, weil er für sie viel zu schwer war? Seine Claire, die ihn abends nach seiner anstrengenden Arbeit die läppischen Einkaufstüten aus dem Wagen tragen ließ, weil sie Schmerzen im Rücken hatte?

Keiner schläft

Isabelle kniff die brennenden Augen zusammen, um auch die letzten Zeilen mit ihren Diensteinträgen von dem flimmernden Monitorbild abschreiben zu können, bevor sie sich wieder auf den Weg zur Schicht ins Hôpital machen musste.

Philippe zwickte hinter seinem Rücken mit gekrümmten Daumen und Zeigefingern ständig in die dünne Haut seiner Handgelenke, dort, wo direkt unterhalb der Puls schlug, um nicht einzuschlafen und dem nahenden Wahnsinn wach zu begegnen.

Laroche entfernte sämtliche Notizen von der Pinnwand und begann damit, den Fall von Neuem zu rekonstruieren; er war beinahe fertig, als ihm das Team der Tagesschicht eine dampfende Tasse Kaffee auf seinen mit losen Papieren übersäten Schreibtisch stellte.

Emilie wälzte sich in dem fremden Bett hin und her, musste die fremde Toilette aufsuchen, holte sich in der fremden Küche ein Glas Milch aus dem fremden Kühlschrank, ging an das fremde Fenster und blickte sehnsüchtig zu ihrem eigenen Haus auf der anderen Straßenseite, legte sich wieder in das fremde Bett, nahm sich ein fremdes Kinderbuch aus dem fremden Bücherregal, ging wieder zur fremden Toilette, machte das Licht an und schrieb in ihrem Notizbuch an einem fremden Tisch, holte sich in einem fremden Glas Wasser, …

Claire schlief. Bis auf eine kurze Unterbrechung.

Dunkle Augen

Kurz bevor er in die Straße zu den Bonnets einbog, fiel Laroche ein, dass eine offizielle Einladung zu einem Frühstück auf jeden Fall ein höfliches Gastgeschenk erforderte, auch wenn die Umstände für ihn beruflicher Natur waren. Er hielt aufmerksam Ausschau nach einem der winzigen Magasins, die alle naselang in den Seitenstraßen von Paris zu finden waren, und als er eines entdeckte, schaltete er kurzerhand die Alarmblinkanlage ein, parkte direkt auf der Fahrbahn in zweiter Spur und sprang aus dem Wagen. Ratlos sah er sich in dem engen Laden um und rätselte, was sich am besten als kleine Aufmerksamkeit eignen würde. Noch nie war er zum Frühstück eingeladen worden. Seine weiblichen Bekanntschaften hatten ihn zwar des Öfteren zum Abendessen gebeten, bei denen er pflichtbewusst mit dem obligaten Blumenstrauß oder der erlesenen Flasche Rotwein aufgekreuzt war, bis zum Frühstück war er allerdings nie geblieben.

Brot oder Croissants fielen aus, die wollte Claire besorgen. Orangensaft erschien ihm lächerlich, und schließlich entschloss er sich zu einer unspektakulären Packung italienischen Kaffees.

Vor der Doppelgarage von Claire und Philippe stellte er den Wagen ab, schnappte die Kaffeepackung und fühlte sich nicht nur todmüde, sondern eigenartigerweise ein wenig nervös, als ihm Claire gleich beim ersten Klingeln die Tür öffnete. Sie lächelte erfreut, dankte verlegen für den Kaffee und ging mit ihm gemeinsam in die Küche, wo Emilie bereits für einen reich gedeckten Tisch gesorgt hatte. Der Duft von Pains au chocolat mischte sich verführerisch mit dem von gebratenem Speck und Eiern, und erst jetzt fiel ihm auf, wie hungrig er nach der langen Nacht war.

Unausgesprochen hatten die beiden Frauen ihm seinen Stammplatz frei gehalten, und mit einem ungewohnten Gefühl von Behaglichkeit ließ er sich in den bequemen Stuhl fallen. Wie es wohl wäre, jeden anstrengenden Arbeitstag auf diese Weise zu beginnen? Ein wenig beneidete er in diesem Moment Philippe um Heim und Frau, wohl wissend, dass auch die Bonnets täglicher Routine und schleichender Gleichgültigkeit trotz ihrer Zuneigung zueinander vermutlich nicht entrinnen konnten.

Stumm musterten ihn Claires dunkle Augen. Sie sah gut aus an diesem Morgen, ausgeruht und entspannter als am Vortag. Auch trug sie etwas Make-up, und ihre dichten Locken dufteten nach Shampoo, als sie sich über ihn beugte, um den dampfenden Kaffee einzuschenken. Die alte Dame hingegen wirkte gerädert und besorgt und nestelte ständig an ihrer Serviette herum oder ordnete die Orangenspalten auf ihrem Teller von einer Seite zur anderen.

Es half alles nichts, er musste das Gespräch in Gang bringen. Claire und Emilie hofften schließlich, dass er gekommen war, um erfreuliche Neuigkeiten zu überbringen.

»Es tut mir leid, Claire, ich kann Ihnen nichts Neues berichten. Ich bin heute Nacht alles, was wir bisher wissen, nochmals durchgegangen, aber es gibt leider keine neuen Erkenntnisse. Die Suchtrupps sind immer noch unterwegs, die Fahndung haben wir auf ganz Europa ausgedehnt. Es sind mittlerweile ungefähr dreiunddreißig Stunden vergangen, seit Philippe sein Auto verlassen hat, aber wir haben nicht die geringste Ahnung, was danach passiert sein könnte. Schneefall und Regen erschweren die Suche, rund um das Auto haben wir keinerlei Spuren mehr ausmachen können.«

Claire biss sich so fest auf die Unterlippe, dass ihr Mund alle Farbe verlor und ihr Kinn zitterte. Sie nickte.

»Ich verstehe. Was geschieht jetzt?«

Laroche räusperte sich.

»Nun, wir suchen natürlich weiter. Mit allen Mitteln, die uns zur Verfügung stehen.«

Was er ihr verschwieg, war die Tatsache, dass sich sein Team in spätestens zehn Stunden mit anderen, dringenderen Fällen beschäftigen würde, da Philippe schon jetzt ein relativ kalter Fall war. Die Aufklärung von Vergewaltigungen, Kindesmisshandlungen und Messerstechereien der letzten Nacht war wichtiger und vor allem erfolgversprechender. Drei seiner Leute hatte er bereits von den Ermittlungen zu Philippes Fall abziehen müssen, damit sie sich den aktuellen Verbrechen widmen konnten.

Claire wischte sich ungeduldig eine Träne aus dem Augenwinkel. Emilie beobachtete sie mit ernstem Blick und verkniffenem Mund. Laroche bemerkte, dass sich die Stimmung von Emilie geändert haben musste, und er fragte sich nach dem Grund. Emilie hätschelte Claire heute nicht, war nicht besonders gesprächig und verhielt sich alles in allem merkwürdig zurückgezogen. Hatten die beiden Streit miteinander gehabt?

»Claire, ist Ihnen noch irgendetwas eingefallen? Haben Sie eine Idee, wo Ihr Mann sein könnte, auch wenn sie noch so abwegig erscheinen mag?« Gegen seinen Willen legte er nun schon zum zweiten Mal seine Hand beruhigend auf ihre, und als er es bemerkte, zog er sie sofort zurück und griff stattdessen zu einem Stück knusprigem Baguette.

Claire klopfte mit dem silbernen Teelöffel sanft auf das mit Sternen und Rentieren bedruckte Tischtuch und fixierte ihre halb leere Tasse.

»Vielleicht hat er tatsächlich ein Verhältnis. Vielleicht ist er einfach abgehauen. So wie man es immer wieder liest. So wie es immer nur anderen Frauen passiert.«

Emilie schloss die Augen und atmete tief durch.

Laroche wandte sich an sie. »Was meinen Sie dazu, Madame Dickson?«

Seufzend öffnete Em die Augen, bevor sie mit belegter Stimme antworte: »Monsieur, ich habe zwei Ehemänner und drei Söhne zu Grabe tragen müssen. Diese Erfahrungen haben mich gelehrt, dass nichts im Leben sicher, dafür aber alles möglich ist. Auch das Unglaubliche, das Schreckliche, das Unfassbare. Gerade Sie müssten das wissen.«

Laroche nickte bedächtig. Mehr würde er von ihr fürs Erste nicht erfahren. Er durfte nicht vergessen, sie in ihrem eigenen Haus zu besuchen, wenn sie allein war. Ohne Claire neben sich würde sie vielleicht ein wenig offener sprechen. Außerdem wollte er überprüfen, ob ihre Angaben zu dem, was sie in der Nacht gesehen hatte, stimmen konnten, und dazu musste er sich einen Überblick über die Lage ihres Arbeits- und Schlafzimmers verschaffen.

Ein betretenes Schweigen breitete sich aus, hüllte den gemütlichen Raum in eine zu enge Decke und nahm gemeinsam mit dem harzigen Geruch aus dem knisternden Kamin allen die Luft zum Atmen.

»Ab jetzt bleibt mir nichts anderes als zu warten, nicht wahr? Warten, hoffen, warten …« Claire brach ab.

»Durchsuchen Sie nochmals Philippes Sachen. Räumen Sie jeden Schrank aus, durchwühlen Sie jede Lade. Unsere Spezialisten durchforsten noch immer seinen Computer, vielleicht finden sie ja noch brauchbare Hinweise. Ich werde inzwischen dem Hôpital einen weiteren Besuch abstatten und genauer hinhören, was die Angestellten zu berichten haben. Mehr kann ich im Moment nicht für Sie tun.«

»Ich danke Ihnen, ich weiß Ihre Mühen wirklich sehr zu schätzen, Pierre. Ich werde mich auch gleich an die Arbeit machen, aber am Nachmittag möchte ich mit Emilie zum Einkaufen fahren. Lebensmittel, Weihnachtsgeschenke, Sie wissen schon … Es darf an nichts fehlen, wenn Philippe wieder nach Hause kommt. Das wird er, ich weiß es. Spätestens an Heiligabend wird er wieder hier sein. Das könnte er den Mädchen niemals antun, niemals.«

»Sie kennen Ihren Mann besser als jeder andere, Claire. Hoffen wir, dass Sie recht behalten. Sein Mobiltelefon liegt zusammen mit seinen anderen Sachen noch in meinem Büro. Wir benötigen sie noch, die Untersuchungen daran sind noch nicht abgeschlossen. Warum haben Sie ihn heute um vier Uhr morgens angerufen?« Es war ein Irrtum, zu glauben, er hätte sie mit dieser unvermuteten Frage überrumpelt. Das sah er sofort. Ihre Augen wurden feucht.

»Seine Stimme. Ich wollte nur seine Stimme hören. Wenn er den Text für die Mailbox spricht. Nur ein bisschen zuhören.«

Erste Zweifel

Jeder einzelne Knochen schmerzte von der harten Matratze und den Torturen einer unruhigen Nacht, und Emilie wollte endlich wieder nach Hause, um sich richtig auszuruhen. Sie hatte feste, lieb gewonnene Gewohnheiten, von denen sie sich nur widerwillig trennen konnte, auch wenn es nur vorübergehend war. Rituale, Regeln und Gepflogenheiten waren es, die sie ihre traurigen Schicksalsschläge hatten überleben lassen. Schrullig und starrsinnig hatte Rosalie sie einmal genannt, aber das war Em gleichgültig. Für sie bedeutete das sture Festhalten an verschiedensten Mustern Wohlbefinden und Sicherheit. Je älter sie wurde, desto wichtiger wurde es für sie, im eigenen Bett zu schlafen, nach Lust und Laune Bier zu trinken oder Nougat zu essen und vor allem unbedarft Toilette und Bad aufsuchen zu können, ohne auf Mitbenutzer Rücksicht nehmen zu müssen.

Die Nacht bei Claire war ein Opfer gewesen, das sie in Anbetracht der verzweifelten Situation ihrer jungen Freundin gebracht hatte.

Gemeinsam mit Laroche hatte sie Claire verlassen. Er hatte sie über den nassen, rutschigen Asphalt sorgsam über die Straße geführt und gebeten, noch ihr Haus inspizieren zu dürfen, um die Perspektive vom Fenster aus mit ihrer Aussage abzugleichen.

Ihr war klar, dass dies nur ein Vorwand war, um sich mit ihr allein unterhalten zu können, und sie fürchtete sich nicht davor. Aber der Zeitpunkt war denkbar schlecht gewählt, sie musste sich dringend erholen, damit sie nachmittags einigermaßen in der körperlichen Verfassung sein würde, sich mit Claire in den weihnachtlichen Einkaufswahnsinn zu stürzen. Daher erklärte sie ihm in knappen Worten ihr Bedürfnis nach Ruhe und Erholung, bat ihn für den nächsten Vormittag um seinen Besuch, dankte für sein Verständnis und flüchtete ins Haus.

Es war kühl im Inneren, sie hatte den Heizkessel gedrosselt, bevor sie am Vorabend zu Claire gegangen war, und nun würde es eine Weile dauern, bis es wieder behaglich warm war. Inzwischen bereitete sie Tee zu, ließ Badewasser einlaufen und entspannte ihre verkrampften Muskeln im heißen Wasser. Anschließend legte sie sich ins weiche Bett, stellte den Wecker auf zwölf Uhr mittags, schloss genüsslich die Augen und freute sich auf geruhsamen Schlaf, der nicht kam.

Stattdessen rotierten verworrene Gedanken in einer endlosen Schleife durch ihren geplagten Kopf. Die ununterbrochenen Grübeleien führten zu keinem zufriedenstellenden Ergebnis, allerdings betrachtete sie Claire nun mit etwas kritischeren Augen. Claire hatte gelogen, so viel stand zweifelsfrei fest, und Emilie fühlte sich bei diesem Gedanken unwohl, vor allem weil sie keinen offensichtlichen Grund dafür erkennen konnte. Was war das große Geheimnis, das sie nicht wissen durfte, das Claire so krampfhaft vor ihr verbergen musste, dass sie sogar Em belog? Nach jahrzehntelanger Freundschaft hatte sie es nicht verdient, hintergangen zu werden, fand Emilie.

Sie hatte Claire mit Argusaugen beobachtet, hatte versucht, Zwischentöne zu hören, und nach Anzeichen geforscht, die ihr Anhaltspunkte oder Fingerzeige dafür lieferten, welches Motiv Claire für ihre Lügen haben könnte.

Das Einzige, was ihr während des ausgiebigen Frühstücks auffiel, war, dass der Inspecteur ganz offensichtlich Gefallen an Claire gefunden und seine Beschützerrolle willfährig angenommen hatte. Das überraschte Em nicht; Claire konnte auch als verzweifelte Ehefrau durchaus reizend und anziehend auf einen Mann wirken. Inwieweit Laroches objektives Urteilsvermögen unter dieser Anziehungskraft leiden könnte, würde sich erst noch herausstellen. Em machte sich keine allzu großen Sorgen darüber, schließlich war das nicht ihr Problem.

Viel interessanter fand sie Claires Vermutung, Philippe könne sie wegen einer anderen Frau verlassen haben. Dieses bittere Eingeständnis musste Claire unglaublichen Mut gekostet haben, war sie doch beinahe schon obsessiv darauf bedacht, der ganzen Welt zu demonstrieren, welch glückliche Ehe sie führten, welch glückliche Ehefrau sie war, welch glückliches Leben sie hatten – so intensive, langjährige Glücklichkeit war Emilie immer schon ein wenig suspekt gewesen. Niemand war ununterbrochen glücklich, das war ein ungeschriebenes Gesetz des Lebens, doch Claire war in ihrem unerschütterlichen Glauben unbeirrbar und von ihrem außergewöhnlichen Glück überzeugt.

Emilie war jedoch nicht besonders verwundert gewesen, Parfum in Philippes Wagen zu bemerken, das eindeutig nicht Claire zuzuordnen war, als er sie vor Jahren mit ihrer Knieverletzung zum Arzt gefahren hatte. Sie war auch nicht schockiert oder entsetzt gewesen, als sie seinen Wagen regelmäßig bei dem alten Häuschen am Friedhof parken sah, das dem Bestatter-Ehepaar gehört hatte und nun von einer Ärztin des Hôpitals St. Antoine bewohnt wurde.

Emilie wusste dies deshalb so genau, da sie die Urne ihres ersten Mannes kurz nach dem Einzug in das Haus gegenüber den Bonnets auf den Friedhof von Clichy gebracht hatte. Niemand wusste darüber Bescheid, das schlichte Urnengrab besuchte sie entweder frühmorgens oder spätabends, wenn sie sich im Schutze der Dunkelheit wähnte und nicht Gefahr lief, von Angehörigen der Verstorbenen erkannt zu werden. Ihr erster Mann war deutscher Kriegsflüchtling gewesen, dem sie auf dem provenzalischen Bauernhof ihrer Eltern auf dem Heuboden Unterschlupf gewährt hatte. Ein liberaler, kriegsversehrter Pfarrer hatte sie in der Scheune zwischen Traktoren und Mistgabeln getraut, Franz hatte ihren Namen angenommen, und aus ihm war François geworden. Wie lange sie mit all diesen Lügen durchgekommen wären, kann man heute nicht mehr sagen. Seine unechte Geburtsurkunde war beim – ebenfalls deutschen – Fälscher jedenfalls noch nicht abbezahlt, da erlag sein ausgezehrter, magerer Körper einer Lungenentzündung. Derselbe Pfarrer sorgte für ein unauffälliges Begräbnis mit anschließender Verbrennung. Die billige Urne übergab er ohne viele Umstände Emilie, die sie im kargen Wald nahe dem Bauernhaus unter einem Lavendelstrauch begrub. Ihren zweiten Ehemann lernte sie schon bald darauf beim traditionellen Erntedankfest im Dorf kennen, zog mit ihm nach Poissy, gebar hintereinander drei Söhne und besuchte regelmäßig ihre Eltern, wobei sie stets die Gelegenheit nutzte, den verwucherten Lavendelstrauch zu beschneiden und statt eine Kerze anzuzünden einen weißen Stein unter seine buschigen

Äste zu legen. Nach dem Tod ihres Mannes und ihrer Söhne fuhr sie häufiger zu ihren Eltern, und als diese zu gebrechlich wurden, um den Hof weiter zu bewirtschaften, und ihn zum Verkauf anboten, grub Emilie die Urne aus, nahm sie mit in ihr Haus hinter der Champs-Élyssées und versuchte einen Friedhof zu finden, der François aufnahm. Dies erwies sich ohne amtliche Dokumente als ziemlich schwierig, nur das Bestatter-Ehepaar aus Clichy stellte keine Fragen, bereitete im hintersten Winkel an der Friedhofsmauer ein aufgelassenes Kindergrab vor und setzte die sterblichen Überreste von François bei. Em blieb den beiden in lockerer Freundschaft verbunden, und sie stattete ihnen auch heute noch hin und wieder einen kurzen Besuch im Altenheim ab, von dem sie jedes Mal deprimiert nach Hause zurückkehrte. Die Stadtverwaltung hatte bei der Übernahme des Friedhofs keine auffälligen Unregelmäßigkeiten in den registrierten Aufzeichnungen des alten Friedhofwärters gefunden, und dafür war Emilie sehr dankbar.

So konnte alles seinen gewohnten Lauf gehen, und Emilie wurde Zeugin von Philippes Ehebruch, den sie Claire verschwieg.

Das X

Mit vor Müdigkeit und Erschöpfung brennenden Augen erreichte Isabelle das weitläufige Parkgelände des Hôpitals und konnte ihren wuchtigen Jeep ungehindert auf ihrem reservierten Platz abstellen. Die polizeilichen Absperrungen waren aufgehoben, Philippes Wagen weggebracht worden, und auch sonst schien wieder alles ganz normal zu sein. Bis auf die Tatsache, dass Philippe verschwunden blieb.

In ihrem Büro überprüfte sie sorgfältig Entlassungen, Neuzugänge, geplante Operationen und Medikationspläne ihrer Patienten, bevor sie Bruel anrief und um die Anordnung der Besprechung am Nachmittag bat. Bruels erneute Versuche, sich bei ihr zu entschuldigen, erstickte sie im Keim, und danach war er überaus zuvorkommend und sicherte ihr bei der Aufklärung dieser ominösen Angelegenheit seine vollste Unterstützung zu.

Ein schwerer Unfall eines Reisebusses mit Senioren, die sich auf Ausflugsfahrt zu Weihnachtsmärkten in der Bretagne befanden, sorgte dafür, dass sie hoch konzentriert und angespannt im Einsatz war, sie fällte entschlossen Entscheidungen, erteilte Anweisungen, führte zwei komplizierte Eingriffe durch und versuchte, nicht den Überblick in dem hektischen Chaos zu verlieren. Am frühen Nachmittag übergab sie die Station dem leitenden Kollegen des Nachtdienstes und versammelte sich mit ihrem Team in Bruels Konferenzraum. Sie hatte ihre handgeschriebenen Aufzeichnungen dabei; und beim Abgleich mit Medikamentenregister und Operationsplänen der vergangenen fünf Monate stellte sich heraus, dass sie bei vierzehn Entnahmen nicht zum Dienst im Krankenhaus eingeteilt gewesen war. Dennoch war es ihre Unterschrift, die in den Listen neben den Bezeichnungen der Medikamente, Datum und Uhrzeit sowie den Namen der betreffenden Patienten vorschriftsmäßig die Entnahmen bestätigte. Zusätzlich hatten Kollegen oder Oberschwestern gegengezeichnet.

Nicht nur Isabelle, auch Bruel und ihre Mitarbeiter waren

verwirrt, und es entstand eine hitzige Diskussion darüber, wie diese unwiderlegbaren Aufzeichnungen zu interpretieren waren.

Isabelle strich mit den Händen unruhig die Seiten des Medikationsregisters glatt und zog die Mappe mit den Operationsplänen zu sich heran. Nur um jeden Irrtum auszuschließen, begann sie, die Namen der Patienten des Registers mit den Namen der Patienten, die tatsächlich operiert worden waren, zu vergleichen und bereits die ersten Namen stimmten nicht überein.

»Hier, seht euch das an, seht euch die Namen der Patienten an!«, rief sie aufgeregt aus und schob die Unterlagen Bruel zu.

Bruel blinzelte durch seine Lesebrille, fuhr angestrengt mit dem Finger die entsprechenden Zeilen entlang und schüttelte verständnislos den Kopf.

»Was soll das? Was hat das zu bedeuten? Warum haben Sie immer die Patientennamen der letzten Zeile abgeschrieben?«

»Das habe ich nicht! Ich habe diese Mittel nicht entnommen!«, schrie Isabelle entrüstet.

»Beruhigen Sie sich, wir sind ja jetzt hier, um eine Erklärung zu finden«, wies Bruel sie nicht unfreundlich zurecht. »Wenn Sie hier herumschreien, lösen Sie damit kein Problem.«

Aufgelöst fuhr Isabelle sich mit der Hand über die Augen und lehnte sich stöhnend in ihrem Sessel zurück.

»Am vierten Dezember hast du mich um eine Unterschrift für drei Ampullen Propofol gebeten. Du kamst direkt aus dem OP und hattest es wegen einem Notfall sehr eilig. Du hast nicht einmal deinen Mundschutz entfernt oder die Handschuhe ausgezogen. Ich erinnere mich daran, weil wir kurz zuvor noch auf dem Parkplatz miteinander gesprochen hatten. Du wolltest eigentlich nach Hause fahren, und ich bedauerte, dass du wieder einmal unvermutet einspringen musstest.« Jean, ein junger Kollege der chirurgischen Abteilung, sah sie nachdenklich an.

»Das war ich nicht, Jean. Ich bin doch nach Hause gefahren«, stammelte Isabelle.

Alle wandten sich ihr zu. Teils lag Überraschung, teils Unglauben in den Blicken ihrer Kollegen, mit denen sie nicht nur berufliche Gemeinsamkeiten, sondern auch ungezwungene Freundschaft verband.

»Wollen Sie damit behaupten, jemand hätte sich als Isabelle Ledoux verkleidet und wäre problemlos in den Apothekenraum geschlendert, um sich so rezeptfrei mit Medikamenten zu versorgen, die strengsten Kriterien des Arzneimittelgesetzes unterliegen?« Bruels Stimme hatte einen gezwungen belustigten Unterton, mit dem er den Ernst der Lage nur noch verschärfte.

»Ich habe keine andere Erklärung dafür.« Isabelles Stimme klang matt, und sie zwang sich, nicht hysterisch aufzuschluchzen.

Die Oberschwester der Tagesschicht beugte sich zu ihr und stellte bedächtig fest: »Vor ein paar Wochen hatte Sie eine schlimme Erkältung erwischt. Sie hatten einen blauen Wollschal um Nase und Mund gewickelt, als Sie mich um meine Unterschrift baten. Ich habe es verantwortungslos gefunden, dass Sie in Ihrem Zustand Kranke betreuten und nicht zu Hause im Bett blieben und sich auskurierten.«

Isabelle schüttelte den Kopf. »Ich hatte meine letzte Erkältung im Frühjahr, um die Osterzeit herum«, flüsterte sie entsetzt.

Bruel hob zweifelnd seine linke Augenbraue, war aber nun bereit, auch einen anderen Blickwinkel zuzulassen.

Bei neun von den vierzehn Entnahmen erinnerten sich Ärzte oder die Oberschwester daran, dass Isabelle OP-Kleidung oder Schal getragen hatte, die anderen Male konnten trotz aller Anstrengungen und Bemühungen nicht mehr rekonstruiert werden.

Isabelles Puls stieg, und fahrig blätterte sie weiter in dem Register, begutachtete ihre Signaturen der fraglichen Eintragungen genauer und fand schließlich, wonach sie verzweifelt gesucht hatte.

Ihre Unterschriften setzte sie meist in Eile und daher schlampig, bisweilen sogar kaum leserlich. Es passierte daher häufig, dass der letzte Buchstabe in ihrem Nachnamen zu einem unansehnlichen Haken verkümmerte. Die vierzehn x in Ledoux aber waren fein säuberlich ausgeführt und deutlich lesbar.

Isabelle zog wortlos das Telefon aus der Seitentasche ihres Arztkittels, wählte die Nummer der Vermittlung und ließ sich mit dem Polizeirevier verbinden, das für die Untersuchungen im Falle Philippe Bonnet zuständig war.

Was hat sie vor?

Brennende Krämpfe und glucksendes Rumoren in seinen Gedärmen rissen Philippe aus seinem dösenden Halbschlaf. Saure Übelkeit stieg aus seinem Magen empor und drohte, in der Mundhöhle zu explodieren. Fieberhaft presste er die Pobacken zusammen, um seine Ausscheidungen zu zwingen, den Darm unter keinen Umständen zu verlassen. Kalter Schweiß tropfte auf die Matten, die Hände hinter seinem Rücken waren kalt und feucht. Als in wellenförmigen Schüben bittere Gallenflüssigkeit aus seiner Speiseröhre aufstieg, konzentrierte er sich mit aller Kraft darauf, rhythmisch mit an den Gaumen gepresster Zunge durch die Nase zu atmen und quälend langsam die Luft zurück über die Nasenhöhlen entweichen zu lassen. Zwar ebbte die Übelkeit ab und hinterließ nur einen zähen Speichelsee, doch sein beharrlicher Versuch, die Kontraktionen in seinem Bauch unter Kontrolle zu halten, scheiterte, und faulig riechende Exkremente entluden sich gewaltsam in seine Windel. Der penetrante Gestank ließ ihn erneut würgen, aber die soeben entdeckte Atemtechnik half ihm auch jetzt über die schlimmsten Reflexe hinweg.

Krämpfe und Zuckungen in seinem Bauchraum wurden schwächer und hörten schließlich ganz auf. Jetzt fühlte er sich sogar besser, nicht mehr so benommen und eingehüllt in schummrige Schwaden. Aus dem kreiselnden Strudel seiner nebulösen Gedanken kristallisierten sich grauenvolle Tatsachen, die er nicht länger verleugnen konnte, auch wenn sie ihn erschütterten und ängstigten.

Claire hielt ihn gefangen. Claire hatte ihn betäubt. Claire hatte ihr Vorhaben von langer Hand geplant und ihn für ihre Zwecke eingespannt. Es gab keinen Überfall, keine Einbrecher, die sie berauben oder Claire vergewaltigen wollten. Claire allein quälte ihn.

Was hatte sie vor? Wollte sie ihn foltern oder aushungern? Ihm Schmerzen zufügen und ihn dann sterben lassen? Wie lange würde er so leben müssen? Welche Möglichkeiten hatte er?

Sein gefesselter Körper schien eine einzige klaffende Wunde zu sein. Jede Faser seiner verkrampften Muskeln, seiner trockenen Haut, seiner verfilzten Haare schmerzte.

Isabelle. Das musste der Grund für Claires bizarre Absicht sein, ihn unsäglich leiden zu lassen. Oh mein Gott, natürlich! Sie war hinter sein außereheliches Doppelleben mit Isabelle gekommen und hatte den fatalen Entschluss gefasst, ihn um keinen Preis mit einer anderen Frau zu teilen oder sogar gehen zu lassen.

Philippe war es in beruflicher Hinsicht gewohnt, in analytischen Gefügen und geordneten Strukturen zu denken. Seine speziellen Fähigkeiten, für die er in seinem gemütlichen Alltagsleben oben fürstlich bezahlt wurde, hatten sich hier unten jäh in Nichts aufgelöst, und an ihre Stelle traten Grauen und Todesangst. Vor allem aber kopflose Panik, wenn er an Isabelle dachte und die Gefahr, in der sie sich nichtsahnend befand.

Das typische Geräusch, mit dem die Tür geöffnet wurde, gefolgt vom Klappern des Putzeimers und Claires hastigem Schnaufen, unterbrach seine atemlose Furcht, und ein gehässiges Grinsen machte sich unter dem straffen Klebeband auf seinem Mund breit. Mit hämischer Freude erwartete er den Augenblick, wenn Claire seine Windel entfernte.

Zärtliches Lächeln

Seit sie vor fünfundzwanzig Jahren in der baufälligen kleinen Kirche draußen in St. Michel Philippe mit dünnem Stimmchen feierlich ihr Jawort gegeben und damit Liebe und Treue bis an ihrer beider Lebensende geschworen hatte, war Claire von keinem anderen Mann berührt worden – ausgenommen die drei obligaten Wangenküsschen männlicher Freunde in ihrem Bekanntenkreis bei Begrüßung oder Verabschiedung sowie die gynäkologischen Untersuchungen bei Schwangerschaften und Geburten ihrer beiden Mädchen.

Pierre hatte heute in einer tröstenden Geste seine eleganten Finger auf ihren Handrücken gelegt, und sie hatte nicht gewagt, ihn dabei anzusehen, war sie doch versucht gewesen, ihren Daumen sanft über seine dunkle, seidene Haut gleiten zu lassen. Es war ihr unglaublich schwergefallen, sich in ihrer Rolle als besorgte Ehefrau eines vermissten Mannes zurechtzufinden. Das plötzliche Verlangen, zu diesem ihr im Grunde völlig fremden Mann körperlichen Kontakt aufzunehmen, war ihr gänzlich unbekannt, ängstigte sie, versetzte sie aber gleichzeitig in einen angenehmen Zustand kribbelnder Erregung. Die offensichtliche Verlegenheit, mit der er in den Brotkorb nach dem Baguette gegriffen hatte, irritierte sie und freute sie zugleich, meinte sie nämlich, ein Zeichen darin zu erkennen, dass auch ihn die flüchtige Berührung nicht kaltgelassen hatte. Da er nicht viel Neues zu berichten hatte und sie ihren Verdacht bezüglich einer eventuellen Geliebten erstmals ausgesprochen hatte, war das Frühstück dann etwas einsilbig verlaufen. Sie war sich sicher, trotzdem bald wieder von ihm zu hören.

Zum Glück hatte Emilie schnell die Flucht ergriffen. Claire vermutete, dass die alte Frau einerseits erschöpft von den ungewöhnlichen Aufregungen, andererseits vielleicht doch noch ein wenig beleidigt wegen Claires Anspielungen auf ihre senile Vergesslichkeit war.

Wie auch immer, nun konnte sie sich in Ruhe und entspannt

Philippe zuwenden, sich ausgiebig um sein Wohl kümmern, wie es schließlich ihre Pflicht als treusorgende Ehefrau war. Sie kochte schmackhafte Hühnersuppe mit Gemüse, pürierte sie und füllte die breiige Masse in eine Schnabeltasse aus Plastik, wie sie in Pflegeheimen für bettlägerige und hilflose Patienten verwendet wurde: unzerbrechlich, leicht zu reinigen, harmlos, äußerst praktisch, Verletzungsgefahr für Schützling und Betreuer nahezu ausgeschlossen. Beladen mit Putzeimer, den üblichen Dingen, die für Philippes gründliche Körperpflege erforderlich waren, sowie einem kleinen Körbchen mit gewärmter Schnabeltasse und frischer Wasserflasche, stieg sie die steile Kellertreppe hinab und keuchte entsetzt auf, als sie bereits beim Öffnen der Tür den entsetzlichen Gestank einatmete. Sie wuchtete die Klappe hoch und fuhr angeekelt zurück.

Aus der verzerrten Grimasse, mit der er ihr den schweißüberströmten Kopf zuwandte, war eindeutig boshafte Schadenfreude abzulesen.

»Mein armer Liebling! Die Träumelandtropfen haben dir wohl auf den Magen geschlagen. Hast du Schmerzen?« Mitfühlend legte sie ihm ihre kühle Hand auf die heiße Stirn.

Philippe schloss entmutigt die Augen.

Obwohl sich Claire ekelte, ließ sie es sich nicht anmerken, stutzte nicht einmal über sein boshaftes Lachen unter dem Klebeband, sondern behielt ihren gewohnten, liebevoll fürsorglichen Ton bei.

»Philippe, hast du Schmerzen?«, fragte sie eindringlicher noch einmal nach.

Er bewegte in Zeitlupentempo den Kopf von links nach rechts.

»Gut, das ist gut. Ich habe stärkende Hühnersuppe mitgebracht und etwas Wasser. Das wird schon wieder, mach dir keine Sorgen, mein Schatz. Sobald der Heiligabend vorbei ist, wird es für uns beide leichter, du wirst sehen.«

Aufmunternd nickte sie und beugte sich über seinen wehrlosen Körper. Routiniert zog sie ihn samt Matte aus dem Klappfach und begann mechanisch, ihn zu säubern. Während sie mit Lappen, Seife und Creme herumhantierte, schwatzte sie in einem fröhlichen Monolog, der vom trauten Frühstück mit Emilie und dem ahnungslosen Inspecteur handelte, vor sich hin. Philippe erfuhr, wie erfolglos die Suche nach ihm bisher verlaufen war, und als sie auch die Leichenspürhunde wie nebenbei erwähnte, schossen ihm unvermittelt Tränen in die Augen. Erschrocken hielt Claire in ihren Erzählungen inne.

»Liebling, was ist denn los? Warum weinst du denn? Wir wissen doch, dass dir nichts passiert ist! Ich könnte dir niemals etwas antun, das muss dir doch klar sein! Ganz im Gegenteil, Philippe, ich möchte dich von meiner Liebe überzeugen. Nur für dich habe ich den Fitnessraum gerichtet. Du sollst es doch so angenehm und gemütlich wie möglich haben!« Endlich öffnete Philippe die Augen und starrte ihr ungläubig ins Gesicht. Sie lächelte zärtlich.

»Sobald wir hier fertig sind, werden wir essen, mein Schatz. Doch zuerst lassen wir ein bisschen frische Luft hier herein, bei dem Gestank schmeckt es uns vielleicht sonst nicht besonders, und es wäre doch schade um die Kraftsuppe, nicht wahr?«

Sie schnappte sich Eimer, beschmutzte Windel und Tücher, öffnete weit die Tür und lief beschwingt nach oben.

Philippe konnte hören, wie sie das Küchenfenster öffnete und spürte auch einen leisen Hauch von wohltuender Kälte, die durch die geöffnete Tür strömte. Gierig zog er durch die Nase die erfrischende Luft ein. Er wendete seinen Kopf in alle Richtungen, überdehnte und straffte seinen Nacken, um den einst vertrauten, jetzt aber verhassten Fitnessraum bis in den letzten Winkel erfassen zu können. Der angeblich magnetische Knauf an der Innenseite der Tür fehlte, die Vertiefung darunter konnte er aus seinem Blickwinkel nur schwach ausmachen. Ansonsten fiel ihm nichts Außergewöhnliches auf, zumindest nichts, was ihm nicht hinlänglich bekannt wäre. Umständlich versuchte er, seinen verdrehten Körper ein wenig zu strecken, den winzigen Spielraum, den seine Fesseln zuließen, zu nutzen, um sich zu bewegen, auch wenn er seine Stellung nur um ein paar läppische Millimeter verändern konnte. Er ruckelte mit seinem Oberkörper, presste die Fußsohlen auf den warmen Boden, zog die Knie an und ließ sie sinken, wagte sich mit winzigen Schwüngen an eine Seitendrehung, ballte hinter seinem Rücken rhythmisch die Hände zu Fäusten, streckte sich, als er Claire auf der Treppe hörte, ermattet aus und befahl seinen malträtierten Muskeln, sich zu entspannen. Verstört stellte er fest, wie geschwächt er war. Noch immer hatte er nicht den leisesten Schimmer, seit wie vielen Tagen er schon hier unten lebte.

Claire hockte sich neben ihn und löste sacht das Klebeband von seinen rissigen Lippen. Automatisch fuhr er mit der Zunge darüber, um sie etwas zu befeuchten und die unerträgliche Spannung zu lindern. Claire tupfte mit einem feuchten Tuch kühlende Wassertropfen auf seine geröteten Mundwinkel, und er unterdrückte mit aller Macht den Impuls, sie erneut zu beißen. Stattdessen begann er unversehens aus Leibeskräften zu brüllen, zumindest versuchte er es. Was aus seinem Mund drang, war allerdings nicht mehr als ein zaghaftes Krächzen aus heiserer Kehle. Zu ausgedörrt und spröde waren Stimmbänder und Rachen, zu entkräftet die Lunge, um kräftige Laute hervorzubringen.

Mit hochgezogenen Augenbrauen blickte Claire auf ihn hinunter.

»Selbst wenn du wieder gut bei Stimme bist, Philippe, wer soll dich hören? Auch bei geöffneter Tür wird kein Laut bis auf die Straße dringen, aber ich verstehe, dass du es wenigstens versuchen wolltest, und bin dir nicht böse. Nun komm, du musst etwas essen, sonst wirst du noch schwächer.«

Sie setzte sich auf ihre Fersen, lehnte sich an die Wand, schob ihre Arme unter seine Achseln und zog ihn zu sich heran, bis er mit dem Rücken auf ihren Oberschenkeln zu liegen kam und sein Kopf gegen ihren flachen Bauch drückte. Er biss dabei die Zähne zusammen, um nicht aufzustöhnen; auf den am Rücken zusammengebundenen Armen zu liegen, war eine qualvolle Tortur.

»Ja, ich weiß, mein Liebster, das tut weh. Später werden wir ein paar einfache Gymnastikübungen machen, und ich werde die Bänder ein wenig lockern, sobald du dich an dein neues Leben hier unten gewöhnt hast, versprochen. Aber nun wird gegessen.«

Während sie ihm wie einem schwachsinnigen Kind gut zuredete, führte sie die grässliche Schnabeltasse an seinen Mund, und reflexhaft schluckte er vorsichtig die lauwarme braune Brühe. Hinter sich fühlte er jede ihrer Regungen, mit einer Hand stützte sie seinen Kopf, mit der anderen hielt sie die Tasse. Zum Zeichen, dass er verschnaufen musste, drehte er den Kopf zur Seite, doch sie zog die Tasse nicht aus seinem Mund, sondern folgte seiner Bewegung mit der Hand.

»Bevor du mich endgültig verlässt, um mit Isabelle zu leben, möchte ich, dass du deinen Entschluss mit mir gemeinsam noch einmal überdenkst. Ich finde, dass ich nach all den Jahren ein Recht darauf habe, meinen Mann von meiner wahrhaften Liebe zu überzeugen.«

Diese sachlich vorgetragene kleine Rede bestätigte Philippes schlimmste Befürchtungen, und ihm war schlagartig klar, dass er jede einzelne Regel in Claires krankem Spiel befolgen würde. Nur sein bedingungsloser Gehorsam garantierte, dass sie ihn überleben lassen würde.

Wie eine hölzerne Marionette, an der Claire unsichtbare Fäden zog, nickte er. Wann hatte sie begonnen, verrückt zu werden? Hatte er es nicht bemerkt, weil er mit sich selbst so beschäftigt gewesen war, oder hatte sie ihn perfekt täuschen können?

Der süßliche Geruch des zähen Hühnerbreis vermischte sich unangenehm mit dem chemischen Geschmack der erwärmten Plastiktasse, und Philippes Geschmacks- und Geruchsnerven rebellierten gegen diese widerliche Kombination. Allein das unabänderliche Wissen, dass sein Leben von nun an mit jedem Atemzug von Claires Gutdünken abhing, brachte ihn dazu, an dem harten Mundstück kräftig zu saugen, um auch den letzten Tropfen des lebensnotwendigen Gebräus seinem geschundenen Körper zuzuführen. Um zu überleben, war er auf die dürftigen Brosamen angewiesen, die Claire ihm in ihrer grenzenlosen Güte hinwarf. Die Nahrung zu verweigern wäre fatal, seine bereits jetzt schon schwindenden Kräfte würden in kürzester Zeit völlig versiegen, und die Chance, Claire anzugreifen und seinem Kerker hier unten zu entkommen, würde vertan sein. Wenn er ihr noch Glauben schenken durfte, stand der Weihnachtsabend unmittelbar vor der Tür und damit auch der Besuch der Mädchen. Sie hatte offenbar nicht vor, ihn bis dahin freizulassen, daher würde sie ihn sicherlich wieder ruhigstellen müssen. Die verheerenden Mittel, die sie ihm verabreichte, saugten die letzte Energie aus seinem

Körper, und er musste unbedingt jede Gelegenheit nutzen, seinen Speicher wieder aufzufüllen. Als hätte er laut gesprochen, unterbrach Claire seine wirbelnde Gedankenflut mit einem leisen Lachen.

»Ich kann dich denken hören, mein Schatz. Wahrscheinlich feilst du gerade an einem Plan, wie du mich am besten ausschalten kannst, und ich versichere dir, er wird nicht funktionieren. Ich bin auf jeden Angriff bestens vorbereitet. Lieber wäre mir allerdings, wenn ich weder von meinem Pfefferspray noch vom Elektroschocker Gebrauch machen müsste, denn ich möchte dich keinesfalls verletzen, also zwing mich bitte nicht dazu.«

Ein flüchtiger Kuss auf seine Nasenspitze nahm dem drohenden Unterton kaum etwas von seiner Schärfe. Das ständige Liebling- und Schatz- und Liebster-Getue zerrte an seinen Nerven. Er wünschte, sie würde aufhören, so zu tun, als ob sie immer noch die Frau war, in die er sich vor Urzeiten verliebt hatte und die ihm über lange Jahre hinweg eine zwar nicht besonders aufregende, so doch durchaus passable Ehefrau gewesen war.

»Die nächsten Tage werden noch ein wenig anstrengend werden für dich, Chéri, aber ich werde versuchen, sie dir zu erleichtern, wo ich nur kann. Heute Nachmittag fahre ich mit Em ins Forum des Halles, um die fehlenden Weihnachtsgeschenke zu besorgen, und in der Zwischenzeit kannst du dich hier frei bewegen. Ich habe dir eines deiner Lieblingsbücher mitgebracht, auch die Bettpfanne wirst du heute zumindest einmal noch benötigen. Damit du dich ordentlich säubern kannst, habe ich feuchte Reinigungstücher besorgt. Dieselben, die wir immer dabeihatten, wenn wir mit den Mädchen unterwegs waren, als sie noch klein waren, erinnerst du dich? Die waren wirklich sehr praktisch, nicht wahr? Bevor ich gehe, werde ich eine zusätzliche Wasserflasche durch den Türschlitz schieben. Sei bitte so nett und stell die Bettpfanne und leeren Wasserflaschen dann wieder in das Fach zurück, damit ich sie von dort herausnehmen kann. Ich habe nämlich keine große Lust, auch hier unten dauernd hinter dir herzuputzen.«

Das konnte doch nicht wirklich alles passieren? Von solch haarsträubenden Geschichten las man doch nur in den Zeitungen oder sah unglaubwürdig verfilmte Psychothriller im Kino. Niemals wäre es Philippe in den Sinn gekommen, eines Tages zum nichtsahnenden Ziel einer Wahnsinnigen zu werden. Er träumte nicht, er halluzinierte nicht, und er war auch nicht tot. Diese traurige Gewissheit bestätigten die unerträglichen Schmerzen in den steifen Armen und Beinen, und in seinem Kopf hatte sich mittlerweile ein pochendes Hämmern eingenistet. Außerdem war ihm übel.

Claire räumte auf und verschwand »Last Christmas« vor sich hin summend nach oben, um kurz darauf mit Schere in der einen und Pfefferspray in der anderen Hand bewaffnet zurückzukehren.

Sie drehte ihn auf den Bauch.

»So, mein Lieber, ich hoffe, ich habe nichts vergessen und du hast fürs Erste alles, was du brauchst. Falls dir noch etwas einfällt, ruf mich einfach … oje … das hätte ich beinahe vergessen, ich kann dich ja gar nicht hören! Du wirst in die Kamera winken müssen, damit ich auf dich aufmerksam werde!« Sie deutete auf die Halogenspots der Lampe an der Zimmerdecke.

In Gedanken schlug Philippe zu.

Zuerst durchschnitt sie mit sicherem Griff das Plastikband an seinen Knöcheln, und gleich darauf verspürte er ein erlösendes Klacken an seinen Handgelenken. Seine Arme rutschten wie von selbst zu beiden Seiten auf den Boden.

Er rührte sich nicht und blieb liegen.

»Nun, Philippe, genieße die Stunden deiner Freiheit, am Abend komme ich zurück! Mach's gut, mein Lieber, Küsschen!«

Immer leiser wurde ihre Stimme, als sie sich von ihm entfernte, und der letzte Laut, den er vernahm, war das blecherne Schnappen eines Türschlosses, dessen einzige Klinke die für ihn unerreichbare Außenseite der Tür zierte.

Der siebte Sinn

Pierre Laroche war durcheinander.

Eigentlich war er kein Mann, in dem Frauen, die trotz vom Weinen verschmierter Wimperntusche hübsch anzusehen waren, Beschützerinstinkte oder sonstige Gefühle hervorriefen. Claire Bonnet sollte eigentlich keine Ausnahme sein, war sie doch zwar unbestritten attraktiv, jedoch um einige Jahre älter als er, und auf den ersten Blick bestach sie auch nicht unbedingt durch unwiderstehlichen Sex-Appeal. Dennoch sorgte irgendein ihm unbekannter Wirkstoff ihrer beider Chemie dafür, dass sie sich gegenseitig auf eine ganz besondere Art und Weise wahrnahmen, und eine vage Ahnung machte sich in ihm breit, dass er sich selbst in Schwierigkeiten brachte.

Statistisch gesehen waren die ersten zweiundsiebzig Stunden nach Entdeckung eines Verbrechens die für die Aufklärung wichtigsten. Laroche hielt nichts von dieser Polizeistatistik, wusste er doch aus eigener Erfahrung, dass schon nach ein, zwei Tagen Spuren kalt wurden, Zeugen ihr Erinnerungsvermögen verloren, Ermittler für andere Fällen abgezogen werden mussten oder Verdächtige plötzlich ein wasserdichtes Alibi aufweisen konnten. Äußerst selten konnte ein Fall danach noch gelöst werden, außer Zufall oder Glück kamen zu Hilfe.

Philippes zwei Tage waren in wenigen Stunden abgelaufen, und Laroche hatte weder einen handfesten Verdacht, auch keine begründete Vermutung, seine innere Stimme schwieg beharrlich, und sein im Allgemeinen verlässlicher siebter Sinn war mit Claire beschäftigt.

Nach dem zwar ermittlerisch erfolglosen, doch für ihn persönlich durchaus behaglichen Frühstück fuhr er in sein karges Appartement in der lauten Rue du Colisée, das direkt über dem bei Touristen überaus beliebten Disney Store lag. Die Miete war sündhaft teuer, dafür gab es selten heißes Wasser, die Fenster übertrugen den Schall eher, als dass sie dichteten, sein reservierter Stellplatz in der Tiefgarage kostete ihn beinahe einen halben

Monatslohn, und das Mobiliar hatte vermutlich Marie Curie vor hundert Jahren aus ihrer polnischen Heimat mitgebracht. Alles in allem boten ihm seine zweieinhalb Zimmer weder Luxus noch Heim, doch die geografische Lage zu bevorzugten Tatorten im achten Arrondissement rund um die Prachtstraße Champs-Élysées war einfach einzigartig. Kaum ein Beamter seiner Einheit war nach Notrufen so schnell vor Ort wie er. Außerdem war er genügsam und bescheiden.

Als erstgeborener Sohn eines Tutsi-Rinderbauern im östlichsten Teil Ruandas hatte er selten Hunger gelitten, war allerdings auch nie über die Maßen satt geworden. Seine Familie war eine der ersten, die von den brutalen Grausamkeiten der beginnenden Unruhen vor dem großen Völkermord mit erbarmungsloser Wucht getroffen wurde. Im Schlaf wurde er mit seinen Eltern und Geschwistern vom Feuer überrascht, es gab kein Entrinnen durch Fenster oder Türen des eigenhändig gefertigten Holzhauses, das von stummen Hutus mit Maschinenpistolen und Handgranaten von außen bewacht wurde. Seine Familie verbrannte und erstickte, er selbst wurde von den Rauchgasen bewusstlos und erwachte in der Schlackenhütte von Adrien, einem französischen Kriegsberichterstatter, der seine großflächigen Brandwunden versorgte, ihm Grundzüge der französischen Sprache beibrachte und ihn schließlich als seinen radebrechenden Assistenten bei Ausbruch der Kriegswirren mit einem Hubschrauber des Fernsehsenders Canal+ nach Marseille ausflog. Der Franzose kümmerte sich um Pierre wie um einen lang ersehnten Sohn, beschaffte falsche Papiere, ermöglichte ihm seine Ausbildung und drillte Pierre Abend für Abend mit Text und Melodie der Marseillaise. Adrien starb sechs Jahre später in Afghanistan bei einem Bombenangriff; seine blutigen Finger umklammerten immer noch die auf Superzoom eingestellte Filmkamera, obwohl zwischen Adriens Körper und seiner rechten Kamerahand ein ausgebrannter Bus stand.

Laroche verfiel in melancholisches Grübeln, und um sich selbst aus dieser lähmenden Stimmung zu reißen, telefonierte er ausführlich mit einer seiner Kolleginnen der Polizeiwache, die ihn auf den aktuellen Stand der Dinge brachte: Nichts Neues im Fall Bonnet, alle beschäftigten sich in der Zwischenzeit bereits mit vordringlicheren Fällen. Das leichtfertige Versprechen, das er Claire gegeben hatte, die Angestellten des Hôpitals intensiver zu befragen, würde er nicht einhalten. Die Mühen erschienen ihm sinnlos, vergeudete Zeit. Philippe war entweder überfallen worden oder hatte seinen freiwilligen Abgang geplant. So oder so kamen sie bei den Untersuchungen nicht weiter, und es gab weit gewaltsamere Verbrechen, um die sie sich zu kümmern hatten.

Er meldete sich für einige Stunden ab, um den Schlaf nachzuholen, auf den er in der Nacht zugunsten Philippes verzichtet hatte, und lehnte sich im klapprigen Aufzug seines Wohnhauses erschöpft an die Wand.

In seinem Appartement holte er aus dem Eisfach die beschlagene Wodkaflasche, goss sich einen großzügigen Schluck ein und ließ ihn brennend die Kehle hinunterrinnen. Er verdunkelte die Fenster mit schweren dunkelroten Vorhängen aus plüschigem Samt – ein Erbe seiner Vormieterin aus dem Rotlichtmilieu; hässlich, aber äußerst wirkungsvoll –, fiel ins Bett und schlief auf der Stelle ein, bis ihn am späten Nachmittag das penetrante Klingeln des Telefons aus den Tiefen seiner wirren Träume riss.

»Inspecteur Laroche? Mein Name ist Isabelle Ledoux. Ich bin Ärztin am Hôpital St. Antoine und möchte Anzeige wegen Medikamentendiebstahls auf meiner Station erstatten. Könnten Sie bitte kommen?«

So war das eben mit nicht eingehaltenen Versprechen – sie forderten ihren Tribut.

Die Geldbörse

Etwas ausgeruht, zog Emilie sich an und überquerte die Straße zu Claire und Philippes Haus.

Claire hatte sich schick zurechtgemacht und strahlte muntere Vorfreude aus. Kein Anzeichen, dass sie schlimme Stunden hinter sich hätte und sehnlichst auf ein Lebenszeichen ihres Mannes warten würde.

»Em, ich bin dir so dankbar, dass du mich begleitest. Ich muss für die Mädchen noch silberne Charming-Anhänger besorgen, und für Philippe habe ich bei Picard eine cognacfarbene Aktentasche aus Büffelleder gesehen. Sehr nobel, die wird ihm bestimmt gefallen.«

Emilie nickte nur, sie verzichtete darauf, Fragen oder Bedenken zu äußern, die nicht gehört werden wollten.

Claire ging zur Eingangstür, öffnete und schloss sie wieder, drehte sich um und wandte sich zur Verbindungstür, die zur Garage führte.

»Sperrst du das Haus nicht ab?«, fragte Emilie erstaunt.

»Aber nein! Philippe hat doch keine Schlüssel bei sich! Wenn er vielleicht ausgerechnet nach Hause kommt, während wir weg sind, steht er vor verschlossenen Türen. Er hat ja auch kein Telefon. Ich habe ihm in der Küche eine Nachricht hinterlassen, damit er weiß, wo wir sind und dass wir spätestens in drei Stunden wieder zurück sind.«

Mit einem ungehaltenen Kopfschütteln brachte Claire ihr Unverständnis über Ems Gedankenlosigkeit zum Ausdruck.

Em schwieg betroffen. Daran hatte sie tatsächlich nicht gedacht. War das ein weiteres Zeichen für ihre fortschreitende Verblödung oder einfach nur trainiertes, automatisches Denken, die Haustür beim Verlassen zu versperren?

Die beiden Frauen gingen in die Garage und stiegen in Claires Wagen. Claire öffnete mit der Fernbedienung das Tor, und während es in den Schienen ruckelnd die Ausfahrt freigab, griffen sie nach ihren Sicherheitsgurten. Emilies Gurt rastete widerstandslos mit einem leisen Klicken in das Schloss ein, Claire allerdings nestelte eine Weile ungeduldig herum.

»Kann ich dir helfen?« Em drehte sich nach links zu Claires Seite.

»Irgendetwas hat sich hier verheddert«, seufzte Claire. »Kannst du bitte nachsehen?«

Obwohl durch das offene Garagentor gedämpftes Tageslicht strömte, war es im Inneren des Wagens duster und schummrig. Em beugte sich zu Claire und tastete mit den Fingern in dem engen Spalt zwischen Autositz und Gurtschloss nach einem Widerstand. Sie stieß auf einen weichen, ledernen Gegenstand, fasste ihn mit den Fingerspitzen, bewegte ihn vorsichtig hin und her, um ihn aus der Verklemmung zu lösen, zog ihn schließlich sorgsam aus der Fuge und hielt ihn Claire hin.

Philippes Geldbörse.

Em entging nicht Claires Bestürzung, umso perplexer war sie, als Claire wie aus der Pistole geschossen ausrief: »Philippes Brieftasche! Da ist sie ja! Sie muss ihm aus der Jackentasche gerutscht sein, als er das letzte Mal meinen Wagen benutzt hat!«

»Wann war das denn?«, setzte Emilie barsch nach.

Claire schürzte die Lippen und nahm Ems ungewohnten Tonfall einfach nicht zur Kenntnis.

»Ehrlich gesagt, keine Ahnung. Da müsste ich genauer nachdenken.« Energisch schubste sie die Brieftasche in das Handschuhfach, schob den Autoschlüssel in das Zündschloss, startete und ließ den Wagen gemächlich aus der Garage rollen. Das Thema war für sie erledigt.

»Du musst die Polizei darüber informieren, dass du die Börse gefunden hast«, gab Emilie zu bedenken.

»Ja, natürlich, mach ich, sobald wir zurück sind.« Claire war kurz angebunden.

»Solltest du nicht besser sofort Laroche anrufen? Das ist doch eine wichtige Entdeckung.« Emilie wollte sich nicht so leicht abspeisen lassen.

»Ach, Em, ein paar Stunden früher oder später spielt keine Rolle, meinst du nicht auch? Außerdem ist er im Moment bestimmt gerade im Hôpital zur Befragung, das hatte er mir ja versprochen. Sag mir lieber, was du von der Theorie hältst, dass Philippe sich mit einer Geliebten abgesetzt haben könnte?«

Überrumpelt durch die unerwartete Frage, die Claire mit einer Mischung aus Verzweiflung und Hysterie auf sie abschoss, hielt Em erschrocken die Luft an. Das ging ihr alles zu schnell, in ihrem Kopf erzeugten Claires sonderbares Verhalten, ihr eigenes Wissen um Philippes Untreue und eine schlappe Müdigkeit ein konfuses Wirrwarr aus namenlosen Gedanken.

Was davon war Einbildung, was Tatsache? Was war Lüge, was Wahrheit?

»Nun ja, mein Kind, ausschließen kann man diese Möglichkeit wohl nicht, obwohl sie mir sehr weit hergeholt erscheint. Wenn Philippe eine Geliebte hat, müssten dir doch Anzeichen aufgefallen sein.«

Emilie wurde innerlich zerrissen von der Scham, Claire unverhohlen anzulügen, doch sie sah für sich keinen anderen Ausweg, dieses empfindliche Thema einerseits vorsichtig zu umschiffen, andererseits Claire eventuell ein Eingeständnis zu entlocken.

Claire warf ihr kurz einen bedrückten Blick zu und manövrierte den Wagen durch den starken Verkehr. Ganz Paris schien sich heute im Kaufrausch zu befinden, sie kamen nur stockend voran, und bis ins Forum des Halles würde Emilie noch geraume Zeit Claires Fragen ausgesetzt sein müssen.

»So wahr ich hier sitze, Em, ich schwöre dir, Philippe hat mir niemals Anlass gegeben, an ihm zu zweifeln. Seit er weg ist, zermartere ich mir das Hirn darüber und komme zu keinem vernünftigen Schluss. Keine Lippenstiftspuren, keine verdächtigen Notizen in der Hosentasche, keine heimlichen Telefonate, nichts, was mich stutzig gemacht hätte. Bin ich zu naiv oder zu dumm? Oder so anmaßend, dass ich davon überzeugt bin, er würde mich niemals betrügen?«

Entweder ein wenig von allem, dachte Em, oder raffiniert und durchtrieben.

Warum?

Die beiläufige Gleichgültigkeit, mit der Claire Pfefferspray und Taser erwähnt hatte, ließen Philippe in seiner Bauchlage am Boden so lange verharren, bis er, nachdem Claire die Tür von außen nachdrücklich wieder ins Schloss gezogen hatte, langsam und bedächtig bis zwanzig gezählt hatte. Nicht einen einzigen von Claires Schritten hatte er auf der gefliesten Steintreppe nach oben hören können, ein schlagkräftiger Beweis dafür, dass ihre Belehrungen über schalldichte Wände und die massive Tür nicht nur phantastisches Geschwafel, sondern vielmehr bitterer Ernst waren.

Wie überhaupt alles, was sie tat oder sagte, bitterernst zu nehmen war. Er kannte diese zwar nicht tödlichen, dennoch sehr schmerzhaften Abschreckungswaffen nur vom Hörensagen oder aus Fernsehfilmen, aber er wollte sie auch unter keinen Umständen am eigenen Leib zu spüren bekommen. Fest stand für ihn dennoch: Er würde um nichts in der Welt klein beigeben. Er würde sich von ihr keinesfalls fertigmachen lassen! Nicht bis zur letzten Minute, egal was sie mit ihm vorhatte, selbst wenn sie ihn hier unten verhungern lassen würde.

Doch daran glaubte er eigentlich nicht. Herrgott noch mal, sie war seine Frau und nicht eine angeheuerte Killermaschine!

So ekelig auch der Hühnerbrei geschmeckt hatte, so merkte er doch, dass er allmählich wieder ein wenig zu Kräften kam und vor allem sein Gehirn wieder einigermaßen ungetrübt funktionierte. Wenn er sich nur eine haarkleine Chance ausmalte, hier herauszukommen, musste er sich alles zunutze machen, was Claire ihm mitteilte. Er musste in ihren Kopf kriechen, in ihren Gehirnwindungen herumwühlen, ihre besessene Gedankenwelt durchdringen, um ihr irgendwann günstigstenfalls einen winzigen Schritt voraus zu sein. Das bedeutete, er musste einen klaren Kopf bewahren, auch wenn es ihm schwerfiel, und durfte sich nicht von ihrem Wahnsinn mitreißen oder ihrer scheinbar liebevollen Besorgnis einlullen lassen.

Dazu war vorerst eine gründliche Analyse des aktuellen Ist-

Standes erforderlich. Er richtete sich umständlich auf und rieb die steifen Handgelenke und Knöchel, lockerte die verkrümmten Muskeln und setzte sich mit seinem nackten Unterleib in die Mitte des Raumes auf eine weiche Gymnastikmatte, neben der fein säuberlich die Bettpfanne mit in Plastik eingeschweißten feuchten Reinigungstüchern sowie zwei Wasserflaschen vorbereitet waren. Obwohl er von höllischem Durst geplagt wurde, verzichtete er darauf, jetzt schon zu trinken. Das verlockende Wasser war mit Sicherheit erneut mit lähmenden Mitteln versetzt. Philippe wollte nicht schon wieder schlafen oder dahindämmern, ganz im Gegenteil, er musste seine wache Zeit sinnvoll nutzen, um Überlegungen anzustellen und Pläne zu schmieden.

Warum sperrte Claire ihn hier ein?

Sie musste schon länger von Isabelle gewusst haben, sonst hätte sie nicht bereits vor einem Jahr damit begonnen, den feuchten Keller zum Fitnessraum umzubauen. Also hatte sie zumindest die letzten zwölf Monate damit verbracht, ihren perfiden Plan in die Tat umzusetzen, und das sogar mit seiner tatkräftigen Unterstützung. Dass sie sich für seine Beziehung zu Isabelle rächen wollte, konnte er beinahe verstehen, ja es war durchaus logisch und vor allem von weiblicher Intuition geprägt.

Völlig schwachsinnig erschien ihm allerdings ihr absurdes Ansinnen, ihm, wie sie sagte, ihre Liebe zu beweisen und mit ihm seinen Entschluss gemeinsam zu überdenken. Indem sie ihn betäubte, fesselte und in Windeln kacken ließ? Selbst wenn dieses irrwitzige Unterfangen gelingen sollte und sie ihn dazu bringen konnte, bei ihr zu bleiben – wie hatte sie sich das konkret vorgestellt? Glaubte sie allen Ernstes, er würde mir nichts, dir nichts sein bisheriges Leben mit ihr wieder aufnehmen, nach alldem, was sie ihm angetan hatte? So verrückt konnte sie doch wohl nicht sein? Sie musste doch davon ausgehen, dass er bei erster Gelegenheit die Polizei verständigen, das Weite suchen oder sie sogar im äußersten Notfall töten würde? Und wie hatte sie überhaupt seine wundersame Rückkehr vorgesehen? Wie wollte sie aller Welt erklären, wo er gewesen war, und ihn zwingen, ihr zu gehorchen?

Er blickte zur Deckenleuchte auf, in der sich laut Claire eine

Minikamera befand, und lächelte breit. Mitnichten würde er ihr den Gefallen tun, wie ein Irrer gegen die Wände zu rennen und seine kostbaren Kräfte dazu zu verschwenden, zu schreien und zu toben. Nein, er würde so tun, als ob er sich in sein Schicksal fügte, um sie in trügerischer Sicherheit zu wiegen.

Der Schlüssel zu seinem Erfolg lag in körperlicher Fitness und geistiger Klarheit. Er musste in Bewegung bleiben, wann immer Claire ihm die Möglichkeit dazu bot. Philippe war beileibe kein konsequenter Sportler, eher vom bequemeren Typus »vielleicht morgen«, allerdings auch nicht ganz aus der Form. Als er Isabelle kennenlernte, raffte er sich auf, ein paar Schritte zu joggen oder mit dem Rad zu fahren. Isabelle hatte ihm zu seinem letzten Geburtstag sogar ein schickes Bike geschenkt, das draußen beim Friedhofshäuschen in der Garage stand. Er freute sich schon auf Ausflüge mit ihr, die sie bis jetzt nicht gemeinsam in der Öffentlichkeit hatten unternehmen wollen. Er massierte Waden, Oberschenkel und Arme, klopfte sanft mit der Handkante auf sie ein, um sie zu wärmen und geschmeidig zu machen. Er versuchte sich an einfachen Streck- und Dehnübungen und stand schließlich auf in der Absicht, entlang der Wände schnell durch den Raum zu gehen und später auf der Stelle zu laufen. Claire war so gnädig gewesen, das Licht eingeschaltet zu lassen, und er inspizierte die Tür. Auf einen Blick hatte er herausgefunden, dass an der Tür Dekorplatten hafteten, die er lösen konnte. Darunter kam eine Metallplatte zum Vorschein, an der sich die Paneele magnetisch festsaugten. Der hohle Ausschnitt in der Tür war, wie Claire gesagt hatte, ein Schlitz, durch den sie von außen Dinge durchreichen konnte, ähnlich der Versorgungsklappe in gewöhnlichen Zellentüren von staatlichen Gefängnissen. Philippe fragte sich, wie sie zu dieser Tür gekommen war. Hatte sie sie ganz allein konstruiert, gebaut und in die Angeln gehoben? War sie immer schon da gewesen und ihm nicht aufgefallen, oder hatte Claire sie erst getauscht, als er im komaähnlichen Tiefschlaf lag? Wann war sie so kräftig geworden? Hatte sie heimlich trainiert?

Wie hatte er sich so verheerend in dieser *seiner* Frau täuschen können?

Flüchtig gekannt

Es erwies sich als fatale Fehleinschätzung, dass er auf der gut ausgebauten Stadtautobahn zügiger zum St. Antoine gelangen würde als auf den glitzernden und festlich geschmückten Straßen der Pariser Innenstadt. Nahezu jede Ausfahrt zu den an der Peripherie gelegenen Einkaufszentren war dermaßen mit dicht an dicht gereihten Autos verstopft, dass Staus bis auf die dreispurige Schnellstraße zurückreichten und den Verkehr lahmlegten.

Selbst wenn er jemanden hätte, den er zum Weihnachtsfest beschenken wollte, würde Laroche die heimeligen, versteckten Läden im Marais-Viertel den hypermodernen, anonymen Einkaufspalästen vorziehen. In keinem Pariser Stadtteil fühlte sich Laroche wohler als im Marais: gemütliche Cafés, intime Galerien, originelle Boutiquen, jüdische Falafelbuden, kaum Touristen, dafür ein idyllischer Park mit Springbrunnen und hölzernen Sitzbänken, die zum müßigen Verweilen einluden. Nirgends konnte er die Pariser Kultur hautnaher und authentischer erleben als hier, wo er in unzähligen Nächten bei ebenso vielen Gläsern Wein mit Adriens Hilfe seine Vergangenheit zu bewältigen versucht hatte.

Zum Glück – oder besser leider? – musste er sich über Weihnachtsgeschenke keine Gedanken machen. Den Heiligabend verbrachte er, seit er nach Paris gekommen war, auf dem Polizeirevier, wofür ihm vor allem seine Kollegen, die Kinder hatten, sehr dankbar waren. Der erdrückenden Einsamkeit an diesem Abend entging er deshalb.

Noch immer leicht desorientiert, weil ihn der Anruf der Ärztin aus vertrauten Albträumen von lodernden Flammen und dem schmerzerfüllten Wimmern seiner jüngeren Schwester in die Wirklichkeit zurückgeholt hatte, bemühte sich Laroche, seine Gedanken zu ordnen und auf den Diebstahl der Medikamente zu konzentrieren. Endlich meldete sich sein vermisster siebter Sinn zu Wort und versicherte ihm eindringlich, dass Philippes verlassener Wagen mit den gestohlenen Arzneien in Verbindung stehen musste.

In dem gläsernen Empfangsschalter der Eingangshalle im Hôpital überwachte die resolute Krankenschwester, die er schon bei seinen Nachforschungen zu Philippe kennengelernt hatte, das rege Kommen und Gehen von Patienten, Besuchern und Krankenhauspersonal. Als er sich ihr näherte, setzte sie ihr strahlendstes Lächeln auf und beugte sich ihm erwartungsvoll entgegen.

»Monsieur l'Inspecteur, ich hätte nicht zu hoffen gewagt, Sie so schnell wieder bei uns zu sehen!«, gurrte sie entzückt.

»Die Sehnsucht nach Ihnen, Marie, die Sehnsucht!«, seufzte er theatralisch mit an die Brust gepresster Hand und grinste charmant in dem Bewusstsein, dass diese Schwester eine nie versiegende Quelle an Tratsch und Klatsch, aber auch so manch nützlichen Informationen war.

Rote Flecken breiteten sich wie Mohnblüten auf Schwester Maries faltigem Hals und den prallen Wangen aus und signalisierten ihm, dass er mit seiner Strategie richtiglag.

»Schwester Marie, ich möchte zu le Docteur Ledoux, Isabelle Ledoux.«

»Kommen Sie, Inspecteur, ich bringe Sie zu ihr. Den Weg durch die kilometerlangen Irrgänge dieses Gebäudes zu erklären, wäre zu umständlich.« Eifrig sprang Marie hinter der Glaswand von ihrem Platz auf. Diese einmalige Gelegenheit, sich in unmittelbarer Nähe dieses schokoladenbraunen Adonis zu befinden, konnte sie sich keinesfalls entgehen lassen. Bestimmt schob sie ihn in Richtung der Aufzüge. An Isabelles Bürotür angekommen, klopfte sie energisch, und mit ehrfurchtsvoller Stimme kündigte sie ihn an: »Madame le Docteur, Monsieur Laroche möchte Sie sprechen.«

Die Frau, die er am Vortag von hinten gesehen und mit Claire verwechselt hatte, saß hinter ihrem mit Akten übersäten Schreibtisch, ein bandagiertes Bein auf einem Besucherstuhl hochgelagert, und lächelte ihm freundlich entgegen.

»Sie haben vermutlich eine beschwerliche Fahrt hinter sich um diese Zeit. Ich habe Ihnen Kaffee und etwas Biskuit bringen lassen. Nehmen Sie doch bitte Platz.« Einladend deutete sie auf den zweiten freien Stuhl ihr gegenüber.

Die Ähnlichkeit mit Claire beschränkte sich auf die dunklen

Locken und allenfalls noch auf die samtenen Augen unter einem dichten Wimpernkranz. Ansonsten hatte sie bei näherer Betrachtung nichts mit Madame Bonnet gemein. Rückblickend war er verwundert darüber, dass er sie überhaupt für Claire gehalten hatte, und er schrieb diesen Irrtum seinen überlasteten grauen Zellen zu, die ihm zwischendurch immer wieder Bilder von Claire vorgaukelten.

Dankend bediente er sich an dem angebotenen Kaffee und den Biskuits und begann, den routinemäßigen Fragenkatalog für Diebstähle aller Art mit Dr. Ledoux abzuarbeiten. Mit wachsendem Interesse verfolgte er ihre Geschichte, machte sich dazu Notizen oder warf Fragen ein, sobald ihm etwas unklar war. Es waren sehr seltsame Vorfälle, die sich da auf Madame Ledoux' Station ereignet hatten, für die sie verantwortlich war. Er hatte noch nie von ähnlichen Begebenheiten gehört, und die allzu offensichtlichen Zeichen deuteten darauf hin, dass entweder Dr. Ledoux eine unglaublich überzeugende Lügnerin war oder sich tatsächlich jemand verkleidete, um ihr täuschend ähnlich zu sehen und die Medikamente unbehelligt zu entwenden. Allerdings musste Madame oder Monsieur Unbekannt auch perfekt Dr. Ledoux' Unterschrift fälschen können. Er verfasste einige Anmerkungen für weitere Untersuchungen, die er anordnen wollte. Es mussten Dr. Ledoux' Alibis für die fraglichen Zeiten überprüft sowie die Angaben ihrer Mitarbeiter penibel protokolliert werden.

Isabelle bemerkte selbst, wie dünn und fadenscheinig ihre Schilderung der Ereignisse klang, und sie war Laroche dankbar, dass er sie nicht spüren ließ, wie wenig glaubhaft die Version von einem Isabelle-Double sein musste. Er strahlte vertrauenerweckende Ruhe und Gelassenheit aus, die es Isabelle erlaubte, sich zu beruhigen, auch wenn ihr bewusst war, dass sie das große Los gezogen hatte und zur Hauptverdächtigen gekürt worden war.

»Inspecteur Laroche, wenn es möglich ist, würde ich gern einen Lügendetektortest absolvieren.« Mit diesem freiwilligen Schritt hoffte sie, von Beginn an unmissverständlich klarzustellen, dass sie nichts zu befürchten hatte, weil sie keines Vergehens schuldig war.

Laroche musterte sie erstaunt.

»Nun, Madame, damit können wir, denke ich, noch ein wenig warten. Zuerst werden wir alle üblichen Befragungen durchführen, Aussagen vergleichen, im Medikamentenraum Fingerabdrücke sichern und so weiter. Sie kennen das ja bestimmt aus dem Fernsehen.«

Isabelle sah ihn abwägend an, wollte etwas erwidern, überlegte es sich anders, räusperte sich und pickte mit dem Zeigefinger trockene Biskuitbrösel von der Kuchenplatte.

»Madame, wollen Sie noch etwas hinzufügen?« Laroches prüfendem Blick hielt Isabelle nicht stand.

»Denken Sie, dass diese ominösen Geschehnisse etwas mit dem Verschwinden dieses Computertechnikers zu tun haben, nach dem Sie gestern hier gesucht haben?«, begann sie vorsichtig.

»Wie kommen Sie darauf?« Laroche erstaunte es nicht, dass Dr. Ledoux ebenso wie er Zusammenhänge herstellte. Soweit er sie nach ihrem ausführlichen Gespräch bis jetzt einschätzte, war sie eine intelligente, starke Frau, die sich nicht so schnell aus der Ruhe bringen ließ. Als Leiterin einer Intensivstation war sie es wahrscheinlich gewohnt, Katastrophen mit unerschütterlicher Fassung zu begegnen und nicht den Blick für das Wesentliche zu verlieren.

»Wir haben hier nur selten die Polizei im Haus und nun gleich zweimal hintereinander. Sie haben doch den Mann aus dem verlassenen Wagen noch nicht gefunden, nicht wahr? Ich wollte Ihnen auch noch sagen, dass ich …« Unvollendet ließ sie den Satz im Raum stehen.

»Ja?«, hakte Laroche nach.

Verlegen hielt sie inne. »Ich wollte Ihnen sagen, dass ich den Mann gekannt habe.« In letzter Sekunde verließ sie der Mut. »Flüchtig«, setzte sie deshalb hinzu.

»Er hat Sie an den Geräten eingeschult?«

Isabelle nickte erleichtert, froh, dass dem Inspecteur nichts Ungewöhnliches aufgefallen war, froh, dass sie nichts verraten hatte.

»Haben Sie ihn schon gefunden?«, ließ sie dennoch nicht locker. Um jeden Preis wollte sie Laroche Informationen über Philippe entlocken.

»Noch nicht«, kam die knappe Antwort und erstickte Isabelles Hoffnungen im Keim.

»Was geschieht nun?«, erkundigte sie sich interessiert.

»Wir werden Monsieur Bonnet weiter suchen und die nötigen Schritte im Falle der gestohlenen Präparate einleiten.« Laroche erhob sich. »Werden Sie trotz Ihrem verletzen Bein Ihrer Arbeit nachgehen?«

»Ja, natürlich, es ist nicht so schlimm, wie es aussieht. Kein Grund, zu Hause zu bleiben.« Isabelle stellte wie zum Beweis ihr lädiertes Bein auf den Boden und stand ebenfalls auf, um sich von Laroche zu verabschieden.

»Halten Sie sich vom Medikamentenraum fern, unterschreiben Sie in den nächsten Tagen nichts und bleiben Sie erreichbar, sollten meine Ermittler noch Fragen an Sie haben. Morgen ab acht Uhr früh können Sie aufs Revier des achten Arrondissements kommen, um Ihre Aussage zu unterschreiben.«

Erst jetzt begriff Isabelle die besorgniserregende Bedeutung der heiklen Lage, in der sie sich ohne ihr Zutun befand.

Misstrauen

Der Weihnachtsbummel im Forum des Halles mit Emilie war statt eines angeregten Nachmittags eher eine mühsame Strapaze gewesen. Erst das Missgeschick mit Philippes Geldbörse, die auf der nächtlichen Heimfahrt vom Hôpital unbemerkt aus seinem Parka, den sie sich übergezogen hatte, direkt in den Spalt bei dem Gurtschloss gerutscht sein musste. Dann Emilies kaum zu übersehendes Misstrauen. Claire glaubte nicht, dass sie Ems Zweifel restlos beseitigen hatte können. Sie würde die alte Dame schärfer im Auge behalten müssen, und weitere Schnitzer konnte sie sich nicht mehr erlauben. Schließlich hatten sie sich über zwei Stunden im Schritttempo quer durch die Pariser Innenstadt gequält, um nach zeit- und nervenaufreibender Suche in der heillos überfüllten Tiefgarage der Halles einen freien Parkplatz zu ergattern.

Emilie war in Gedanken versunken und wortkarg gewesen, und obwohl Claire sich alle Mühe gab, die vollkommene Mutter und Ehefrau auf der unermüdlichen Jagd nach passenden Geschenken für ihre Liebsten zu spielen, hatte sie den leisen Verdacht, dass Emilie sie argwöhnisch beobachtete. Außerdem ging ihr das tatterige Geschlurfe von Em gehörig auf die Nerven.

»Emilie, geht es dir heute nicht gut?«, fragte sie ihre alte Freundin besorgt.

»Claire, ich bin zu alt für dieses hektische und laute Treiben. Die vielen Menschen machen mich nervös, und bei dem grellen Licht kann ich nicht gut sehen. Ich werde mich in der Brasserie im ersten Stock bei einem Tässchen Tee ein wenig ausruhen. Dann kannst du deine Einkäufe ohne Klotz am Bein in Ruhe erledigen.«

Es sah Em überhaupt nicht ähnlich, so zu jammern. Noch vor ein paar Tagen hatten sie gemeinsam die Galeries Lafayette unsicher gemacht, und von Müdigkeit oder Überlastung war bei Emilie keine Rede gewesen. Nach stundenlangem Flanieren durch alle Stockwerke, beladen mit randvollen Einkaufstüten, in denen Em freudig die Geschenke für die Mädchen hortete, hatte sie sogar vorgeschlagen, die erfolgreiche Shoppingtour mit einem Gläschen Sekt in dem noblen Café Opéra hinter der Oper zu beschließen. Sie waren sogar den belebten Boulevard Haussmann entlang zu Fuß gegangen, anstatt den Bus zu nehmen, weil Em gierig nach frischer Luft war. Keine Klagen waren über ihre Lippen gekommen, kerzengerade und gut gelaunt war sie ihrem Alter trotzend im Schneematsch forsch dahinmarschiert.

»Aber Em, du bist doch kein Klotz am Bein! Was redest du denn da?« Claire war ehrlich entrüstet. »Ich könnte auch eine kleine Pause vertragen, ich komme mit dir!«

»Ach, Liebes, stürz du dich nur ins Getümmel und mach dir keine Sorgen um mich. Wenn du mit allem fertig bist, holst du mich einfach ab, und wir genehmigen uns noch ein Gläschen zusammen, in Ordnung?«

Claire kannte jede Nuance von Emilies bisweilen schroffem Tonfall und wusste daher, dass jede Diskussion überflüssig war. Em wollte jetzt ihre Ruhe haben und damit basta.

Die Frauen trennten sich und schlugen verschiedene Richtungen ein: Die eine erleichtert, weil sie nun endlich Gelegenheit hatte, ihre noch frischen Eindrücke im Notizbuch festzuhalten, die andere, weil sie nicht länger forschenden Blicken aus altersweisen Augen ausgesetzt war und den Bummel ohne gezierte Schauspielerei fortsetzen konnte. Nach zwei Stunden stieß Claire zu Emilie, sie plauderten bei einem erfrischenden Glas Prosecco belangloses Zeug, sorgsam darauf bedacht, Philippe nicht zu erwähnen, plagten sich schweigend durch den Abendverkehr und atmeten erlöst auf, als sie schließlich allein an ihren eigenen Küchentischen saßen: Claire, ein Glas Champagner in der Hand, mit Blick auf den zum Leben erweckten Monitor in der Mikrowelle; Emilie, eine gekühlte Bierflasche vor sich, mit aufmerksamem Blick in ihr abgegriffenes Notizbuch.

Philippe war noch wach, er joggte auf der Stelle, machte zwischendurch Liegestütze oder Kniebeugen, setzte sich auf die Matte, dehnte seine Muskeln und begann den ganzen Zyklus von vorne. Gut so, sein selbst verordnetes Training würde ihn durstig machen, und er würde den Wasserflaschen, die noch unberührt neben der Matte standen, nicht widerstehen können. Die Bettpfanne war nicht zu sehen, er hatte sie wahrscheinlich benutzt und in die Durchreiche gestellt. Claire glaubte nicht, dass er sie im Fach versteckt hatte, um sie ihr bei Gelegenheit über den Kopf zu ziehen. Zumindest noch nicht.

Später würde sie nachsehen. Solange Phil noch beschäftigt war, wollte sie aus ihren Einkäufen weihnachtliche Päckchen zaubern und vor allem die wunderschön marmorierte Kerze in das feuerfeste hohe Glas setzen. Beides hatte sie am Nachmittag in Les Halles in einem versteckt gelegenen Kunsthandwerkladen erstanden und die Idee, mit Em und den Mädchen an Heiligabend im Fitnessraum bei gedämpftem Kerzenschein Philippes zu gedenken, gefiel ihr ausgesprochen gut. Morgen würde sie noch mit der Metro zum Blumenmarkt auf die Île de la Cité fahren, um eine kleine Silbertanne zu erstehen. Am Mittwoch wollte sie sämtliche Lebensmittel für das Festmahl und die Feiertage besorgen, und am Donnerstag stand der traditionelle Hausputz an, bevor am frühen Abend die Mädchen kamen. Sie hatte ihnen absichtlich noch nichts vom Verschwinden ihres Vaters erzählt, gab sie doch Pierre und Emilie gegenüber vor, sich unbeirrbar an den Glauben an sein Auftauchen vor dem Weihnachtsabend festzuklammern. Aus diesem Grund hatte sie auch Pierre gebeten, ihre Töchter bis dahin mit Befragungen zu verschonen.

Die festlichen Päckchen lagen in einem kunstvoll drapierten Halbkreis auf dem Wohnzimmerteppich, in den die geschmückte Silbertanne platziert werden sollte, die täglichen Hausarbeiten waren erledigt, die Einkaufsliste sorgfältig geschrieben, die Wäsche war getrocknet, gebügelt und in den Kästen verstaut, Phils Ausrüstung für die Nacht vorbereitet, es ging auf Mitternacht zu – und immer noch hatte er seine Wasserflaschen nicht angerührt.

Zwar lag er auf dem Rücken, die Augen geschlossen, und dem körnigen Bild in der Mikrowelle konnte sie entnehmen, dass sich sein Brustkorb regelmäßig hob und senkte, doch darauf verließ sie sich keine Sekunde. Einem Mann, der in der Kirche gelobt hatte, sie bis an ihr Ende zu lieben, und seit Jahren plante, sie wegen einer anderen Frau zu verlassen, war alles zuzutrauen.

Sie schleppte den Wäschekorb bis vor die ehemalige Kellertür, zog das unterste Paneel ab, öffnete das Verbindungstürchen, riss aus dem Fach dahinter scheppernd die beschmutzte Bettpfanne und legte stattdessen zwei verschließbare Plastikbänder auf die Ablage.

»Philippe, aufwachen, es ist Schlafenszeit!«, brüllte sie durch die Öffnung in seine Richtung.

Philippe fuhr erschrocken hoch, blickte verwirrt um sich und stürzte auf den Hohlraum auf seiner Seite der Tür zu. Sein rechter Arm schoss auf sie zu, doch bevor seine geballte Faust ihre Nase treffen konnte, war sie zurückgewichen und Philippe mit seiner Schulter am Türblatt abgeprallt.

Claire setzte sich in sicherer Entfernung auf den Boden, blies sich eine Haarsträhne aus dem Gesicht und sah ihn kopfschüttelnd an.

»Und nun? Dachtest du, ich würde darauf warten, dass du mich an den Haaren reißt, mein Gesicht zerkratzt oder mir ein blaues Auge schlägst? Nimm lieber die Bänder. Eines zurrst du wieder fest um deine Knöchel, dann legst du dich auf den Bauch auf die Matte, streckst die Hände wie gewohnt nach hinten und ziehst das zweite Band zu, so eng du kannst. Sobald du alles geschafft hast, komme ich hinein, richte dein Bett und erzähle dir auch eine Gutenachtgeschichte.«

»Was, wenn nicht?« Philippe klang wütend, energisch und zu Claires Bedauern überhaupt nicht geschwächt. Sie konnte einen Teil seiner Stirn sehen, seine zornig funkelnden Augen, seine gerade Nase und die spröde Oberlippe. Mehr gab der Ausschnitt seines Versorgungsfaches von ihm nicht preis, so dicht presste er seinen Kopf gegen die Tür.

Sie zuckte gleichgültig die Achseln.

»Dann eben nicht. Dann wirst du bald unter unbändigem Durst leiden, das Wässerchen trinken, einschlafen und meine extrem spannende Geschichte versäumen. Von mir hast du keine Strafe zu befürchten, dafür sorgst du schon selbst.« Sie stand auf und wandte sich zum Gehen.

»Claire, warte, um Himmels willen, warte!«, kreischte Philippe.

»Hör endlich auf zu schreien, Phil. Ich bin todmüde und möchte ins Bett. Entweder du tust, was ich dir sage, oder nicht. Für mich spielt es keine allzu große Rolle. Ich gehe jetzt hinauf und sehe mir am Bildschirm an, wofür du dich entscheidest.«

Entgeistert starrte Philippe auf ihre Waden, sah kurz ihre dunklen Locken, als sie sich bückte, um das kleine Metalltürchen zuzuschlagen, dann war er mit der verhassten Stille allein.

»Claire, Liebling, bitte! Komm zurück! Ich bitte dich!« Heulend kniete er vor der inzwischen wieder verschlossenen Öffnung und plärrte wie von Sinnen »Ich liebe dich!« und »Hol mich hier raus!« und »Ich tu alles, ich tu alles, wirklich!«.

Sie kam nicht.

Mit zuckenden Händen griff er nach den Bändern und folgte sorgfältig ihren Anweisungen.

Bier und Nougatschokolade

Mit blinzelnden Augen tippte Emilie ihre Aufzeichnungen in den Computer, nur für alle Fälle. Das schlimmste Szenario, das sie sich gar nicht vorstellen mochte, war, dass Claire ihr kostbares Notizbuch in die Hände fiel oder dass sie es verlor oder – die entsetzlichste Vorstellung von allen – dass sie plötzlich nicht mehr wusste, wo sie es aufbewahrte.

Emilie konnte sich keinen Reim machen, was sie mit Claire erlebt hatte. Sie spürte nur an allen Ecken und Enden, dass bei den Bonnets etwas ganz und gar nicht in Ordnung war.

Philippe benutzte so gut wie nie Claires Wagen, er hasste ihn geradezu wegen seiner Größe, seiner Macken, seiner Beulen, seiner Farbe ... die Liste der Dinge, die er an dem alten Schrotthaufen verabscheute, war schier unendlich. Nur im äußersten Notfall überwand er sich dazu, in dieses Höllengefährt, wie er Claires heiß geliebten Renault bezeichnete, zu steigen.

Einen solchen Notfall hatte es aber in den letzten Monaten nicht gegeben, das wusste Emilie genau. Sie hatte, um ganz sicherzugehen, sogar ihren Computer befragt und ihre Niederschriften zurück bis zum Mai durchforstet: kein noch so vager Hinweis auf eine prekäre Situation, in der Philippe auf Claires Wagen angewiesen gewesen wäre.

Also hatte Claire wieder gelogen. Am Abend der fehlende Renault, dann die Pfützen in der Garage und heute Phils Geldbörse.

Was hatte das alles zu bedeuten, was war Claires Geheimnis, das sie mit Lügen hütete? Es musste jedenfalls etwas so Furchtbares sein, das Claire nicht einmal ihrer besten und ältesten Freundin anvertrauen konnte, da war sich Em sicher. Sicher war auch, dass Claires Geheimnis mit dem Verschwinden ihres untreuen Ehemannes zu tun haben musste.

Wusste Claire über Philippes Affären Bescheid? Spielte sie vielleicht nur das ahnungslose Frauchen und hatte dabei längst beschlossen, ihn dafür bluten zu lassen?

Morgen würde der Inspecteur zu Emilie kommen und sie zu den Bonnets befragen. Sollte sie ihm ihre Beobachtungen mitteilen? Claires Freundschaft damit verraten? Oder war es besser abzuwarten?

Emilie entschied sich für Bier und Nougatschokolade.

Weil ich dich liebe

Missmutig fixierte Claire den Bildschirm im Mikrowellengehäuse und beobachtete, wie Phil erst schrie, dann mit den Fäusten gegen die Tür hämmerte und endlich resigniert nach den selbstschließenden Bändern griff, eines davon um seine Knöchel schlang und zuzog. Folgsam legte er sich bäuchlings auf die Matte und mit ausgestreckten Armen am Rücken mühte er sich ab, das zweite Band um die Handgelenke zu fixieren.

Seine armselige Protestkundgebung kostete sie eine weitere halbe Stunde ihres dringend benötigten Schlafs, dabei wünschte sie sich nichts sehnlicher, als endlich aus der heißen Dusche direkt in ihr Bett zu schlüpfen. Sie ließ ihn noch weitere zwanzig Minuten schmoren, damit er in Ruhe seine ungeheuerliche Aufsässigkeit bereuen und daraus hoffentlich seine Lehren für die nächste Zukunft ziehen konnte, und nutzte die Zeit, um die Bettpfanne zu reinigen. Dabei kam ihr in den Sinn, dass Philippe genauso reagierte, wie sie es sich ausgemalt hatte: Er hatte schnell begriffen, dass sie nicht scherzte, und sich angepasst. Nun versuchte er, das Beste aus seiner Situation zu machen und sich nicht seinem Schicksal zu ergeben.

Zugegeben, seine derzeitigen Möglichkeiten, sich sinnvoll zu beschäftigen oder fit zu halten, waren momentan etwas eingeschränkt, doch Claire wollte Philippe noch eine Zeit lang ausgiebig testen, bevor sie seine Welt um einige Facetten erweiterte.

Mit frischer Windel, Tüchern und Creme bepackt warf sie noch einen flüchtigen Blick zum Monitor, um sich davon zu überzeugen, dass Philippe sich nicht gerührt hatte, und ging in den Keller.

»Bleib so liegen und beweg dich nicht, Liebling. Ich betrete dein Reich hier unten niemals ohne Taser oder Pfefferspray.« Eine kühle Information, von der sich Philippe ziemlich sicher war, dass sie stimmte. Er wollte sich allerdings nicht persönlich davon überzeugen, und so hielt er still, während sie Hand- und

Fußbänder straffer zog und ihn in sitzender Position an die Wand lehnte.

Claire sah erschöpft aus, die widerspenstigen Locken kräuselten sich über ihrer feuchten Stirn, unter den Augen lagen dunkle Schatten, und ihre Lippen waren ungeschminkt und blass. Sein überreizter Magen verkrampfte sich, als ihm der unheimliche Gedanke durch den Kopf schoss, wie abhängig sein Leben von ihr war und dass sie nicht krank werden oder gar einen Unfall erleiden durfte. Das wäre sein Todesurteil.

»Meine Geschichte wird wegen Müdigkeit auf morgen verschoben, mein Lieber. Merk dir nur das Allernötigste, das du für die nächsten Tage wissen musst. Schreien, hämmern und toben kannst du meinetwegen nach Lust und Laune, irgendwie musst du deiner Angst und deinem Zorn ja Luft machen, das verstehe ich. Wenn du versuchst, mich zu attackieren, sprühe ich dir Pfeffer in die Augen oder jage dir ein paar Volt durch den Körper. Dein Essen findest du immer in der Schnabeltasse, ich möchte schließlich nicht, dass du dich an einem Stück Fleisch verschluckst und womöglich erstickst. Deine Notdurft kannst du zwischendurch in der Bettpfanne verrichten, das hat heute ja schon ganz gut geklappt. Für die Nacht allerdings lege ich dich vorerst noch in Windeln. Wegen der vielen Schlaf- und Beruhigungsmittel hast du manchmal keine Kontrolle mehr über deine Körperöffnungen. Ich werde dich nicht verhungern lassen, nicht quälen oder –«

»Warum?«, flüsterte Philippe.

»Weil ich dich liebe, Phil. Weil ich dich liebe.«

»Claire, Liebes, ich –«

»Psst, Philippe, wir haben alle Zeit der Welt, um uns auszusprechen. Jetzt möchte ich aber nur mehr unter die Dusche und ins Bett. Dich hier unten zu versorgen, ist doch anstrengender, als ich gedacht habe.«

Sacht hielt sie ihm eine der beiden Wasserflaschen an den Mund.

»Du musst endlich trinken, Philippe, das ist wichtig für deinen Kreislauf.«

Er hatte keine Wahl. Mit kräftigen Zügen leerte er die Flasche, und unmittelbar nach dem letzten Schluck spürte er, wie seine

Zunge schwer wurde, die Augenlider sich langsam senkten und er benommen zur Seite sackte.

Claire zog ihn auf die Matte, legte ihm die Windel an, verzichtete auf das Klebeband auf seinen Lippen. In nächster Zeit würde aller Voraussicht nach niemand außer ihr Philippe besuchen. Sie schob ihn ins Fach zurück, schloss die Klappe, räumte auf und ging zur Tür.

Dort drehte sie sich langsam um und fixierte mit leerem Blick den Schrank.

»Und weil ich nicht allein sein will«, hauchte sie tonlos.

Schlaflose Nacht

Die Nacht war zermürbend gewesen. Aufgewühlt und unruhig von der traurigen Erkenntnis, dass sich in Claires Wesen Schattenseiten offenbart hatten, war an erholsamen Schlaf nicht zu denken gewesen. Emilie hatte es nach mehreren erfolglosen Versuchen und Gläsern Bier aufgegeben, auf ein paar geruhsame Stunden zu hoffen. Stattdessen hatte sie Brioches gebacken, die Laroche sicherlich zu schätzen wusste, wenn er am Morgen bei ihr vorbeikam.

Schlaflose Nächte waren Em bislang ein unbekanntes Mysterium gewesen, doch wie es schien, konnte sie in absehbarer Zeit dem Club der senilen Bettflüchtigen beitreten. Das duftende Gebäck herzustellen, hatte ihr nicht nur die zähen Stunden bis zum Morgengrauen verkürzt, sondern auch Anspannung und Ruhelosigkeit vertrieben. Sie war zwar rechtschaffen müde, als Pierre Laroche wie am Vortag vereinbart pünktlich um acht Uhr eintraf, doch nicht im Mindesten schusselig oder unbesonnen.

Sichtlich erfreut über das unerwartete Frühstück langte Laroche kräftig zu, und Emilie stellte überrascht fest, dass sie sich in der Gegenwart dieses sympathischen jungen Mannes, der ihr Enkelsohn sein könnte, ganz und gar wohlfühlte.

»Madame Dickson, Sie sagten, Sie kennen die Bonnets schon, seit diese das Haus gegenüber bezogen haben?«, eröffnete er behutsam die Befragung.

»Ja«, bestätigte Em. »Das muss ungefähr vor zwanzig Jahren gewesen sein.«

»Dann haben Sie wohl eine sehr enge, freundschaftliche Beziehung zu dieser Familie?«

»Wir sind einander sehr zugetan und verbunden, ja. Ich war wohl immer eine Art Muttersatz für Claire und später Großmutter für die Mädchen. Philippes Eltern leben in Südamerika, er sieht sie nur sehr selten. Claires Eltern sind kurz nach der Geburt ihrer ersten Tochter bei einem Autounglück ums Leben gekommen.«

Laroche nickte verständnisvoll.

»Madame, ich möchte Sie nicht in die Enge treiben, ich respektiere, dass Sie den Bonnets sehr nahestehen. Dennoch bitte ich Sie eindringlich: Wenn Ihnen etwas Ungewöhnliches aufgefallen ist, wenn Sie etwas bemerkt haben, das anders ist, als Sie es gewohnt sind – sagen Sie es mir! Bis jetzt konnten wir leider noch keinen Durchbruch bei den Ermittlungen erzielen. Es gibt keine augenscheinlichen Zeichen dafür, dass ein Gewaltverbrechen geschehen ist, allerdings deutet noch weniger darauf hin, dass Philippe sich aus freien Stücken abgesetzt hätte. Die Zeit läuft uns davon, die Wahrscheinlichkeit, dass wir ihn finden, wird immer geringer. Ich bin für jeden kleinsten Hinweis dankbar.«

Hätte er versucht, sie unter Druck zu setzen, hätte er mit hinterlistiger Verhörtechnik ihre geistige Verfassung auf die Probe gestellt oder hätte er sie aufgrund ihres Alters geringschätzig behandelt – Emilie wäre zweifellos standhaft geblieben.

Doch sein ehrliches Bemühen um Philippe, aber auch das offenkundige Interesse an Claire nahmen ihn für sie ein, und da sie weitere endlos durchwachte Nächte befürchtete, in denen ihr ehrbares Gewissen mit ihrer Zuneigung zu Claire im Widerstreit lagen, erhob sie sich schwerfällig und wies Laroche an: »Nehmen Sie Kaffeetasse und Kuchenteller und kommen Sie mit in mein Arbeitszimmer.«

Was auch immer sie ihm nun zeigen würde, es kostete sie immense Kraft und lag wie ein unsichtbares Gewicht auf ihren knochigen Schultern. Der gesenkte Kopf, der gebeugte Rücken, der schleppende Gang ließen Laroche erahnen, wie unendlich schwer ihr dieser Schritt fiel.

Emilies Arbeitszimmer war karg und schlicht mit dunklen Holzmöbeln eingerichtet. Wie auch in der Küche vermisste er Nippes, Spitzendeckchen oder gerahmte Fotografien. Vor allem aber der Alte-Leute-Mief fehlte. Ihr Haus bestach durch peinliche Sauberkeit und einen eventuell etwas zu intensiven Geruch nach scharfen Scheuermitteln. Auch konnte er weder geblümte Rüschenkissen noch fusselige Teppichläufer ausmachen.

Eine seltsam unsentimentale Frau, dachte er, ohne kühl zu

sein, und auf gar keinen Fall entsprach sie dem gängigen Bild einer durchschnittlichen Achtzigjährigen.

Er mochte sie.

Emilie drückte ein paar Knöpfe an einem Monstrum von Computer, und schnarrend und knatternd gab das altertümliche Gerät sein Bestes, um den Befehlen seiner Herrin Folge zu leisten. Mit zusammengekniffenen Augen und gekrümmten Zeigefingern hackte sie auf die übergroße Tastatur ein, bis ein eng beschriebenes Dokument am flimmernden Bildschirm erschien.

Gedankenverloren starrte Em auf den Monitor, und er spürte, wie sie zögerte und kurz davor war, ihren Entschluss rückgängig zu machen. Laroche stand still hinter ihr, seine Augen unbeweglich auf den Kuchenteller gerichtet, bis er ein unterdrücktes Stöhnen und den Druck ihrer Hand an seinem Handgelenk spürte.

»Ich möchte nicht darüber sprechen«, sagte sie mit belegter Stimme und verließ den Raum.

… Philippe fährt weg. Nach zwanzig Uhr. Rast wie immer. Claires Wagen ist nicht in der Garage. Wo? Licht im Badezimmer geht an. Claire Schaumbad? …

… Drei Uhr. Kann nicht schlafen. Bei Claire brennt Licht. Was ist da los? Setze mich ins Arbeitszimmer …

… Claire ruft an. Völlig aus der Fassung und hysterisch. Philippe ist weg?! Vier Uhr …

… Halb neun (bevor die Polizei kommt). Frage Claire nach dem Wagen. Sagt, ich müsse mich irren. Zeigt mir in Garage das Auto. Warum darunter nasse Pfützen? Wasser tropft von Stoßstange. Warum lügt sie??? … Polizei bemerkt Pfützen nicht!!!

… Wie kommt Phils Portemonnaie in Claires Wagen? Fährt nur im Notfall mit Renault. Kein Notfall seit Mai. Habe Notizen überprüft …

Laroche rieb sich skeptisch die Stirn. Wollte Emilie mit ihren penibel geführten Aufzeichnungen andeuten, dass Claire etwas über Philippes Verschwinden wusste oder sogar damit zu tun hatte?

Was konnte mit Ems Erinnerungen bewiesen werden? Dass Claire in der fraglichen Nacht mit ihrem eigenen Wagen unterwegs war und wegen des Schneeregens sich Wasserpfützen in der Garage gebildet hatten, nachdem sie zurückgekehrt war. Ärgerlich, dass der Spurensicherung die Lachen nicht aufgefallen waren, aber nicht mehr zu ändern. Wo war sie hingefahren? Dass Monsieur Bonnets Geldbörse in Madame Bonnets Wagen auftauchte, war ebenfalls nicht weiter schockierend oder zwangsläufig ein Indiz dafür, dass Claire Philippe beseitigt hatte.

War Emilies Gedächtnis zu trauen? Laroche zweifelte nicht daran, dass mit Ems ergrautem Oberstübchen alles in bester Ordnung war. Vielleicht eine nicht nennenswerte Schwäche, wie sie in ihrem Alter üblich war, der sie aber resolut entgegenwirkte, indem sie ein persönliches Tagebuch führte, das sie jederzeit zurate ziehen konnte.

Kriminalistisch waren aber Madame Dicksons Entdeckungen nicht besonders ergiebig, boten ihm jedoch eine willkommene Gelegenheit, Claire aufzusuchen, um sich mit ihr zu unterhalten – diskret natürlich.

In der Küche fand er Emilie zusammengesunken auf ihrem Stuhl, die Kaffeetasse fest umklammernd, mit Tränen in den blassblauen Augen. Sie bot einen erbärmlichen Anblick und konnte ihm nicht in die Augen schauen. Laroche erfasste Mitleid für die betagte Frau.

»Madame, Sie haben an Ihrer besten Freundin keinen Hochverrat begangen. Was Sie notiert haben, ist zwar durchaus aufschlussreich, bringt Claire allerdings längst nicht in ernsthafte Schwierigkeiten oder gar mit einer Straftat in Verbindung. Ich werde versuchen, mit ihr zu sprechen und Näheres herauszufinden. Selbstverständlich ohne zu erwähnen, wie ich zu meinen Mutmaßungen komme.«

Dankbar richtete sich Emilie auf und schenkte ihm frischen Kaffee nach.

»Würden Sie Claire zutrauen, Philippe etwas anzutun?«, erkundigte er sich vorsichtig.

»Ich weiß nicht mehr, was ich denken, oder besser gesagt nicht denken soll. Wenn sich erst ein Quäntchen Misstrauen eingeschlichen hat, ist es schwer, es wieder loszuwerden. Aber eigentlich kann ich es mir nicht vorstellen. Claire ist im Grunde eine herzensgute Ehefrau und vorbildliche Mutter. Wahrscheinlich spintisiere ich lediglich vor mich hin.« Em wischte sich mit der Serviette verstohlen die Augenwinkel.

»Machen Sie sich keine Sorgen, Madame. Wir werden bestimmt herausfinden, was mit Philippe geschehen ist. Auch ich bin nicht der Ansicht, dass Claire ihren Mann hat verschwinden lassen. Dafür gibt es keinerlei Anhaltspunkte oder Spuren. Meiner Meinung nach braucht Philippe ein paar Tage Auszeit, wie viele Männer in seinem Alter, vor allem um die Weihnachtszeit.« Der letzte Satz stammte zwar aus seinem unerschöpflichen Repertoire der abgedroschenen Beruhigungsphrasen, doch Laroche hoffte damit, Emilies Ängste und Befürchtungen ein wenig zu mildern.

»Da mögen Sie vielleicht recht haben, hoffen wir es.«

Em packte umsichtig zwei Brioches in blütenweiße Stoffservietten und reichte sie Laroche.

»Ich habe Ihnen nichts erzählt«, stellte sie barsch fest.

»Natürlich nicht, Madame, ich habe nur meine Augen offen gehalten so wie Sie die Ihren«, antwortete er mit verschwörerischem Lächeln.

Das erleichterte Schmunzeln, das er Emilie mit seinem Zugeständnis entlocken konnte, warf unzählige feine Fältchen rund um ihre Augenwinkel, und wäre sie seine Großmutter gewesen, hätte er sie zum Abschied auf die trockene Wange geküsst.

Philippes Gefühle

Monatelanges konsequentes Krafttraining in Kombination mit Wirbelsäulengymnastik machte sich bezahlt.

Mit Hilfe von Heimvideos und zu Hanteln umfunktionierten, anfangs mit Wasser, später mit Steinen gefüllten Mineralwasserflaschen hatte Claire sich gewissenhaft darauf vorbereitet, Philippe täglich mindestens einmal aus dem Fach zu ziehen und wieder darin zu verstauen, ohne dass sie sich Zerrungen in den Muskeln oder peinigende Blockaden im Rücken zuzog.

Liebend gern hätte sie sich in einem intimen Work-out-Studio in Form gebracht, doch sie befürchtete, dass es bei eventuellen späteren Nachforschungen verdächtig erscheinen könnte, wenn sie sich ausschließlich für Oberarm- und Rückenmuskelpartien interessierte. Also hatte sie sich selbst ein speziell auf ihre Bedürfnisse zugeschnittenes Programm zusammengestellt und regelmäßig jeden Vormittag mindestens zwei Stunden beschwerliche Körperarbeit geleistet. Außer an den seltenen Tagen, an denen Philippe wider Erwarten nicht für ein, zwei Stunden das Haus verließ, das waren höchstwahrscheinlich die Tage, an denen Isabelle Wochenenddienste oder Zusatzschichten schieben musste.

Sie hatte heute Morgen viel länger als geplant geschlafen, die Batterie ihres Digitalweckers hatte mitten in der Nacht den Geist aufgegeben, und diese ungewollte Verspätung brachte ihren minutiös eingeteilten Tagesablauf durcheinander. Eilig schlüpfte sie in Jeans und Sweatshirt, verzichtete auf einen Kurzbesuch im Bad, riss das Küchenfenster auf, hastete in den Keller und ließ die Tür sperrangelweit offen, um die abgestandene Luft entweichen und frischen Sauerstoff hineinzulassen. Die Fußbodenheizung hatte sie für die Nächte höher eingestellt, damit Philippe nicht fror, doch die trockene, verbrauchte Luft konnte auf Dauer nicht gesund sein und ihm Schaden an seinen Atemwegen zufügen, den sie verhindern konnte, wenn sie auf ausreichende Frischluft achtete.

Philippe war schon ausgeschlafen, und sein Blick war zwar etwas glanzlos, doch nicht besorgniserregend weggetreten.

»Guten Morgen, mein Schatz. Heute habe ich doch tatsächlich verschlafen. Wartest du schon lange?«

»Gerade aufgewacht«, murmelte Philippe mit verschwommenem Zungenschlag.

»Na ja, so richtig munter bist du wohl noch nicht«, lachte Claire, »aber kein Problem, jetzt gibt's nur schnelle Katzenwäsche, ein bescheidenes Frühstück, und dann kannst du selbst entscheiden, ob du noch weiter schlafen oder lieber ein paar Runden laufen möchtest.«

Durch die diesigen Schwaden, die seinen Blick noch trübten und sich nur schleppend aus seinem Gehirn verflüchtigten, erkannte er Claires Umrisse, und ihre quirlige Stimme verursachte ein anhaltendes Surren in seinen Ohren. Ungerührt ließ er sich aus dem Verbau ziehen, seine Beine scharrten schlaff und schlenkernd über den Boden. Noch hatten die kribbelnden Schmerzen in den Armen nicht eingesetzt, noch die teuflischen Botenstoffe seine machtlosen Hirnzellen nicht erreicht. Die Luft roch kalt, und genüsslich öffnete Phil den Mund, um in vollen Zügen den kühlen Hauch durch seine Lungen strömen zu lassen.

Claire war gerade dabei, seinen bereits leicht geröteten Unterleib von der uringetränkten Windel zu befreien und sorgsam zu reinigen, als dröhnend die Türglocke anschlug.

Tausendfach hatte sie die Handgriffe geübt, die Reihenfolge ihrer konfusen Gedanken durchgespielt, die in einem solch kritischen Fall strikt einzuhalten waren: alles stehen und liegen lassen, die Tür lautlos schließen, barfuß nach oben huschen, dabei das Treppenlicht löschen, Mikrowelle im Vorbeieilen auf Dunkelheit überprüfen, einundzwanzig Sekunden, leise ins Bad hetzen, über die Haare kurz Wasser laufen lassen, Handtuch wie einen Turban um den Kopf schlingen, dreiundvierzig Sekunden, geräuschvoll die Badezimmertür zuschlagen – ungefähr jetzt würde die Glocke vermutlich ein zweites Mal anschlagen –, den Flur entlangspurten und außer Atem ungehalten die Tür aufreißen, alles in allem circa zweiundfünfzig Sekunden.

Egal, wer der unangemeldete Besucher war, ob Emilie, der Postbote, Vertreter religiöser Vereinigungen oder ein Polizeibeamter – jeder würde auf den ersten Blick erkennen, dass er Claire beim Haarewaschen gestört und sie daher etwas länger gebraucht hatte, an die Eingangstür zu kommen.

Pierres betretenem Blick war zu entnehmen, dass ihm die Situation peinlich war, und sein konsterniertes »Claire, verzeihen Sie, ich wusste nicht …« unterbrach sie mit einer unwirschen Handbewegung.

»Kommen Sie herein, mir ist kalt.«

Unschlüssig stand er im Flur.

»Setzen Sie sich in die Küche, Pierre, nehmen Sie sich Kaffee aus der Kanne, Tassen stehen im Oberschrank, Milch im Kühlregal. Ich muss die Haare trocknen, sonst hole ich mir eine Erkältung.« Schnell wandte sie sich ab und Pierres »Vielen Dank, lassen Sie sich ruhig Zeit!« drang nur mehr gedämpft zu ihr durch.

Im Badezimmer schaltete sie den Föhn auf die stärkste Gebläsestufe, setzte sich auf den Rand der Badewanne und atmete hechelnd in eine hohle Hand, während die heiße Luft ihre Locken durcheinanderwirbelte. Beißende Übelkeit stieg in ihr auf, eine Hitzewelle trieb ihr feine Schweißperlen auf Stirn und Oberlippe, gleißende Punkte tanzten vor ihren Augen.

Nicht umkippen, nur nicht umkippen, dachte sie panisch, legte den Föhn auf den Boden und beugte sich zur Armatur der Wanne, um einen kalten Strahl aus dem Wasserhahn über ihre Handgelenke fließen zu lassen.

»Ausatmen, drei, vier, einatmen, drei, vier, und wieder ausatmen, drei, vier, einatmen, drei, vier«, zählte sie flüsternd vor sich hin.

Die Hitze ebbte ab, ebenso die Übelkeit, die Punkte vor den Augen verschwanden, und der rasende Puls verlangsamte sein jagendes Tempo. Sie hob den Haartrockner wieder auf, fuchtelte damit noch einige Male rund um ihren Kopf, legte einen Schimmer Lippgloss auf, straffte die Schultern, nickte sich aufmunternd im Spiegel zu und stakste auf immer noch ein klein wenig flatternden Knien zu Pierre in die Küche.

Ihr Herz begann erneut, in wildem Tempo zu pochen, als sie ihn vor der unbeleuchteten Kellertreppe stehend antraf.

»Sie bringen Neuigkeiten?«, stammelte sie heiser, die rechte Hand auf ihre hämmernde Brust gelegt.

»Nein, Claire, es tut mir sehr leid. Wir haben ihn noch nicht gefunden.« Mitfühlend drückte er ihr die Schulter, führte sie sanft zum Tisch, weg von der Kellertreppe, und drückte ihr eine Tasse Kaffee in die Hand.

Stumm hing Claire an seinen Lippen.

»Haben Sie Philippes Sachen durchgesehen? Haben Sie vielleicht noch etwas gefunden, das uns bei der Suche helfen könnte?«

»Nein, nichts, vielleicht sollten Sie noch einmal Ihr Team vorbeischicken, um nachzusehen.«

Pierre ging nicht auf ihren Vorschlag ein; die brutale Wahrheit war, dass er keine Leute mehr für diesen Fall abstellen konnte, und das wollte er ihr nicht ins Gesicht sagen müssen.

»Die Geldbörse?«, fragte er sachlich.

»Oh mein Gott, die hatte ich ganz vergessen. Ja, natürlich, ich fand sie gestern in meinem Wagen. Philippe muss sie dort verloren haben. Ich habe sie ins Handschuhfach gelegt, ich hole sie.«

»Nicht nötig, ich erledige das.« Pierre ging in die Garage und kam mit Phils brauner Lederbörse zurück, die er in eine Plastiktüte gesteckt hatte.

»Ich nehme sie mit, vielleicht finden wir Spuren darauf. Wann hat er sie in Ihrem Wagen verloren?«

Claire knabberte an ihrem Daumennagel und überlegte.

»Schwer zu sagen, vorige Woche vielleicht? Ja, das muss am Donnerstag gewesen sein, als der erste Schnee fiel. Er hatte bei seinem Dodge noch keine Winterreifen aufgesteckt und musste Schrauben für den Schrank besorgen, den wir am Wochenende fertig machen wollten. Da hat er meinen Wagen genommen.«

»Und seit Donnerstag hat er Kreditkarten, Führerschein und Bargeld nicht vermisst?« Pierre legte zweifelnd die Stirn in Falten.

»Er hat mir jedenfalls nichts davon erzählt«, bestätige Claire, »aber langsam denke ich, dass er mir von vielen Dingen nichts erzählt hat.«

»Zum Beispiel?«

»Was weiß ich?«, fuhr sie ihn an. »Eine Geliebte? Mehrere Geliebte? Ein Doppelleben? Ich werde noch verrückt, diese endlosen Grübeleien, die einsamen Nächte, das leere Bett – das alles macht mich wahnsinnig! Da kommen mir die absurdesten Gedanken!«

»Wann haben Sie selbst Ihren Wagen das letzte Mal benutzt?« Pierre setzte auf Ablenkung, um Tränen und laufender Nase zu entgehen.

»Am Sonntag, so gegen sieben Uhr am Abend.«

»Wo waren Sie?«

»Beim Magasin vorne an der Ecke. Die Milch war ausgegangen, und der Laden hat bis Mitternacht geöffnet. Der Schneeregen war so dicht, da wollte ich nicht zu Fuß gehen und habe den Wagen genommen.«

»Phils Portemonnaie ist Ihnen dabei nicht aufgefallen?«

Claire errötete leicht, und sie strich befangen über das Tischtuch.

»Ich habe mich nicht angegurtet für das kleine Stück. Em wird Ihnen ja erzählt haben, dass sich die Börse zwischen Sitz und Gurtschloss verheddert hatte.«

Der fehlende Wagen, die Wasserpfützen unter den Reifen, Phils Brieftasche – alle Ungereimtheiten, die Em solch bleierne Kümmernisse bereitet hatten, waren mit einer belanglosen, alltäglichen Geschichte geklärt. Einzig die Uhrzeiten stimmten nicht ganz überein, aber das lag wohl eher an Emilies mangelhaftem Erinnerungsvermögen, oder sie hatte sich dabei wirklich um eine Stunde geirrt.

Pierre war seltsam erleichtert.

Claire ebenfalls.

Ihre abenteuerliche Schilderung war eine einzige dreiste Lüge. Wenn sie Glück hatte, glaubte Pierre ihr. Wenn nicht … Sie konnte es sich nicht erlauben, sich jetzt über ungelegte Eier den Kopf zu zerbrechen.

Im Moment musste sie sich auf ihr Gespräch mit Pierre konzentrieren. Auf seine empfindsamen Augen, die melodische Stimme, den geschwungenen Mund, die blitzenden Zähne, den muskulösen …

»Kennen Sie Dr. Isabelle Ledoux?«

Unsanft wurde sie aus unüblichen und daher umso faszinierenderen Träumereien gerissen.

»Nein. Ist das eine Ärztin aus dem Hôpital St. Antoine?
»Wieso kommen Sie auf diese Idee?«, fragte Pierre.

»Pierre, ich bin nicht auf den Kopf gefallen. Philippes Dodge wurde auf dem Parkplatz des Hôpitals gefunden, für das er gearbeitet hat. Also, wer ist sie? Kennt sie meinen Mann? Ist sie eine Affäre von Phil? Ist er mit ihr weggegangen? Hat sie ihn entführt? War sie –«

»Claire, hören Sie auf! Nichts von all dem! Sie ist einfach eine Ärztin! Ich stelle allen, mit denen ich über Philippe spreche, dieselben Fragen, reine Routine, okay?«

Claires Augenränder waren gerötet, unter den Lidern machte er dunkle Ränder aus. Sie sah ausgezehrt aus, schmal und schutzlos. Wie ferngesteuert bewegten sich seine Hände über den Tisch auf ihre zu, bedeckten die klammen Finger und wärmten sie.

Ihren Daumen sanft über seine dunkle, seidene Haut gleiten lassen, so wie sie es sich gestern in ihrer Phantasie ausgemalt hatte, das wollte Claire und sonst nichts. Endlich würde sie am eigenen Leibe erfahren, was Philippe empfand, was in ihm vorging, wenn er eine andere Frau berührte. Das flaue Gefühl in der Magengrube, die feuchten Handflächen, die Vibrationen an den Lippen – all das hatte sie wegen Philippe vor ewigen Zeiten zum letzten Mal erlebt.

Der bebende Tumult in ihrem erregten Inneren machte sie schwindelig, und sie stand auf.

Es war beim zehnten Schlag der Mittagsglocken der nahe gelegenen St.-Georges-Kirche, als Pierre aus der dampfenden Dusche stieg, sich ein frisch duftendes Badetuch um die Hüften wickelte, eine in Zellophan eingehüllte dunkelviolette Zahnbürste aus der knisternden Verpackung riss und sich mit der blau gestreiften Zahnpasta der Familie Bonnet gründlich die Zähne putzte.

Philippe konnte die Kirchenglocken natürlich nicht hören, doch es war ungefähr zur selben Zeit, als Claire, während Pierre sich im Bad zum Gehen bereit machte, erhitzt in den zerwühlten Laken lag und er es aufgab, sich die Seele aus dem Hals zu brüllen und mit gefesselten Füßen zu versuchen, die metallene Bettpfanne an die Wand zu treten.

Entscheidungen

Auf dem Weg ins Revier schwankte Pierre zwischen heroischer Selbstgeißelung wegen dieses kapitalen Ausrutschers, der ihm einfach nicht hätte passieren dürfen, und freudiger Erregung, die ihn erfasste, wenn er an ein Wiedersehen mit Claire dachte. Er entschied sich für freudige Erregung und betrat vergnügt vor sich hin pfeifend sein verwaistes Büro.

Am Fenster ihres Arbeitszimmers schwankte Emilie zwischen Erleichterung, dass der Inspecteur ihre verqueren Ansichten wieder ins rechte Licht gerückt hatte, und Bestürzung darüber, dass scheinbar auch ihr Bauchgefühl an Altersschwäche litt und sie in die Irre führte. Sie entschied sich für Erleichterung, freute sich, dass Laroche den ganzen Vormittag bei Claire verbrachte und schrieb weiter an ihrem in letzter Zeit sträflich vernachlässigten Buch.

Im Hôpital St. Antoine schwankte Isabelle zwischen der Sehnsucht, sich die kommenden Tage in ihrem kleinen Häuschen zu verbarrikadieren, und dem Wunsch, den Verantwortlichen für Diebstähle und Unterschriftenfälschungen eigenhändig auf frischer Tat zu ertappen. Sie entschied sich für ihr Häuschen, sprach bei Bruel vor und nahm Urlaub bis zum Neujahrstag.

Claire schwankte zwischen der unbändigen Lust, sogleich auf die Île de la Cité zu fahren und auf den Weihnachtsmärkten zu flanieren, und der Pflicht, umgehend Philippe zu versorgen. Sie entschied sich für die Île de la Cité und kaufte nicht nur eine reizende kleine Silbertanne, sondern auch ein flauschiges dunkelgraues Badetuch mit schwarzer Samteinfassung in Extragröße, auf das mit noblen Silberfäden ein kunstvoll geschwungenes P gestickt war.

Erschöpfung und Resignation

Die betäubende Wirkung des Schlafmittels der vergangenen Nacht hatte nachgelassen, und Philippe begriff, dass er in den drei Sekunden nach dem Läuten der Türklingel, in denen Claire wie von Furien gehetzt zur Kellertür stürzte, hätte schreien müssen.

Dennoch dauerte es einige Stunden, bis auch zu den letzten Winkeln seines Verstandes die zermürbende Einsicht durchgedrungen war, dass er völlig auf sich allein gestellt war und ihn der unbekannte Besucher tatsächlich nicht hören konnte.

Claire war überstürzt aus seinem Kerker geflüchtet, hatte ihn liegen lassen inmitten des Durcheinanders aus gesäuberter Bettpfanne, frischer Wasserflasche, gefüllter Schnabeltasse und stinkender Windel. Dass kein Klebeband seinen Mund versperrte, war ihm als unverhofftes Himmelsgeschenk erschienen; zumindest so lange, bis er erkannt hatte, dass er ohne Hände die verschlossene Wasserflasche nicht aufbeißen und die Schnabeltasse nicht richtig zwischen den Zähnen fassen konnte, egal wie er sich verkrümmte, wendete oder drehte. Die Bettpfanne war schwer, und er schob sie Zentimeter für Zentimeter mit den Füßen an die Wand; mühselige Versuche, sie wie einen Fußball an die Mauer zu katapultieren, um so scheppernden Lärm zu verursachen, scheiterten kläglich. Ihm fehlte einfach die Energie für kraftvolle Tritte, und seine lausigen Kicks erzeugten nicht mehr als ein dumpfes Poltern.

Irgendwann war er so erschöpft, dass er aufgab. Quälender Durst marterte ihn, die Haut an Handgelenken und Knöcheln war von den scharfkantigen Plastikbändern wund gescheuert und brannte, und als ihn eine matte Schläfrigkeit überkam, war er dankbar und kämpfte nicht dagegen an, sondern gab sich ihr widerstandslos hin.

»Philippe, komm schon, wach auf, Liebling!«

Claires kühle Hände rieben seine eingefallenen, von dunklen Bartstoppeln gezeichneten Wangen. Er wollte ihr sagen, sie solle damit aufhören, jede Pore seiner Haut stand in Flammen, doch seine pelzige Zunge war an den Gaumen gekleistert, die aufgesprungenen Lippen klebten aufeinander, und er brachte nur ein aus dem kratzigen Hals hervorgepresstes Grunzen zustande.

»Es tut mir so leid, Phil, aber es ging nicht früher.«

Hektisch träufelte sie ihm Wasser auf die Lippen, und endlich, als sie sich voneinander gelöst hatten, ließ er kleine Schlucke in der Mundhöhle kreisen, benetzte Zähne und Gaumen damit, bevor er sie durch seinen vom Schreien entzündeten Rachen fließen ließ. Zwischendurch steckte sie ihm die gebogene Schnabeltasse in den Mund, an der er wie ein Baby nuckelte.

»Apfelmus mit Haferflockenbrei, das stärkt.«

Sie fütterte ihn bis zu den letzten Tropfen in Flasche und Tasse, schlang wieder eine knisternde Windel um ihn, und Philippe erwartete, dass ihn erneut Schlaf übermannen würde. Doch nichts dergleichen geschah, vielmehr fühlte er sich besser, stärker, obwohl es in seinem Bauch rumorte und ein unangenehmer Druck seinen Magen zusammenpresste.

Claire werkelte noch ein wenig herum, wischte auch Boden und Matten mit Seifenlauge, verschwand kurz nach oben und kam mit Bettzeug wieder zu ihm.

Gleichgültig hatte Philippe ihr zugesehen, er wollte nicht mit ihr sprechen, und auch sie verrichtete ihre Arbeiten schweigend. Auf zwei nebeneinanderliegenden Matten platzierte sie Kopfpolster, bettete ihn darauf, legte sich neben ihn und zog über sie beide die federweiche Decke, die sie von seiner Hälfte des Ehebetts von oben mitgenommen hatte. Sie drehte sich auf die Seite, kuschelte sich an ihn, legte einen Arm quer über seine Brust und streichelte automatisch seine Schulter, so wie sie es seit fünfundzwanzig Jahren gewohnt war. Und wie auch er seit fünfundzwanzig Jahren mit dieser rhythmischen Liebkosung in seine Nachtruhe zu gleiten gewohnt war.

»Du hast dich immer sehr bemüht, deine Seitensprünge zu verbergen, Philippe, und dafür liebe ich dich. Du wolltest mich damit nicht verletzen und hast auch deine Familie nicht im Stich gelassen. Tatsächlich habe ich nur sehr selten versteckte Botschaften gefunden, die dich verraten haben. Eine exorbitante

Rechnung von einem Nobelrestaurant für zwei Personen an einem Abend, an dem du angeblich bei einer Krisensitzung im Büro warst; ein fremder Duft an deinen Hemden; die Art, wie du bei manch ungewollten Telefonaten schnell aus meiner Hörweite entschwunden bist; einmal sogar ein zerknitterter Liebesbrief einer gewissen Chantal, den ich beim Putzen unter der Gummimatte deines Dodge gefunden habe. Banale Dinge eben.«

Der warme Fußboden unter der Schaumstoffmatte, die Daunendecke, Claire, die sich dicht an ihn schmiegte und ihre Hitze auf ihn übertrug – Philippe glaubte, ersticken zu müssen, und sein alarmiertes Herz gehorchte willig dem falschen Befehl und pumpte heftig Sauerstoff durch seinen Körper.

»Warum hast du nie etwas gesagt?«, krächzte er und drehte den Kopf zu ihr hin, um sie anzusehen. Obwohl es schon spät sein musste, sah sie gut aus heute. Besser als gestern, attraktiv, mit glänzenden Augen und leicht geröteten Wangen.

»Wenn ich darüber gesprochen hätte, hätte ich den Tatsachen ins Auge sehen müssen und sie nicht länger verleugnen können. Ein-, zweimal hätte ich dir offiziell verzeihen können, doch irgendwann wäre eine Scheidung unumgänglich gewesen. Das wollte ich nie im Leben. Dich zu verlassen kam niemals in Frage.«

»Du hast alles gewusst und meine Affären stillschweigend in Kauf genommen, nur damit du dich nicht von mir trennen musst?« Philippe konnte kaum fassen, wie sie mit seinem Betrug und den damit verbundenen Verletzungen umgegangen war.

»Genau. Du wolltest uns doch auch nicht verlassen.«

Das ist etwas ganz anderes, wollte er einwerfen.

Nein, ist es nicht, erkannte Philippe im selben Atemzug. Sie hatte recht. Er hatte versucht, seine wenigen Affären geheim zu halten, um Claire nicht zu demütigen. Auch er wollte weder sein Heim noch seine Frau verlieren, zu oberflächlich und bedeutungslos waren seine Liebschaften gewesen, um sein geordnetes, behagliches und vor allem bequemes Leben mit Claire aufs Spiel zu setzen. Bis er Isabelle kennenlernte.

»Als Isabelle kam, war alles plötzlich ganz anders«, sprach sie seine Gedanken laut aus. Philippe zuckte leicht zusammen.

»Sie war nach einem Jahr immer noch nicht von der Bildfläche verschwunden. Da wusste ich, wie gefährlich sie für uns war.«

Schauer liefen ihm über den klebrigen Rücken, sein linker Wadenmuskel zuckte unkontrolliert, und auf den Unterarmen breitete sich Gänsehaut aus.

»Wie hast du die Sache mit Isabelle herausgefunden?« Nie war er so vorsichtig, nie so bedacht auf Diskretion und Verschwiegenheit gewesen wie bei Isabelle, schon allein aus Rücksicht auf ihren Beruf und ihre Reputation.

Claire lachte leise.

»Zufall, reiner Zufall. Ich hatte nicht den geringsten Verdacht, bis ich in der Zeitung von den Ärztestreiks wegen der Sparmaßnahmen des Gesundheitsministers las. In dem Artikel wurde auch das St. Antoine erwähnt und die katastrophalen Auswirkungen, die zu befürchten waren, wenn die Computeranlagen nur mehr vom Krankenhauspersonal anstatt von einer professionellen Firma betrieben werden konnten. Dennoch hast du vorgegeben, weiterhin zwei-, dreimal die Woche ins Hôpital fahren zu müssen.«

Philippe hatte den Zeitungsartikel nicht gelesen; die Tageszeitung, die ein nigerianischer Student regelmäßig um vier Uhr morgens auf den Treppenabsatz warf, war Claires Steckenpferd, dem sie sich ausgiebig widmete, wenn er nach dem Frühstück das Haus verließ und sie gemütlich ihren zweiten Kaffee genoss, bevor sie sich über Haushalt, Einkäufe oder sonstige Vorhaben Gedanken machte.

»Eines Abends bin ich dir nachgefahren, und ich staunte nicht schlecht, als deine Fahrt am Friedhof endete. In der Garage von Dr. Isabelle Ledoux. Alles Weitere war ein Kinderspiel.«

Philippe schloss niedergeschmettert die Augen. Jetzt gab es nichts mehr abzustreiten, zu beschönigen, zu erklären oder gar zu retten. Claire wusste Bescheid, und sein Leben lag in ihrer Hand.

»Mein Entschluss, dich von ihr fernzuhalten und zum Nachdenken zu zwingen, hat mich viele schlaflose und durchheulte Nächte gekostet, Philippe, das kannst du mir glauben. Aber wir werden wieder zueinanderfinden, Liebster, da bin ich ganz sicher.«

Philippe schwieg; mutlos, niedergeschlagen und verängstigt.

Claire küsste ihn hingebungsvoll auf den Mund, rappelte sich auf und griff nach einer weiteren Flasche, in der eine trübe Flüssigkeit schwappte.

Philippe riss den Schlund weit auf, inbrünstig gierend nach dem bitteren Gebräu, das ihn aus der schonungslosen Wirklichkeit reißen und in das dumpfe Schattenreich entführen würde.

Claire brachte den Kellerraum wieder in Ordnung, schnitt die Fesseln durch, trug auf die nässenden Scheuerstellen Wundsalbe auf, entfernte die Windel, stellte Bettpfanne und Trinkflasche bereit und ging.

Nicht einen Augenblick lang hatte Philippe daran gedacht, aufzuspringen und die Bettpfanne nach ihr zu werfen. Er wartete immer noch auf den ersehnten Dämmerzustand.

Er würde wach bleiben in dieser Nacht, denn es war reiner Kräutertee, den Claire ihm eingeflößt hatte.

Beschäftigungstherapie

Bruel hatte erfreut ihrem bislang ersten freiwilligen Antrag auf Urlaubstage stattgegeben, nahezu enthusiastisch hatte er ihr Ansinnen befürwortet. Isabelle mutmaßte, dass er sogar recht froh darüber war, sie einige Tage aus dem Weg zu haben, weil er sie insgeheim doch für die Vorfälle im Hôpital verantwortlich machte, auch wenn sie selbst Anzeige erstattet hatte.

Auf dem Weg zum Friedhof hielt sie an dem imposanten Carrefour-Markt in der Avenue Michelet, um sich mit ausreichend Lebensmitteln zu versorgen, damit sie sich bis nach den Weihnachtsfeiertagen um keine lästigen Einkäufe mehr kümmern musste. Am Rande der Zufahrt zu dem Supermarkt wurden außerdem Weihnachtsbäume zum Verkauf angeboten, und Isabelle entschied sich für einen Terrakottatopf, aus dem eine mickrige Fichte lugte – zerzaust, aber nicht geschlagen, sondern mit feinen Wurzeln in der torfigen Erde.

Die Freude über das winzige Bäumchen konnte die drückende Schwere in ihrer Brust jedoch nicht wettmachen. Noch immer hatte Philippe sich nicht bei ihr gemeldet, noch immer wusste sie nicht, was mit ihm geschehen, was ihm zugestoßen war. Auch der attraktive Inspecteur hatte sich sehr zugeknöpft gegeben.

Wie sie die nächsten Tage einsam und verloren in ihrem Häuschen überstehen sollte, wusste sie noch nicht. Philippe war nun seit mehr als zwei Tagen wie vom Erdboden verschluckt, und sie durfte sich nicht von Hoffnungslosigkeit und Trübsinn in die Knie zwingen lassen.

Beladen mit gefüllten Einkaufstaschen betrat sie ihr Heim, das ohne Philippe leblos war und fröstelnde Kälte ausstrahlte. Isabelle verstaute die Einkäufe, stellte das Bäumchen auf den niedrigen Couchtisch im Wohnzimmer, schmückte es und nahm sich vor, an ihren freien Tagen Stück für Stück im Haus die mit Philippe begonnenen Renovierungsarbeiten weiterzuführen. Das wäre sicher in seinem Sinn; wenn er zurückkam – und das würde er, davon ließ sich Isabelle nicht abbringen –, würde er beeindruckt sein, was sie in der Zwischenzeit geschafft hatte.

Um Energie zu tanken, machte sie einen ausgiebigen Spaziergang auf dem weitverzweigten Friedhof, dessen Gräber von Tag zu Tag immer dichter mit weihnachtlichem Schmuck und roten Kerzen dekoriert waren. Sie nahm die Stille in sich auf, ließ Erinnerungen, Gedanken, Ideen und Wünsche ungehindert durch den Kopf fließen und fühlte sich bei der Heimkehr zwar nicht um ihre bleiernen Sorgen erleichtert, so doch ruhiger und zuversichtlicher gestimmt.

Mit der knarzenden Holztreppe, die in den ersten Stock führte, würde sie beginnen. Abschleifen, Sprünge und Fugen kitten, in einem blitzenden Weiß neu streichen. Wenn sie schon beim Schleifen war, konnte sie auch gleich die abgeschrammten Türen in Angriff nehmen. Ja, genau so würde sie es machen. Zwischendurch kurze Ausflüge auf den Friedhof, um frische Luft in der eisigen Kälte zu schnappen. Niemals zu weit weg vom Haus, um Philippe nicht zu übersehen, wenn er kam.

Wenn er *nicht* kam, würde sie in aller Herrgottsfrühe am Tag nach dem Heiligabend zu Claire fahren und die Karten auf den Tisch legen.

Fahr vorsichtig!

Pierre hatte früh am Morgen angerufen. Keine Neuigkeiten wegen Philippe, er würde dennoch am späten Nachmittag kurz vorbeischauen, wenn es ihr recht sei. Claire war es mehr als recht, sie fieberte dem Abend geradezu entgegen.

Sie wusste genau, was mit ihr passierte: Sie war dabei, sich in Pierre zu verlieben, sehnte sich jetzt schon nach ihm, seinen Berührungen, seinem Lächeln, seinen Händen. Ob es Philippe genauso ergangen war? Hatte er den Gelegenheiten, die sich ihm boten und die er bestimmt auch selbst schuf, deshalb nicht widerstehen können, weil sie Spannung und Abwechslung in sein eintöniges Eheleben brachten? Weil die Aufmerksamkeit einer fremden Frau guttat? Weil man sich dabei lebendig und jung fühlte, ausgelassen und heiter?

Noch vor ein paar Tagen hatten diese sagenhaften Erfahrungen Claires Weltbild in seinen Grundfesten erschüttert. Dank Pierre stand ihr heiler Mikrokosmos nun Kopf, und Claire fand diese durch eine rosarote Brille betrachtete Perspektive großartig. Schließlich hatte sie nicht vor, ihren Mann zu verlassen und ein neues Leben zu beginnen, nein, sie wollte bloß ein wenig vom leckeren Kuchen naschen. Wem schadete sie schon? Deshalb brauchte sie sich noch lange kein schlechtes Gewissen zu machen, beruhigte sie sich selbst. Erstaunlich nur, wie schnell so etwas passieren konnte. Ausgerechnet ihr!

Claire kicherte übermütig. Was Pierre wohl von ihr dachte? In der einen Sekunde litt sie noch unter dem *vorübergehenden* Verlust ihres Ehemannes, in der nächsten warf sie sich mit leidenschaftlicher Begeisterung ausgerechnet dem Mann an den Hals – und nicht nur an den Hals –, für den sie, wenn nicht eine potenzielle Verdächtige, so zumindest eine wichtige Zeugin in einem ungeklärten Kriminalfall war.

Egal, völlig unerheblich, was Pierre dachte. Er war ja ein großer Junge, alt genug, selbst für sich verantwortlich, und wenn er es nicht gewollt hätte, hätte er nur ein Wort zu sagen brauchen. Niemand hatte ihn dazu gezwungen, ihr unaufgefordert ins Schlafzimmer zu folgen. Der erfreuliche Stand der Dinge war allerdings, dass er heute Abend offensichtlich vorhatte, eine weitere Zeugenbefragung mit anschließender Hausdurchsuchung durchzuführen. Was für ein herrlicher Tag!

Sie aktivierte den Monitor in der Mikrowelle und sah Philippe an der Tür kauern. Sehr schön, heute würde sie wenig Zeit haben, sich um ihn zu kümmern und ihn nur durch den Türschlitz betreuen können. Gut gelaunt hüpfte sie in den Keller, zog das Paneel von der Tür, öffnete die Durchreiche und rief fröhlich: »Guten Morgen, mein Schatz! Alles im grünen Bereich? Gibst du mir bitte die Pfanne herüber?«

Philippe starrte sie durch die Luke finster an, während er leere Wasserflaschen, gebrauchte Reinigungstücher und die Bettpfanne durchschob.

»Danke, Süßer, bin gleich wieder bei dir!«

Philippe formte beide Hände zu einem Trichter vor dem Mund, räusperte sich, holte tief Luft für einen alles zerfetzenden Schrei und brüllte um Hilfe.

»Ich kann dich hören, Schätzchen!«, flötete Claire von oben.

Mit einem heiseren Stöhnen erstarb Philippes Gezeter. Er würde es wohl immer und immer wieder versuchen. Wie gut, dass sie sich für die kostspieligen Dämmplatten entschieden und dem hilfsbereiten Verkäufer im Baumarkt vertraut hatte, der ihr für ihr geplantes Tonstudio absolute Schalldichte empfohlen hatte.

In Windeseile überprüfte sie, ob im Wäschekorb alles parat war, was Phil in den nächsten Stunden, wahrscheinlich bis zum Morgengrauen, wie sie schmunzelnd hoffte, benötigen würde: gereinigte Bettpfanne, eine neue Packung feuchter Tücher, drei Flaschen klares, reines Wasser, die mit Babybrei Marke »Nudeln mit Karotten« gefüllte Schnabeltasse und als Trostpflaster für einen langen, öden Tag ein Stück Konfekt. Doch bevor sie die Luke endgültig schloss, musste Phil noch seine Morgentoilette erledigen.

In eine kleine Plastikwanne füllte sie heißes Wasser, warf ein Stück Seife dazu und drückte auf einen Lappen einen Klecks Zahnpasta. Sie eilte damit zurück in den Keller, stellte die Wanne in die Ablage, rief Phil »Bitte beeil dich!« zu und entschwand ins Badezimmer, um sich selbst auf den Tag vorzubereiten.

Geduscht, geschminkt und fertig angezogen holte sie die Plastikwanne wieder ab. Phil hatte weder das Wasser auf den Boden gegossen noch die Seife geschluckt oder sich den Lappen in den Rachen gestopft, und sie reichte ihm seine Tagesverpflegung, die er vor dem Schlitz hockend entgegennahm.

»Was hast du heute vor?«, erkundigte er sich.

»Ich fahre ins Batignolles und gehe auf den Marché d'Aguesseau. Em und ich fangen heute an zu kochen. Abends hat sich der Inspecteur angekündigt. Es wird also dauern, bis wir uns wiedersehen«, gab Claire erfreut Auskunft. Wie schön, dass er allmählich anfing, sich mit ihr zu unterhalten.

»Fahr vorsichtig«, murmelte Philippe.

»Natürlich, mein Schatz, das tu ich doch immer!« Sie warf ihm durch die Luke grinsend eine Kusshand zu, schlug schwungvoll das Türchen in die Verankerung, drehte an den Verschlussrädchen, passte die Paneelplatte präzise wieder in ihre Position, löschte den Bildschirm in der Küche und ging in die Garage, um erst im Wageninneren nach weiteren verlorenen Habseligkeiten von Phil zu suchen – fand zum Glück nichts –, bevor sie die von ihr bevorzugten Lebensmittelmärkte abfahren wollte.

Summend manövrierte sie den Wagen aus der Garage, ermahnte sich selbst, keinesfalls eine frische Muskatnuss zu vergessen, drehte das Autoradio auf die höchste Stufe der Lautstärke und sang mit Bing Crosby aus vollem Herzen von einer weißen Weihnacht.

Der Schlüssel

Kaum war Pierre mit seinem zerschrammten Dienstwagen außer Sichtweite gewesen, wurde Emilie wieder von Zweifeln geplagt. Die kurz aufwallende Zuversicht, die der junge Inspecteur ihr vermittelt hatte, hatte sich im Nu verflüchtigt, und ein penetranter Missklang gewann wieder die Oberhand.

Da Claire nach dem ausgedehnten Besuch von Pierre weggefahren war und nichts von sich hatte hören lassen, entschloss sich Emilie, bei Louis und Rosalie Rat einzuholen, anstatt wie eine boshafte Vettel von ihrem Arbeitszimmer aus mit von Altersweitsichtigkeit getrübten Argusaugen das Haus der Bonnets zu observieren.

Aus dem von ihr erhofften angeregten Austausch wurde zu ihrem Bedauern jedoch nichts. Das Bistro war überfüllt mit Gästen, die ihre Weihnachtseinkäufe gern mit einem bodenständigen Happen und erlesenen Gläschen Wein unterbrachen, und Louis' und Rosalies betagte Hände hatten alle Hände voll zu tun. Em band sich kurzerhand eine befleckte Schürze um, scheuchte Rosalie zu ihren Gästen und übernahm das Zepter über Herd und Töpfe. Erst kurz vor Mitternacht ließ Louis es sich nicht nehmen, ein Taxi für sie zu bestellen, das sie wohlbehalten vor ihrer Haustür absetzte. Nicht eine Sekunde hatte sie an Claire und die Ungereimtheiten gedacht, die sie tagsüber aus dem Gleichgewicht gebracht hatten, und sie benötigte weder Bier noch Nougat für ihre wohlverdiente Nachtruhe.

Auch am darauffolgenden Vormittag war sie immer noch so geschafft, dass sie Claires telefonisches Angebot, mit ihr die Lebensmittelmärkte abzuklappern, ausschlug, ihr aber versicherte, wie jedes Jahr um die Mittagszeit vorbeizukommen, um den Truthahn zu marinieren. Es war ihnen beiden im Laufe der Jahre ein lieb gewonnenes Ritual geworden, dass sie gemeinsam für das Weihnachtsfest ein traditionelles Menü vorbereiteten, und Emilie würde den Schein wahren.

Claire hatte sie ausdrücklich gebeten, die nächsten drei Stunden ein wachsames Auge auf das Haus zu werfen, für den Fall, dass Philippe nach Hause kam. Em hielt das zwar für unwahrscheinlich, nahm den Auftrag aber dennoch sehr ernst und blickte in regelmäßigen Abständen auf die gegenüberliegende Straßenseite.

Später konnte sie es sich nicht mehr erklären, welch irrwitziger Teufel sie geritten hatte, doch ohne einen einzigen Gedanken an Richtigkeit oder Konsequenzen ihres Tuns zu verschwenden, stieß sie vehement ihren Sessel zurück, kramte nach dem Schlüsselbund und lief ohne Jacke und in Hausschuhen, ohne rechts oder links nach Fahrzeugen Ausschau zu halten, über die Straße.

Claires Haustür war verschlossen. Eigenartig, vor zwei Tagen noch hatte sie das Haus unversperrt gelassen, um Philippe Einlass zu ermöglichen. Nervös klimperte sie mit den Schlüsseln, bis ihre Finger den gerippten roten Gummiring ertasteten, der den Haustürschlüssel der Bonnets kennzeichnete. Claire hatte ihn ihr vor fünfzehn Jahren anvertraut, als sie mit Philippe und den Mädchen zum allerersten Badeurlaub nach Spanien gefahren war, und seit damals hütete Emilie Pflanzen und Garten, wenn die Bonnets länger als eine Woche ihr Haus nicht bewohnten.

Sie stieß den Schlüssel ins Schloss und huschte verstohlen ins Haus. Was genau sie suchte oder zu finden hoffte, wusste sie nicht, und unschlüssig um sich blickend stand sie in der Küche. Auf den ersten Blick konnte sie nichts Ungewöhnliches erkennen, die Küche war penibel aufgeräumt und blitzsauber. Im Wohnzimmer stand die Silbertanne, noch nackt und ungeschmückt zwar, doch rund um das schlichte Holzkreuz, in dem der zugespitzte Stamm steckte, türmten sich liebevoll dekorierte Geschenkpäckchen. Der Kamin war tadellos gekehrt, wahrscheinlich war ihm Claire sogar mit dem Staubsauger zu Leibe gerückt, und harzig duftende, klobige Holzscheite stapelten sich darin, bereit, den Weihnachtsabend mit knisternder Wärme zu begleiten.

Emilies Herz hämmerte, während sie durch die Räume wanderte. Auch in der Garage entdeckte sie nichts, was ihren diffusen Ahnungen Nahrung gegeben hätte. Zurück in der Küche streifte ihr Blick die finstere Kellerstiege zu dem neu gestalteten Fitnessraum. Sich die steile Treppe hinunterzuplagen, würde sie sich ersparen. Zu viele Geschichten über gebrechliche alte Menschen, die sich bei Stürzen gefürchtete Knochenbrüche und häufig auch den Tod holten, spukten ihr durch den Kopf. Das Risiko würde sie keinesfalls eingehen, denn was sollte sie da unten schon finden? Ein leerer Kasten in einem leeren Raum, das hatte sie ja mit eigenen Augen gesehen, als Claire am Sonntagmorgen dem Inspecteur Phils handwerkliche Geschicke angepriesen hatte.

Auf den Tisch gestützt musterte Em die ihr vertraute, blank geschrubbte Kücheneinrichtung. Sie war versucht, Kästen und Laden aufzureißen, herumzustöbern, zu kramen, zu schnüffeln – so lange, bis ihr irgendetwas in die Hände fiel, das sie mit ihrer Besorgnis, ihrer Intuition in Einklang bringen konnte.

Einer instinktiven Stimme gehorchend öffnete sie die bunten Deckel des breiten, fünffach geteilten Mülleimers unter der Spüle; Gelb für Plastik, Braun für Bioabfälle, Grün für Glas, Rot für Papier und Karton und Blau für den restlichen Unrat. Claire trennte den Hausmüll äußerst gewissenhaft, auch wenn die städtische Müllabfuhr oder private Recyclingfirmen in unterschiedlichen zeitlichen Abständen vorfuhren, um die Säcke vor dem Haus einzusammeln. Am Kühlschrank hing deshalb ein übersichtlicher Jahreskalender, in dem die exakten Termine eingetragen waren. Nichts war unangenehmer, als den Tag des Biomülls zu versäumen und dann zwei Wochen bis zur nächsten Runde einen miefenden Sack im Vorgarten horten zu müssen.

Emilie spähte in die einzelnen Minicontainer. Von einem mit einer klebrigen orangen Masse verschmutzten Glas lächelte ihr ein entzückendes Baby entgegen, dessen erster Milchzahn zwischen spuckenassen Lippen hervorblitzte. Babynahrung? Aß Claire pürierte Nudeln mit Karotten? Kopfschüttelnd schloss sie den grünen Deckel und rümpfte die Nase, als sie in den Restmüll lugte. Ein ätzender Geruch ging davon aus, scharf und säuerlich, so wie es oftmals in den unterirdischen Gängen der Metrostationen stank, in deren Nischen Urin eintrocknete und sein unverwechselbares, widerliches Aroma verströmte.

Mit spitzen Fingern fischte sie eine dem Gewicht nach gut gefüllte Einwegwindel aus dem Müllsack. Die Größe entsprach einer Windel für Erwachsene, und angeekelt ließ Em sie zurück in den Eimer fallen. Hatte Claire Probleme mit der Blase und trug Windeln? War es ihr peinlich, und sprach sie deshalb nicht mit Em darüber?

Ein aufdringliches Rauschen in den Ohren signalisierte ihr, dass es mit ihrem Blutdruck soeben nicht gerade zum Besten stand und es höchste Zeit wurde, dieser elenden, sinnlosen Bespitzelei ein Ende zu setzen, schleunigst nach Hause zu gehen und sich ihres fragwürdigen Misstrauens zu schämen.

Wie weit war es mit ihr gekommen? Klammheimlich das Haus ihrer Freunde zu inspizieren, Claire vom Fenster aus zu überwachen und sogar in ihren intimen Mülltüten zu wühlen – das war ja wohl das Letzte! Was war eigentlich los mit ihr? Litt sie unter Wahrnehmungsstörungen? Übernahm diese unaussprechliche Krankheit langsam die Kontrolle über ihren Verstand? Diese grauenerregenden Mutmaßungen nahmen ihr die Luft zum Atmen, und keuchend stob sie aus dem Haus. Ohne es wieder abzusperren, hastete sie über die Straße auf ihr eigenes schützendes Heim zu.

Aus der Seitengasse, die sie als Abkürzung nutzte, wenn sie sich sputen musste, steuerte Claire ihren Wagen auf die Garageneinfahrt zu, und das Herz wurde ihr schwer, als sie Em ausmachte, wie sie mit ihrem Schlüssel an der Haustür herumfummelte. Mit wirrem Haar, zerschlissenen Hausschuhen an den blau geäderten Füßen und ohne Jacke bei dieser Kälte bot Em das deprimierende Bild einer verwahrlosten, umnachteten Schwachsinnigen.

Heiß schoss es Claire in den Kopf, dass diese mitleiderregende Schwachsinnige einen Zweitschlüssel zu ihrem Heim besaß.

Spitze oder Seide

Der Nachmittag verging wie im Flug.

Claire hatte sich über den Bildschirm flüchtig davon überzeugt, dass mit Philippe alles in Ordnung war – er lag komischerweise freiwillig bei geöffneter Klappe im Schrankfach und schlief anscheinend –, und alle Zutaten für die aufwendigen Vorbereitungen des Festessens bereitgestellt. Es sah so aus, als hätte Emilie sich wieder gefangen, jedenfalls war sie in gewohnter Weise gekämmt und angezogen und machte sich mit Feuereifer ans Werk. In trauter Zweisamkeit buken sie Kekse und Brioches, blanchierten Gemüse und hackten Maronen für den Truthahn. Dazwischen stillten sie ihren Durst mit etlichen Gläsern Festtagschampagner, verkosteten ihre Leckereien und wärmten alte Anekdoten über gemeinsam Erlebtes auf. Zwischendurch lachten sie Tränen oder wurden von unerklärlicher Schwermut befallen, die sie umgehend im perlenden Schaumwein ertränkten. Alles in allem unterschied sich die Stimmung in der dampfenden Küche nicht sonderlich von der Atmosphäre der »Mission Noël« der Jahre davor.

Emilie erkundigte sich mit sorgfältig überlegten Worten nach Claires Wohlbefinden. »Außer, dass ich Phil ganz schrecklich vermisse, geht es mir gut«, war die wenig hilfreiche Antwort, und Claire ihrerseits erhielt auf ihre Gegenfrage die ebenso unergiebige Auskunft: »Zwar werde ich nicht jünger, aber ich bin zufrieden mit allem, wie es ist. Es könnte weit schlimmer sein.«

Beide Frauen kamen unabhängig voneinander zu der weisen Einsicht, es dabei bewenden zu lassen, um den äußeren Weihnachts- und inneren Seelenfrieden nicht zu gefährden. Nur ein paar Sekunden lang kam es zu einem atemlosen Moment, als Em den ausladenden Truthahn in den Kühlschrank schieben wollte, keinen rechten Platz für ihn fand, weshalb sie einen flachen Teller, auf dem ein in Alufolie gewickelter schwerer Klumpen lag, aus einem Kühlfach zog, der Klumpen zu Boden fiel, die Hülle platzte und ein Stück schwarzer Kohle zu sehen war. Claire murmelte etwas von »Verbranntes Zeugs« und warf den Brocken in den Müll, wo er mit einem schmatzenden Geräusch auf der Windel landete. Em stutzte kurz, stellte aber glücklicherweise keine Fragen.

Auch wollte Claire den Nachmittag nicht damit verderben, Em unter einem fadenscheinigen Vorwand den Schlüssel abzuknöpfen. Wozu auch? Emilie war unbedingt vertrauenswürdig, sie würde niemals das Haus betreten, ohne Claires Einverständnis einzuholen. Und vor der Kellerstiege hatte sie ohnehin panische Angst.

Nach einigen Stunden einträchtigen Werkelns waren sowohl Em als auch Claire nicht unbeträchtlich beschwipst, und wispernd und glucksend brachte Claire eine heiter lispelnde Em auf wackeligen Beinen zurück in ihr Haus und auch gleich ins Bett.

Sie selbst vertrieb den Höhepunkt ihrer Trunkenheit unter einer kühlen Dusche, und als Pierre anrief, um zu fragen, ob er auf dem Weg zu ihr noch Wein, Käse oder Brot besorgen sollte, stand sie gerade vor der Wahl zwischen schwarzer Spitze oder cremefarbener Seide.

Ein klein wenig verliebt

Pierre parkte den Wagen wie gewohnt direkt vor der Doppelgarage der Bonnets. Noch sah er keinen triftigen Grund, warum er dies nicht tun sollte, schließlich lag Philippes Akte noch nicht im Archiv der ungeklärten Fälle – »richtige« Verbrechen hatten sie allerdings im Stapel bereits an die unterste Stelle verdrängt –, und somit konnten jederzeit Belange auftauchen, die mit der Ehefrau des Betroffenen zu klären waren, was seinen Besuch bei ihr rechtfertigte.

In einem bunten Stoffsack transportierte er zwei Flaschen Starkbier für sich selbst, eine Flasche goldfarbenen Sekt für Claire und eine Packung gerösteter Pistazien für sie beide.

Claire öffnete barfuß in Jeans und viel zu weitem Holzfällerhemd, bei dem sie die beiden obersten Knöpfe lässig geöffnet hatte.

Fragend blickte sie ihn an, und er schüttelte stumm den Kopf, nichts Neues.

Sie sprachen auch nicht, als sie in der Küche vor ihren Gläsern saßen, an den Pistazien knabberten und sich dabei an den Händen hielten oder mit salzigen Fingern die Gesichter streichelten.

»Ich liebe meinen Mann und werde ihn nicht verlassen«, unterbrach Claire die Stille.

»Und wenn er nicht zurückkommt?«, bohrte Pierre nach. Ihr Bekenntnis überraschte ihn nicht.

»Darüber habe ich noch nicht nachgedacht.«

Das stimmte sogar. Bis jetzt hatte sie nur ein einziges Mal Anlass dazu gehabt, sich ihr Leben ohne Philippe vorzustellen. Das war gewesen, als sie entsetzt feststellen musste, dass er gedachte, Isabelle ihr vorzuziehen. Die namenlose Panik, die diese Erkenntnis damals in ihr ausgelöst hatte, war letztendlich für den Kellerumbau ausschlaggebend gewesen.

»Könntest du dir mich in diesem Haus vorstellen?«, preschte Pierre vor.

Claire lächelte wehmütig.

»Lass uns nicht darüber sprechen. Es ist für mich ein großes Glück, dass du hier bist und ich mich ein klein wenig in dich verliebt habe. Aber was morgen oder nächste Woche sein wird … wir wissen es nicht, darum macht es auch keinen Sinn, jetzt darüber zu reden.«

Pierre schwieg. Im Grunde hatte sie recht, auch wenn er lieber eine andere Antwort gehört hätte. Dafür war es wohl noch viel zu früh, Philippe war immerhin erst seit drei Tagen weg, und sie glaubte immer noch, dass er spätestens am Weihnachtstag vor der Tür stehen würde.

»Wir müssen uns vor Emilie in Acht nehmen, sie kann von ihrem Büro aus direkt das Haus und die Einfahrt sehen.«

Zustimmend nickte er.

»Was machst du am Heiligabend? Hast du Familie?« Claire wurde bewusst, dass sie überhaupt nichts von ihm wusste, nicht einmal, ob er verheiratet war oder Kinder hatte.

»Keine Familie. Bereitschaftsdienst im Revier.« Damit war das heikle Thema für Pierre abgehakt.

»Wenn du möchtest, kannst du gern zu uns zum Essen kommen. Dann lernst du auch die Mädchen kennen. Em und ich haben heute schon zu kochen begonnen.«

»Was, wenn Philippe kommt?«, erkundigte er sich unsicher.

»Das wird er. Bestimmt wird er das. Das ist doch toll, oder nicht? Dann habe ich alle meine Lieben um mich versammelt.«

Widerwillig musste Pierre lachen. Weibliche Logik.

Seine eigene innere Moralapostelstimme hatte er längst zum Schweigen gebracht. Die eisernen Grundsätze, unter keinen Umständen jemals mit einer Zeugin oder Betroffenen eines Falls ein Verhältnis einzugehen, auch wenn es ausschließlich rein körperlicher Natur war, hatte Claire mit tränenumflorten Augen und sanfter Stimme zu Fall gebracht, und er schob unliebsame Gewissensbisse mühelos beiseite. Wer ohne Schuld ist, der werfe den ersten Stein.

Wie Claire sagte, sie hatten beide großes Glück, dass sie sich kennengelernt hatten, und was morgen war, durfte hier und jetzt keine Rolle spielen.

Heute Abend war es Pierre, der schweigsam aufstand. Den Weg kannte er ja.

Nichts überstürzen

Um keine schlafenden Hunde zu wecken, in ihrem Fall die in ihrem Bett vernehmlich schnarchende Emilie, hatte Pierre das Haus der Bonnets noch vor Mitternacht verlassen. Es war vor allem in Claires Sinn, ihre Liebelei – sie fand diese altmodische Bezeichnung so wunderbar treffend für ihr verwegenes Abenteuer mit Pierre – geheim zu halten.

Claire rollte sich in den von Pierres Körper noch gewärmten Decken wie eine Katze zusammen und hätte vor Behaglichkeit schnurren mögen. Sie verspürte absolut keinen Drang, Philippes Bettpfanne zu wechseln, ihm Wasser zu bringen oder das Licht im Fitnessraum für die Nacht zu löschen. Viel lieber wollte sie hier im Bett vor sich hin träumen und jeden aufregenden Augenblick der Stunden mit Pierre vor ihrem inneren Auge noch einmal bis ins kleinste Detail durchleben.

Am nächsten Morgen wappnete sie sich mit einem opulenten Frühstück für den arbeitsreichen Tag und verfolgte dabei amüsiert Philippes Morgengymnastik am Bildschirm. Als er sich anschickte, wieder in das Fach zu kriechen, wandte sie den Blick ab und griff nach der Tageszeitung. Nach ein paar Tagen im Fitnessraum hatte Philippe bereits jegliches Gespür für den realen Tages- und Nachtrhythmus verloren. Sie würde ihm noch ein paar Minuten Schlaf und sich selbst eine zweite Tasse Kaffee gönnen, bevor sie ihn weckte und ihm ihre Fürsorge am Vormittag angedeihen ließ. Der Nachmittag war reserviert für einen oberflächlichen Hausputz sowie einen, hoffentlich nicht ebenso oberflächlichen, Kurzbesuch von Pierre gegen drei Uhr, bevor am frühen Abend die Mädchen mit Sack und Pack von der Universität eintreffen würden. Dann stand ihr ein nächtlicher Wasch- und Bügeleinsatz bevor, denn die beiden wollten am frühen Morgen nach dem Weihnachtsfest zum Skifahren nach Chamonix aufbrechen, und bis dahin mussten Jeans und Shirts frisch gepackt in Reisetaschen und Rucksäcken bereitstehen.

Claire freute sich wahnsinnig auf ihre beiden Töchter, die sie, obwohl sie an der Sorbonne studierten und direkt neben dem Campus ein bescheidenes Appartement bewohnten, nur selten sah. Allerdings fürchtete sie sich auch davor, ihnen beibringen zu müssen, dass ihr Vater zum ersten Mal den Weihnachtsabend nicht mit ihnen verbringen würde.

Da sie sich nicht getraute, den Fitnessraum zu betreten, wenn Phil nicht sicher verschnürt war – man konnte nie wissen, was ihm einfiel –, öffnete sie nur die Durchreiche, entnahm die bis zum Rand gefüllte Bettpfanne, die leere Schnabeltasse und Wasserflaschen und stellte stattdessen das Waschzeug hinein. Sie ließ die Luke offen, um den Raum mit Frischluft zu versorgen und ging wieder nach oben, wo sie alle Utensilien säuberte, bevor sie sie in Phils Kleiderschrank unter dicken Wollpullovern versteckte. Hier würden Bettpfanne und Schnabeltasse die nächsten Tage sicher vor den Mädchen verwahrt sein.

»Claire?«

Philippes Stimme hatte sich eindeutig erholt, und er klang klar und kraftvoll. Claire machte es sich auf einem weichen Zierkissen dicht vor der Luke bequem, sodass sie Philippe direkt im Blickfeld hatte.

»Guten Morgen, Philippe. Wie geht es dir?«

»Was denkst du, wie es mir hier unten geht? Gut?«

»Phil, sei nicht so negativ. Es dauert ja nicht mehr lange.«

»Wie soll das hier weitergehen, Claire?«

»Du sollst begreifen, wie wichtig mir mein Leben mit dir ist, Phil. Natürlich ist unsere Ehe nicht perfekt, das weiß ich. Aber nichts im Leben ist perfekt. Deine Beziehung mit Isabelle würde über kurz oder lang in dasselbe Fahrwasser geraten wie unsere. Auch Isabelle würdest du bald betrügen, weil du den Kick, die Spannung und die Aufmerksamkeit anderer Frauen brauchst. Wozu also mich verlassen?«

Phil starrte sie sprachlos an. Fünf Tage im Keller hatten ausgereicht, um ihn äußerlich zu einem Mann zu verändern, dem der Kampf ums nackte Überleben arg zugesetzt hatte. Fettige Haarsträhnen klebten an seinem kantigen Schädel, Bartstoppeln verliehen den hageren Wangen ein ungepflegtes Aussehen. Tränensäcke hatten sich unter den glanzlosen Augen gebildet, und er hatte mittlerweile bestimmt drei, vier Kilogramm an Gewicht verloren. Er sah ausgezehrt und verwahrlost aus.

»Ich möchte nicht allein sein, so einfach ist das. Möchte nicht für mich allein kochen, allein in dem stillen Haus sitzen, allein ins Kino gehen, allein in den Urlaub fahren, allein die einsamen Nächte überstehen müssen, allein alt werden, allein mich um kaputte Glühbirnen kümmern, allein fernsehen. Ich möchte nicht allein sein!« Im Laufe ihrer freudlosen Ansprache hatte sie zu weinen begonnen, war immer lauter geworden, und den letzten Satz spie sie ihm verzweifelt entgegen.

Philippe biss sich auf die Lippen. Es würde ihm leichter fallen, seine Frau zu hassen, wenn er sie nicht verstehen würde. Doch ihre Ängste vor einer leeren Zukunft, in der sie ihr Leben ohne Ehemann, auf sich allein gestellt und verlassen, neu ordnen musste, konnte er sogar nachvollziehen. Ihm selbst stand ein neuer Lebensabschnitt mit einer neuen Frau in einem neuen Haus bevor. Ein abwechslungsreiches Abenteuer, ein prickelndes Wagnis, auf das er sich einließ und mit dem er das Ruder herumreißen, seine Segel frischem Wind aussetzen wollte, bevor er zu alt dazu war. Claire war bis hierher seine treue Gefährtin gewesen, und in einem verborgenen Winkel seines Herzens liebte er sie trotz allem so, wie sie war. Aber Isabelle hatte Saiten in ihm angeschlagen und zum Klingen gebracht, deren verlockender Melodie er folgen musste, koste es, was es wolle.

»Claire, du bist eine attraktive, liebenswerte Frau. Du findest bestimmt einen anderen Mann, mit dem du alles teilen kannst.« Eine lahme Plattitüde, für die er sich selbst verachtete.

»Ich möchte aber keinen anderen Mann!«, schrie sie wie von Sinnen. »Ich habe mein Leben nach dir ausgerichtet, dafür gesorgt, dass du ungestört deine Karriere vorantreiben konntest, dich gepflegt, wenn du krank warst, deine miefenden Socken gewaschen … Und jetzt bin ich nicht mehr gut genug? Jetzt werde ich ausgetauscht? Jetzt wirfst du mich einfach weg?« Hemmungslose Schluchzer ließen ihren zierlichen Körper beben, die Hände hatte sie in einer kläglichen Geste vors Gesicht geschlagen, und Phil schwieg.

Ihm fiel nichts ein, womit er sie beruhigen konnte. Alles, was sie sagte, stimmte im Großen und Ganzen.

Jetzt kam es darauf an, dass er ihr vorspielte, sich besonnen zu haben. Es gab keinen anderen Weg, dieser Hölle zu entkommen.

»Claire, beruhige dich, Liebes.« Zögernd streckte er seinen Arm durch die Öffnung, beugte sich ein Stück weit vor, um über ihren gesenkten Kopf zu streichen. »Alles wird gut, du wirst sehen.« Es kostete ihn keine Überwindung, sie zu berühren, sie tat ihm aufrichtig leid. Im Moment jedenfalls.

Zaghaft drehte sie den Kopf und schmiegte ihr tränennasses Gesicht in seine Hand.

»Tu es nicht, Phil, ich bitte dich«, flüsterte sie gedämpft.

Er neigte seinen Kopf zur Seite, um sie besser sehen zu können.

»Es tut mir leid, Liebling, dass ich dich so verletzt habe. Es war ein riesengroßer Fehler, das weiß ich. Vielleicht …« Er stockte. Nur nicht übertreiben, Claire war nicht einfältig, einem derart abrupten Sinneswandel würde sie keinen Glauben schenken.

»Du sollst deine Entscheidungen nicht überstürzt treffen«, bemerkte sie. »Lass dir alles in Ruhe durch den Kopf gehen. Denk an alles, was uns verbindet, nicht an das, was uns trennt. Wir sprechen später darüber, ich muss mich jetzt an die Arbeit machen, die Mädchen kommen heute Abend.«

Philippe erwartete, dass sie ihm Wasser und etwas zu essen bringen oder ihn wieder fesseln und in das Klappfach stecken würde.

Claire aber stand ohne ein weiteres Wort auf, verriegelte die Luke, drückte das Paneel zurück an die Metallplatte der Tür und ging nach oben.

Beinahe wie immer

Säuerlicher Geschmack von zu viel Alkohol im Mund und schneidende Blähungen trieben Emilie beim Morgengrauen ins Badezimmer. Das Haus war ausgekühlt, und sie ekelte sich vor ihrer noch immer nach Küchendämpfen riechenden Kleidung, die sie immer noch trug und mitsamt der Claire sie ins Bett verfrachtet hatte. In der Nacht war sie kein einziges Mal erwacht, und jetzt fühlte sie sich ausgeruht, wenn auch ein wenig taumelig im Kopf, und blutleer im Magen.

Sie stellte die Kaffeemaschine an, und der würzige Geruch frisch gemahlener Arabicabohnen erfüllte die Küche und weckte ihre noch schlummernden Lebensgeister. Langsam kaute sie an einer Brioche mit Butter und Honig und ließ in Gedanken den Nachmittag bei Claire vorüberziehen.

Beinahe war es wie immer gewesen, aber nur beinahe.

Sie hatten sich eine Zeit lang gegenseitig argwöhnisch umkreist, bevor sie sich stillschweigend geeinigt hatten, nicht an dem glänzenden Lack ihrer innigen Freundschaft zu kratzen und damit Unheil heraufzubeschwören, das sie beide nicht mehr rückgängig machen konnten.

Doch ein letzter Rest von Skepsis und Zwiespältigkeit blieb, saß wie ein piekender Stachel in Ems Hinterkopf. Aus mindestens sechzigjähriger Erfahrung wusste sie, dass nur ein ausgedehnter Spaziergang diesen Stachel lockern oder ihn sogar gänzlich auflösen konnte.

Dick vermummt verließ sie das Haus, um dem eisigen Wind zu trotzen und den Weg durch die Stichstraße, die sie zur Einmündung in die berühmteste Avenue von Paris führte, einzuschlagen. Sie liebte die Champs-Élysées am frühen Morgen, wenn die Stadt zum Leben erwachte und das bunte Treiben einsetzte, und vor allem der funkelnde Schein der Tausenden Lichterketten in der Adventzeit hatte es ihr besonders angetan. Mit zügigem Schritt folgte sie der breiten Avenue entlang der schneebedeckten Allee in Richtung Place de la Concorde, vorbei an Imbissbuden, teuren Boutiquen und noblen Restaurants. Sie hatte kein bestimmtes Ziel, genoss die beißende Kälte auf der Haut und die tränenden Augen und ließ sich mit dem Strom der einsetzenden Menschenmenge aus Geschäftsleuten, Kellnern und eleganten Verkäuferinnen treiben. Sollte sie zu müde sein, um auch den Rückweg, der sich über beachtliche zwei Kilometer erstreckte, zu Fuß zurückzulegen, würde sie die nächstgelegene Metrostation aufsuchen und mit der Metro nach Hause fahren.

Auf dem Place de la Concorde stellte sie erfreut fest, dass sie noch über genügend Energie verfügte, um durch den Jardin des Tuileries zu wandern. Dort, zwischen vermoosten Steinskulpturen und zu kunstvollen Gebilden geschnittenen Buchsbäumchen, grübelte sie über die Zusammenhänge zwischen Babybrei und Windel nach.

Claire hatte gestern bei der Küchenarbeit eine ausgefranste, hautenge Jeans getragen; wäre darunter eine Windel verborgen gewesen, hätte Emilie sie bemerkt. Somit war eine etwaige Blasenerkrankung Claires als Erklärungsversuch hinfällig.

Windeln für Erwachsene wurden für kranke, meist bettlägerige oder inkontinente Menschen verwendet. Mit Babybrei fütterte man Babys, vielleicht auch zahnlose oder magengeschädigte Patienten. Nichts davon traf auf Claire zu. Diese Dinge benötigten hilflose Menschen, die ihre Körperöffnungen nicht mehr einwandfrei unter Kontrolle hatten, die angewiesen waren auf Unterstützung oder Pflege, die möglicherweise ans Bett gefesselt waren …

Nein, das konnte nicht sein … das war unmöglich … völlig verrückt, diese hirnrissige Idee … die wahnwitzige Ausgeburt einer geistig umnachteten alten Frau …

Emilie begann zu rennen, lief durch den knirschenden, gefrorenen Schneematsch, ohne Rücksicht auf die lauernden Gefahren, die der rutschige Untergrund barg, ohne auf ihre keuchenden Lungen zu hören, ohne auf die Schweißtropfen zu achten, die ihr in den Augen brannten.

Auf der Pont Neuf glitt sie auf einem kantigen Eisbrocken aus, konnte sich nur mit knapper Not an einem schmiedeeisernen Laternenpfahl festklammern, spürte einen verheerenden Schmerz in ihrem Rücken, wusste, dass ihr nun wochenlange peinigende Gymnastik, wenn nicht sogar ein verhasster Arztbesuch bevorstehen würde, hetzte weiter und schlug mit letzter Kraft beide Fäuste an die rasselnden Rollläden von Louis' und Rosalies Bistro, hinter denen ein matter Lichtschein ihre sehnlichste Hoffnung erfüllte, dass ihre beiden Freunde zu dieser frühen Morgenstunde ihr Tagewerk bereits begonnen hatten.

Verwirrungen

Irgendwie war das Gespräch mit Philippe nicht so gelaufen, wie sie es geplant hatte. Es war ihr ganz eindeutig aus dem Ruder geraten, sie hatte die Nerven verloren, und das ärgerte sie, obwohl Philippe schon erste Anzeichen erkennen ließ, dass er wieder zur Besinnung kam.

Verquollene Augenlider brauchten ihre Zeit, bis sie wieder ansehnlich wurden, und Claire half mit kalten Wattebäuschen nach. Der Hausputz musste warten, wen kümmerte das schon? Sie wollte Pierre sexy und reizvoll unter die Augen treten und nicht mit verheulten Augen und geröteter Nase. Er war ein toller Kerl, dieser Inspecteur, zweifellos. Zärtlich, humorvoll, einfallsreich und hübsch anzusehen mit seinen krausen Locken und den tiefschwarzen Kulleraugen.

Claire vermutete besorgt, dass sie sich mehr als verliebt haben könnte, und dieser konfuse Zustand war in ihrem ausgeklügelten Masterplan nicht vorgesehen. Irrungen und Wirrungen ihrer eigenen Gefühle waren weder beabsichtigt noch erwünscht. Dass sie dadurch Philippes Beweggründe für seine wechselnden Romanzen besser verstand, stellte sich als blödsinniger Trugschluss heraus.

Trotzdem erwartete sie Pierre mit der Ungeduld eines pubertierenden Teenagers vor dem ersten Date und riss mit einem bezaubernden Lächeln die Tür auf, kaum dass er seinen Wagen geparkt hatte.

Eine Stunde später lag sie mit dem Rücken an seine Brust gelehnt in der heißen Badewanne und pustete gut gelaunt Schaumkronen von seinen Fingern.

»Ich bin sehr gern bei dir, Claire«, bemerkte er ernst und küsste sie in den Nacken.

»Das trifft sich gut, ich bin nämlich auch sehr gern bei dir«, wisperte sie in sein Ohr und blendete alle keifenden Stimmen ihres oberen Stirnhirns aus, die ihr »Bist du völlig übergeschnappt?!« und »Was ist los mit dir?!« entgegenschmetterten.

Pierres Mobiltelefon läutete in seinen Jeans am Boden, er langte danach mit tropfnassen Händen und las die blinkende Schrift am Display.

»Emilie«, sagte er verblüfft.

Claire hob die Augenbrauen. »Lass es läuten. Sie sieht deinen Wagen vor dem Haus und ist wahrscheinlich neugierig.«

Pierre zauderte. Er konnte Claire nichts über Emilies eigenartige Beobachtungen erzählen, die sie ihm unter dem Siegel der Verschwiegenheit anvertraut hatte. Andererseits wollte er aber die kostbaren Momente mit Claire nicht vergeuden, indem er sich eine weitere sensationelle Spekulation der alten Dame zu Gemüte führte. Er würde Emilie später zurückrufen, wenn er wieder auf dem Revier war.

Der Klingelton war verstummt, nur um gleich darauf wieder zu ertönen.

Diesmal beantwortete Pierre den Anruf, griff nach einem Badetuch und stieg aus der Wanne.

»Es tut mir leid, ich muss gehen. Eine Kinderleiche in einem Müllcontainer, drüben in einem Hinterhof nahe dem Place de Clichy.«

Claire erschauerte. »Sehen wir uns morgen? Kommst du zum Essen vorbei?«

»Ich denke schon.«

Claire lächelte. »Schön.«

Pierre lächelte im Spiegel zurück, zog sich an und ging.

Claire fegte durch die Räume, um ihren vernachlässigten Hausfrauenpflichten nachzukommen, bis am Abend die Mädchen lärmend und lachend das Haus stürmten.

Das ungläubige Entsetzen und die unendliche Traurigkeit auf den Gesichtern ihrer Töchter, als sie vom Verschwinden ihres Vaters erfuhren, trieben Claire die Tränen in die Augen. Was tat sie ihnen hier an? Wie konnte sie ihnen als Mutter dieses Leid zufügen? War diese ganze Sache den Schock der Mädchen wert?

Das hättest du dir früher überlegen müssen, jetzt ist es zu spät, dachte sie betroffen.

Bis spät nach Mitternacht saßen sie zu dritt in der Küche,

Claire berichtete von jeder noch so unbedeutenden Kleinigkeit und musste sich bittere Vorwürfe gefallen lassen, dass sie ihre Töchter nicht früher verständigt hatte. Allen war der Appetit vergangen, und die am Vortag liebevoll zubereiteten Leckereien blieben unberührt. Erst als alle möglichen Erklärungen ausgeschöpft waren, als es nichts mehr zu sagen gab, zogen sich die Mädchen in ihr Zimmer zurück, wo Claire sie noch stundenlang flüstern hörte, während sie Taschen auspackte, Wäsche sortierte und in die Maschine gab, Schuhe putzte, den Trockner einschaltete, bügelte und saubere Wäsche wieder in die Taschen schichtete.

An die Mikrowelle klebte sie einen rosafarbenen Zettel mit der Aufschrift »kaputt«, und die Balsamicoflasche ließ sie in den hohen Schaft ihrer Winterstiefel gleiten. Es sollte während der spärlichen Stunden, in denen die Mädchen zu Besuch hier waren, doch kein Missgeschick passieren.

Bis morgen

Es verwunderte Isabelle, dass ihr Telefon so beharrlich schwieg. Keine versteckten Anklagen von Bruel, keine nachforschenden Anfragen der Polizei und schon gar kein erlösender Anruf von Philippe. Am erstaunlichsten fand sie, dass auch der Inspecteur, dem sie Kompetenz und Verlässlichkeit zugeschrieben hatte, nicht besonders an der Aufklärung der Diebstähle interessiert zu sein schien. Man gab sich offensichtlich mit ihrer Aussage, die sie vor zwei Tagen in der Polizeiwache genauestens durchgelesen und unterfertigt hatte, zufrieden und ließ sie im Ungewissen.

Sosehr sie sich auch den Kopf darüber zerbrochen hatte, sie kam zu keinem zufriedenstellenden Ergebnis, wie Philippes Wagen mit den Geschehnissen auf ihrer Intensivstation verknüpft sein könnte.

Die mühsame Arbeit an Treppe und Türen schritt nur zäh voran, ständig musste sie Pausen einlegen, fühlte sich ausgelaugt und gerädert und konnte sich kaum dazu aufraffen, das Haus zu verlassen.

Der Weihnachtsabend rückte immer näher und damit Isabelles Hoffnung, dass Philippe auftauchen würde. Dieser Abend sollte der letzte im Kreise seiner Familie werden, so hatten sie es geplant. Im nächsten Jahr würden sie hier gemeinsam unter einem prächtig geschmückten Baum sitzen, im nach Zimtstangen und Bratäpfeln duftenden heimeligen Friedhofshäuschen.

Hatte Philippe kalte Füße bekommen? War er vielleicht längst schon wieder zu Hause bei Claire und den Mädchen?

Morgen, dachte sie niedergeschlagen, bis morgen warte ich noch. Wenn er am Heiligabend nicht zurückkommt, spreche ich mit Claire.

Abgründe

Rosalie hatte ihr die durchweichten Kleider förmlich vom Leib gerissen, sie im Hinterzimmer zum Trocknen über die Heizung gehängt, ihr eine von Louis' alten Strickjacken übergestreift und glühend heißen Grog zwischen die blauen Lippen geträufelt. Louis hatte in der Zwischenzeit ein Schild mit dem Hinweis »fermé« an die Rollläden geklebt und seine Söhne bis zur Mittagszeit entlassen. Er konnte die fehlenden Einnahmen eines Vormittags verkraften, Emilie ging vor, und sie war außer sich.

Die Geschichte, die sie da erzählte, stank zum Himmel. Wenn man allen ihren Notizen glauben durfte, und das taten Louis und Rosalie blind, kam man unweigerlich zu dem furchtbaren Schluss, dass Claire ihren eigenen Mann irgendwo versteckt hielt oder im schlimmsten Fall verbrannt hatte.

Daher hatte auch Claires Wagen nicht in der Garage gestanden und später Pfützen gebildet. Wahrscheinlich hatte sie Philippe damit weggebracht, während Emilie schlief. Die Geldbörse muss dabei aus Philippes Jacke gerutscht sein, und Claire war das nicht aufgefallen. Sie gab ihm Brei zu essen und zog ihm Windeln an, damit er wenig Dreck machte, wo immer er auch war. Der Kohleklumpen im Kühlschrank blieb ein weitgehend ungelöstes Rätsel, vermutlich hatte Claire Philippes Sachen verbrannt, aber warum dann dieses Ding in den Kühlschrank legen?

Emilie hatte sich langsam von den Anstrengungen erholt, war wieder schnaufend zu Atem gekommen und unendlich dankbar, dass ihre Freunde ihre absonderlichen Eingebungen nicht als närrische Hirngespinste abtaten.

»Ich glaube nicht, dass sie ihn verbrannt hat«, zweifelte Rosalie, »das wäre viel zu umständlich und gefährlich. Sie hat ihn überhaupt nicht umgebracht, sie lässt ihn leiden. Wegen seiner Affären.«

Gereizt fixierte Louis seine angetraute Rosalie. Ungeahnte Abgründe taten sich hier für ihn in der Gedankenwelt seiner Frau auf.

»Aber wo ist er? Wie sorgt sie für ihn? Sie ist die meiste Zeit zu Hause, das sehe ich ja«, wandte Emilie ein.

Nachdenklich legte Rosalie ihr Kinn in die aufgestützten Hände.

»Louis, bring Emilie nach Hause. Emilie, du legst dich mit einer Wärmflasche und heißem Cognac ins Bett. Versuch zu schlafen und ruh dich aus. Unternimm nichts, ruf sie nicht an, geh nicht allein zu ihr hinüber, hast du verstanden? Wenn du dich erholt hast, rufst du den Inspecteur an und bittest ihn, in Claires Keller nachzusehen. Vielleicht hat sie ihn ja gar nicht weggebracht.«

Durst

Zwecklos, zu rufen, vergebens, mit winkenden Armen unter den Halogenspots wie ein aufgezogener Hampelmann herumzuhüpfen. Wahrscheinlich gab es gar keine Kamera.

Claire kam nicht, und Philippe hatte Durst, grausamen Durst.

Er inspizierte das Fach, suchte im Kasten, kroch auf allen vieren durch den Raum auf der Suche nach einer vergessenen Wasserflasche, einem verschütteten Tropfen auf dem Boden.

Nichts.

Die Schleimhäute in Nase und Mund begannen auszutrocknen, die Wärme der Fußbodenheizung beschleunigte diesen nagenden Prozess. Zunge und Mundhöhle klebten, auch wenn er sich fest auf die Wangen biss, bildete sich kaum noch Speichel hinter den Lippen.

Philippe brütete über Claires Worten, spielte immer und immer wieder in Gedanken durch, wie er sie ködern wollte mit Liebesbeteuerungen und Schwüren, dass er sie niemals in seinem Leben verlassen würde. Sobald er frei war, würde er einen Weg finden, sie ins Gefängnis oder in eine Anstalt zu bringen. Was sie hier mit ihm anstellte, war krank.

Schläfrigkeit überkam ihn, und er krabbelte in das Fach, weil es finster war dort drinnen und ein wenig kühler als direkt am Boden.

Sein Herz klopfte in unregelmäßigem Stakkato, und im Takt dazu rauschte das Blut in den Ohren.

Sie würde ihn nicht sterben lassen, darauf vertraute er. Sie wollte ihn lebendig, um nicht allein zu sein.

Im Liegen überfiel ihn ein wirbelndes Schwindelgefühl, das ihn glauben ließ, er würde aus dem Fach und gegen die Wand rollen. Panisch streckte er beide Arme zur Seite, um sich abzustützen.

Heute kamen die Mädchen, hatte sie gesagt. Welche Mädchen?

Philippe kniff in die dünne Haut seines Handrückens und zog daran. Sie bildete viele Falten, Furchen und Gräben, die bestehen blieben und sich nicht mehr zurückbildeten. Ein eindeutiges Zeichen für Austrocknung.

Heiße Wellen stiegen aus der Tiefe seiner Bauchhöhle empor, schwappten bis in seine Kehle, trieben ihm Hitze ins Gesicht und hinterließen einen kalten Schweißfilm auf der Stirn. Mit aller Macht unterdrückte er den schneidenden Drang, sich auf die Bettpfanne zu setzen und zu erleichtern. Er durfte keine Flüssigkeit verlieren, musste seinen Körper zwingen, bei sich zu behalten, was ihm noch geblieben war.

Er fieberte.

Nur ein Schluck Wasser. Bitte, Claire. Bitte.

Nein, kein Wasser. Tanzen möchte ich, Isabelle, tanz mit mir den Boogie.

Em, was tust du hier? Hi, hi, hat sie dich auch erwischt?

Claire, du hast die falschen Wagenschlüssel, du kannst den Kindersitz nicht auf den Rasenmäher montieren.

Papa, hast du Mama gesehen? Ist sie in der Küche? Mama, ich möchte Limonade und Kekse!

Ich muss jetzt dringend schlafen, ich bin müde, mein Schatz.

So, Mädels, alle festhalten, jetzt geht's los!

Das Baby, oh mein Gott, das Baby, gib auf das Baby acht!

Oh Claire, ich danke dir, dieses herrliche Wasser! So kühl und prickelnd. Ist das Evian oder Perrier? Egal, gib mir noch ein Glas, bitte!

Am Fenster

Durch sanftes Zureden zwang sie ihren übernächtigten Töchtern am frühen Morgen ein reichhaltiges Frühstück auf, diskutierte mit ihnen geduldig alle Facetten ihrer des Nachts geborenen Einfälle und Hypothesen und rang ihnen das Versprechen ab, den Weihnachtstag wie seit ihren frühen Kindertagen üblich mit Emilie zu verbringen.

Widerstrebend und ungern verließen die jungen Frauen ihre Mutter und trafen bedrückt bei Em ein.

Emilie war ihre einzige Großmutter, die sie kannten und von Herzen liebten. Als sie noch kleine Gören waren und an den Père Noël, den Weihnachtsmann, glaubten, hatten sie die aufregenden Stunden bis zur Bescherung der Geschenke unter dem erleuchteten Weihnachtsbaum stets bei Em verbracht. Der nervösen Spannung der quirligen Mädchen hatte Em mit einem wohldurchdachten Tagesablauf entgegengewirkt, der bis heute einem strengen Ablauf unterworfen war: Teekekse in Engelsform backen und verzieren, Geschenke für Maman und Papa verpacken, Sterne aus Scherenschnitt anfertigen und auf die Fenster kleben, pünktlich um zwei Uhr mit dem Taxi ins Kino Le Balzac fahren und die literarische Verfilmung von Charles Dickens' Weihnachtsgeschichte ansehen, im Taxi wieder zu Em fahren und mit den Blockflöten – später mit Gitarre, Klarinette oder Querflöte – ein letztes Mal die Weihnachtslieder proben und schließlich mit roten Wangen auf der Fensterbank von Emilies Arbeitszimmer hocken und das Elternhaus gegenüber anstarren.

Erst wenn die elektrische Beleuchtung des Lichterkranzes an der Haustür aufflammte, fiel der Startschuss, und die Mädchen flatterten quietschend und schwatzend durchs Haus, rafften ihre Habseligkeiten zusammen und sausten über die Straße.

An diesem strikten Programm hatte sich nie etwas geändert, nicht einmal als die Mädchen ins schwierige Alter kamen. Emilies Vorschläge, den einen oder anderen Punkt durch zum

Beispiel eine Tour auf der Shoppingmeile der Champs-Élysées zu ersetzen, wurden entrüstet abgelehnt. Ihre beiden zappeligen Weibsbilder, wie Em sie zärtlich nannte, genossen die uneingeschränkte Zuwendung ihrer Mémé, die mit lebhaftem Interesse und Engelsgeduld ihren Geschichten lauschte, Streitereien schlichtete oder Teigreste von den Spitzenkrägen ihrer Samtkleidchen putzte.

Em harrte schon die ganze Nacht am Fenster ihres Arbeitszimmers aus.

Der von Rosalie verordnete heiße Cognac hatte seine Wirkung nicht verfehlt, vor allem da sich der Alkohol des Vortages noch nicht restlos aus Ems Blutbahnen verflüchtigt hatte, und als sie aus einem totenähnlichen Tiefschlaf erwachte, war es Nachmittag, und Pierres Wagen stand vor Claires Garage. Ohne nachzudenken, hatte sie seine Nummer eingetippt, doch er nahm nicht ab, und sie wollte auf keinen Fall eine Nachricht auf seiner Mailbox hinterlassen. Sie hatte noch mehrmals an diesem Tag erfolglos versucht, ihn zu erreichen, war auch nahe dran gewesen, im Revier anzurufen.

Mit der Ankunft der Mädchen am Abend entspannte sie sich zwar ein wenig, doch sie tat kein Auge zu. Die Nacht verbrachte sie im Arbeitszimmer an ihrem Computer sitzend und schrieb alle Gedankengänge haarklein auf, die sie mit Rosalie und Louis besprochen hatte oder die ihr zusätzlich durch den Kopf schossen.

Die bizarre Möglichkeit, dass Claire Philippe im Keller gefangen hielt, erschien ihr immer abwegiger, je mehr die Nacht zum Tage wurde, je heller das Licht durch die Fenster flutete, je näher der Moment kam, an dem die kleinen Weibsbilder in ihrem Vorgarten stehen würden.

Em würde an der starren Abfolge des Weihnachtstages festhalten, auch wenn sie sich schlapp und flügellahm fühlte. Die Mädchen brauchten gerade jetzt ein vertrautes Seil, an dem sie sich durch den Tag hangeln konnten, und mussten von Claire ferngehalten werden.

Pierre Laroche würde wiederkommen, schon allein deshalb,

weil er Claire treffen wollte. Sobald Em seinen Wagen sah, würde sie hinausrennen und ihn abfangen, bevor er mit Claire sprechen konnte.

Sie wusste, dass sie noch rennen konnte.

O du fröhliche …

Die exakte Dosierung der Narkotika, Schlafmittel und Beruhigungstabletten hatte sie in der medizinischen Bibliothek der Universität Descartes gründlich studiert. Es war etwas kompliziert gewesen, sich einzuschreiben, doch mit einem kopierten und leicht gefälschten Studentenausweis ihrer älteren Tochter wurde ihr ungefragt Zugang zur pharmazeutischen Abteilung im sechsten Arrondissement gewährt.

Theoretisches Wissen allein hatte ihr aber nicht genügt, und sie war das unberechenbare Risiko eingegangen, in einigen wenigen Selbstversuchen die medizinischen Mittel zu testen, natürlich nur in geringen Gaben. Ausgehend von Geschlecht, Körpergewicht, Größe und Allgemeinzustand, bei dem sie davon ausging, dass sie beide gesund und nicht mit Allergien geschädigt waren, hatte sie für alle gängigen Arzneien die präzise Dosis für sich selbst und Philippe berechnet und darum gebetet, dass es zu keinen gravierenden Komplikationen kommen würde. Sie hatte unter Übelkeit, Schwindel und furchtbarer Mundtrockenheit gelitten, doch am beängstigendsten hatte sie gefunden, mit welcher Schnelligkeit ihr Bewusstsein mit Hilfe dieser Gifte aus- und wieder eingeschaltet werden konnte.

Daher war sie auch äußerst verstört, als sie durch die Türluke spähte und Philippe halb im Raum, halb im Fach zusammengekrümmt liegen sah. Ein fauliger Geruch schlug ihr entgegen.

»Philippe?«

Er reagierte nicht, nur sein linkes Bein zitterte kaum merklich.

Claire riss die Tür auf, die Angst, dass es ihm durch ihr Verschulden schlecht ging, ließ sie alle Vorsicht vergessen, und sie fiel neben ihm auf die Knie und drehte ihn auf den Rücken, um sein Gesicht zu sehen. Die Augenlider flatterten, unverständliche, heisere Laute drangen aus dem weit geöffneten Mund.

Behutsam flößte sie ihm Wasser ein. Sie hatte ihn absichtlich seit gestern keine Flüssigkeiten zu sich nehmen lassen, damit er heute alles trank, was sie ihm bot. Wahrscheinlich war er wegen der Medikamente, die ihm auch auf den Magen schlugen, stärker dehydriert, als es der Fall sein sollte. Trotzdem – er musste ab jetzt vierundzwanzig Stunden schlafen, bis der Weihnachtstag vorüber, die Mädchen aus dem Haus und auf dem Weg nach Chamonix und sie wieder in trauter Zweisamkeit vereint waren.

Philippe kam langsam zu sich, sein umherirrender Blick fing sie ein, blieb an ihr haften, und vorsichtshalber band sie Füße und Handgelenke wieder zusammen.

»Da bist du ja wieder«, versuchte sie einen munteren Ton anzuschlagen.

Philippe versuchte ihr angestrengt, etwas mitzuteilen.

»Wasser, ja natürlich, Phil, ich habe jede Menge Wasser mitgebracht.«

Schluck für Schluck schlürfte Philippe aus der Flasche. Claire setzte sie dazwischen immer wieder ab, damit er nicht zu schnell trank und sich womöglich übergeben musste.

Zwei Flaschen hatte sie vorbereitet, und als er die zweite zur Hälfte getrunken hatte, wurde sein Kopf in ihrer Armbeuge schwer und sackte zur Seite.

Claire ließ ihn auf eine Matte gleiten, legte ihm die unvermeidliche Windel an und machte sich an die Arbeit. Sie schrubbte das Fach, stapelte die Matten darin, versicherte sich, dass der magnetische Türknopf fest am Türinneren saß, räumte gewissenhaft auf und ging nach oben, um das Küchenfenster zu öffnen. Mit der marmorierten Kerze in dem feuerfesten Glas und einer Fotografie, die Philippe in Shorts beim Grillen im Garten zeigte, kam sie zurück und drapierte beides am Fußboden in der Mitte des Raumes. Dazu stellte sie Philippes Weihnachtsgeschenke sowie eine flache Schale, in der eine mit Gewürznelken gespickte Orange zwischen Zimtstangen und Vanilleschoten lag.

Aus dem Badezimmer holte sie einen Blutdruckmesser, legte ihn um Philippes Oberarm und las zufrieden die Werte von der Skala ab. Etwas niedrig allesamt vielleicht, doch in Anbetracht der Umstände nicht weiter besorgniserregend.

Emilie würde die Mädchen nicht eine Sekunde früher ins

Haus lassen, als es das alljährliche Weihnachtsritual vorschrieb, Pierre hatte versprochen, zum Essen am Abend zu kommen. Claire erwartete keine sonstigen Besucher, also konnte Philippe ruhig noch etwas länger außerhalb des Fachs liegen, er würde noch lange genug im finsteren Inneren verbringen müssen.

Claire überprüfte alle verräterischen Schwachstellen wie Paneele, Mikrowelle, Balsamicoflasche, Bettpfanne und Schnabeltasse und brachte die Müllsäcke zu den Containern vorm Haus, von wo sie die Müllabfuhr abholen und zur Verbrennungsanlage führen würde.

Sie legte Weihnachts-CDs in den Player, und zu den schmalzigen Klängen von »Drummer Boy« oder »Last Christmas« entfachte sie die Scheite im Kamin zu einem knisternden Feuer, arrangierte die Päckchen neu und deckte den Tisch mit feinem Porzellan und festlichen Kerzenleuchtern.

Zwischendurch machte sie kurze Abstecher zu Phil, maß Puls und Blutdruck oder massierte ihm Füße, Nacken oder Rücken. Vereinzelt riefen Freunde an, erkundigten sich nach Phil oder Claires Befinden, boten Hilfe an oder ergingen sich in optimistischen Prognosen, um Claire aufzumuntern.

Am späten Vormittag stellte sie den Truthahn in den Ofen und begann mit der Zubereitung von Beilagen, Salaten und Desserts. Sie gab sich besondere Mühe, schwelgte in der Vorstellung, wie Pierre anerkennend ihre Kochkünste loben und unter dem glänzenden Damasttischtuch nach ihrem Knie tasten würde.

Ein letztes Mal streifte sie durch die Räume, unterzog sie einer pingeligen Überprüfung, bevor sie nach unten ging, um Philippe das leidige Klebeband auf den Mund zu drücken und ihn möglichst bequem auf sein Mattenlager zu betten. Zur Sicherheit gegen eventuelle Geruchsbelästigung und überquellende Ausscheidungen packte sie ihn in eine zweite Windel und bedeckte ihn mit einer leichten Sommerdecke. Er sollte nicht auskühlen, aber auch nicht allzu sehr ins Schwitzen kommen und noch mehr Flüssigkeit verlieren.

Sie zündete die Kerze in der hohen Glasvase an, inspizierte pedantisch den Einbauschrank, Boden und Tür, ließ die Kellertür weit offen, schaltete die Treppenbeleuchtung ein, ging ins Badezimmer und ließ sich erschöpft in ein blumig duftendes Schaumbad sinken.

Noch Zeit genug für ein kleines Nickerchen, bevor das offizielle Weihnachtsbankett im Hause Bonnet eröffnet wurde.

Em fürchtet sich

Es wurde viel geweint an diesem Weihnachtstag bei Emilie. Die rege Betriebsamkeit, der sich alle unterwarfen, konnte der betrübten Stimmung nichts von ihrer Wehmut nehmen, das Unglück der Mädchen nicht lindern. Em taten sie unendlich leid, doch sie brachte es nicht übers Herz, den beiden von ihren bislang noch nicht bewiesenen Verdächtigungen zu berichten. Schließlich erhob sie damit eine ungeheuerliche Anklage gegen ihre Mutter, und das zu einem Zeitpunkt, an dem sie ohnehin ihren Vater schon schmerzlich vermissten.

So folgten sie minutiös ihren Traditionen und Bräuchen und tauschten zwischen Scherenschnitten und Engelskeksen ihre Mutmaßungen, Meinungen, Bedenken und Zweifel aus.

Nach der Rückkehr aus dem Kino saßen alle drei bei kräftigem Punsch – seit einigen Jahren mit jamaikanischem Rum statt mit Holundersirup aufgepeppt – in Ems Arbeitszimmer und zuckten in gespannter Erwartung bei jedem Wagen zusammen, der mit blendenden Lichtern in die verlassene Straße einbog. Mit jedem vorbeifahrenden Auto wurde die Enttäuschung größer, und die Erleichterung, als endlich der Lichterkranz an der Eingangstür erstrahlte und sie zu ihrer Mutter durften, war den Mädchen ins Gesicht geschrieben.

Emilie hingegen fürchtete sich.

Von Pierre Laroche war weit und breit nichts zu sehen, und die Vorstellung, dass Philippe im Keller dahinvegetierte, während alle anderen oben das köstliche Festmahl verspeisten, verursachte bei Em ein gruseliges Schauern, das ihr bis in die Haarspitzen kribbelte.

Wie sich herausstellte, waren ihre Befürchtungen unbegründet, ihre ach so spitzfindigen Ahnungen nichts anderes als Schall und Rauch.

Sobald sie Claires Haus betreten hatte, bemerkte Emilie die beleuchtete Kellertreppe, die geöffnete Tür zum Fitnessraum und die darin zwischen Päckchen und einer Dekoschale postierte Kerze, deren unruhiger Schein Schatten an die Decke warf.

Claire umarmte weinend erst ihre Töchter, dann Em. Emilie versteifte sich, und ihr war übel, doch sie nahm sich der Mädchen wegen zusammen und sah Claire kerzengerade in die Augen.

»Philippe ist noch nicht nach Hause gekommen?«

Claire schüttelte stumm den Kopf.

»Hast du etwas Neues von der Polizei gehört?«

»Nein«, seufzte Claire, »Inspecteur Laroche wollte heute Abend kurz vorbeikommen, um zu sehen, ob Philippe auftaucht, woran ich immer noch glaube«, fügte sie trotzig hinzu.

Emilie fiel eine drückende Last vom Herzen. Sie vermutete zwar, dass Laroche nur einen Vorwand brauchte, um ausgerechnet am Weihnachtsabend hier zu erscheinen, doch sie war darüber erfreut und erleichtert, fühlte sich sicherer mit einem Polizeibeamten im Haus.

Claire füllte Champagner in geschliffene Kristallgläser und reichte sie herum.

»Meine Lieben, ich möchte, dass wir vor dem Essen in den Fitnessraum hinuntergehen. Dort habe ich euren Vater zum letzten Mal geküsst, und wir sollten an ihn denken.« Tränen tropften in Claires Glas, Emilie senkte konsterniert den Kopf.

Vorsichtig stiegen sie die steile Treppe hinab, Claire stützte Em fürsorglich am Ellbogen.

Das sanfte Licht des Kerzenscheins tauchte den Raum in einen warmen Goldton, und es duftete nach süßlicher Weihnachtsbäckerei und Orangenschalen. Em sah sich unauffällig um, konnte aber nichts entdecken, was darauf schließen ließ, dass Philippe in der Nähe war. Die Kastentüren des Wandverbaus waren nur angelehnt, eine davon stand ein Stück weit offen, und Em konnte dahinter leere Regalfächer sehen.

Das geräumige Fach? Lag Philippe hinter der massiven Klappe?

Das konnte Em nicht glauben. Zu einer solch niederträchtigen Unverfrorenheit wäre Claire nicht fähig. Vor aller Augen Philippe in einem Schrankfach verbergen?

Em horchte angestrengt auf ein Schnaufen, ein verhaltenes Atmen, ein Knacksen oder Scharren, sie schob sich mit einem Seitenschritt näher an den Wandverbau, um irgendein Geräusch wahrzunehmen, das ihren Verdacht bestätigte. Nichts.

Die Türglocke schlug an, und aufgeschreckt hastete Claire nach oben. Mit gewinnendem Lächeln und an den Locken zupfenden Fingern brachte sie Pierre nach unten und stellte ihn den Mädchen vor. Er entschuldigte sich wortreich bei Em dafür, dass er ihre Anrufe nicht hatte entgegennehmen können; ein übles Verbrechen an einem Kleinkind hielt die gesamte Besatzung des Reviers in Atem, und alle anderen Fälle mussten bis zur lückenlosen Aufklärung dieser abscheulichen Tat hintangestellt werden.

Em nickte verständnisvoll, versuchte aber, in dauerndem Blickkontakt mit ihm zu bleiben, was ihn sichtlich irritierte.

Stumm standen sie im Halbkreis um das an die Kerze gelehnte Foto von Philippe, und Em empfand dabei ein unerklärliches Grauen. Päckchen, Schale und Kerze erschienen ihr wie Opfergaben auf einem unwirklichen Altar.

»Ich weiß, dass du bald nach Hause kommst, Philippe. Ich liebe dich«, sagte Claire leise und trank aus ihrem Glas.

Em und die Mädchen murmelten beklommen vor sich hin und taten es ihr gleich, Pierre hatte kein Glas und fühlte sich in seiner Haut nicht wohl.

»Sie essen doch mit uns?«, wandte sich Claire an ihn, stieg die Treppe hinauf und ließ Em diesmal links liegen.

»Wenn es Sie nicht stört, gern.«

»Ich habe für fünf gedeckt, Sie können also einstweilen den Platz meines Mannes einnehmen.«

Die Mädchen blickten empört zu Em, die sie mit einer besänftigenden Handbewegung hinter Claires Rücken zu beruhigen versuchte. Diese unsensible Geschmacklosigkeit war Claire offenbar nicht im Mindesten bewusst. Entweder war sie so abgebrüht, dass ihr egal war, wie verletzt die Mädchen darüber waren, dass Philippe sang- und klanglos ersetzt wurde, oder sie war so gedankenlos, dass es ihr einfach entging.

Emilie tranchierte den Truthahn, Claire reichte Platten und Schüsseln herum, die Mädchen kümmerten sich um Wasser und Wein, aber außer Pierre konnte niemand das Essen in vollen Zügen genießen, und nur zögernd kam ein seichtes Gespräch in Gang. Erst beim Bûche de Noël, der leckeren, cremig gefüllten Roulade, tauten die Mädchen ein wenig auf und löcherten Pierre mit Fragen zu den Untersuchungen im Falle ihres Vaters. Er gab bereitwillig Auskunft, stellte seinerseits Fragen und hing für Emilies Geschmack ein wenig zu auffällig an Claires Lippen.

Emilie folgte den Gesprächen nur mit halbem Ohr, ihr Blick schweifte immer wieder zu der beleuchteten Kellertreppe und noch brennenden Kerze im Fitnessraum. Ununterbrochen räumte sie Geschirr ab, stellte Gläser in den Spüler, legte neue Servietten auf oder kratzte Essensreste von den Tellern in den Müll und lauschte während ihres unruhigen Treibens konzentriert in alle Richtungen, schnüffelte verstohlen in den Mülltüten, hielt nach suspekten Spuren Ausschau und fand nichts.

Sie verabschiedete sich schließlich, sobald die Geschenke verteilt, mit gedämpfter Begeisterung ausgepackt und das obligate Glas Sherry getrunken waren, griff noch im Flur ihres Heims nach dem Telefon und wählte die Nummer ihrer Enkelin, um ihr mitzuteilen, dass sie sich nun doch dazu entschlossen hatte, die Einladung ins Ferienhaus anzunehmen, und morgen mit dem Mittagszug in Aix-en-Provence eintreffen würde.

Sie hatte genug von diesem Wahnsinn, musste weg, bevor sie tatsächlich verrückt wurde.

Der Besuch

Mit Pierres tatkräftiger Unterstützung war es Claire am späten Abend noch gelungen, ihre Töchter davon zu überzeugen, den geplanten Skiurlaub in Chamonix nicht abzusagen und die Weihnachtsferien in der von Philippe gebuchten und bezahlten Skihütte zu verbringen. Erst das hoch und heilige Versprechen, dass sie in ein paar Tagen nachkommen würde, entweder allein oder mit Philippe, und Pierres Versicherungen, dass er sich bis dahin um ihre Mutter kümmern würde, gaben den Ausschlag, dass die Mädchen am frühen Morgen ihre Rucksäcke umschnallten und mit prall gefüllten Reisetaschen in ein Taxi stiegen, das sie zum Bahnhof brachte. Unter Tränen winkten sie aus dem Fond des Wagens so lange, bis sie das Ende der Straße erreicht hatten und aus Claires Blickfeld verschwunden waren.

Claire setzte sich mit ihrer zweiten Tasse Kaffee an den Küchentisch und atmete erlöst auf. Alles war gut gegangen.

Unglaublich.

Ernsthafte Sorgen machte ihr nur Em. Die hektische Betriebsamkeit, die sie gestern an den Tag gelegt hatte, die unsteten Blicke, das fahrige Zittern ihrer Hände, als sie den Truthahn zerlegt hatte – waren dies drohende Fingerzeige einer Alterskrankheit? Stand Emilie ein schleichender Verfall bevor, den sie selbst nicht bemerkte, oder ahnte sie etwas von den Vorgängen bei den Bonnets, von denen sie nicht genau wusste, was es war? Claire würde in den nächsten Tagen jedenfalls mehr Zeit mit ihr verbringen, Spaziergänge unternehmen, ihr vielleicht sogar wieder einen Strickabend vorschlagen.

Die Mädchen hatten beteuert, sie würden anrufen, sobald sich der Zug in Bewegung gesetzt hatte, und bis dahin würde sie Philippe nicht aus dem Fach befreien. Sollten sie den Zug durch widrige Umstände versäumen, würden sie mit Sicherheit wieder nach Hause kommen.

In der Zwischenzeit holte sie Kerze, Schale, Foto und Päckchen aus dem Keller und stellte sie unter den Weihnachtsbaum.

Das größere weiche Päckchen, das unter all den anderen nicht hervorstach, würde sie Pierre heute Abend überreichen, und sie hoffte, dass er dann auch gleich die Gelegenheit nutzen würde, sein Geschenk in Gebrauch zu nehmen.

Als das Telefon läutete, war sie nicht weiter überrascht, dass Emilie anrief. Wahrscheinlich wollte sie ein wenig über den Abend schwatzen und sich für ihre Geschenke bedanken. Überraschend war allerdings, dass die alte Dame sie in kurzen, abgehackten Sätzen darüber informierte, dass sie die folgenden Tage bis nach Neujahr bei ihrer Enkelin in Aix verbringen würde.

»Aber Em, darüber hast du ja gar nicht gesprochen. Hast du dich erst jetzt dazu entschlossen?«, fragte Claire indigniert.

»Hatte ich dir nicht davon erzählt? Ach du meine Güte, Claire, langsam werde ich wirklich vergesslich. Du kommst doch wohl ohne mich zurecht?«

»Natürlich, Em, ich komm schon klar. Aber ich werde dich vermissen.«

»Das werde ich auch, Liebes. Wir telefonieren, ja? Ich muss mich beeilen, das Taxi kommt gleich.«

»Ich kann dich zum Bahnhof bringen, Em, die Mädchen sind ja schon weg. Ich fahr dich …«

»Nein, nein, Claire, ich danke dir, aber das Taxi ist schon bestellt, mach dir keine Mühe. So, ich muss jetzt, melde dich, wenn es etwas Neues gibt, ja?«

»Ja, sicher, ich ruf dich an, sobald …« Claire sprach in ein sphärisches Rauschen, Em hatte ohne viel Federlesens aufgelegt.

Claire schüttelte entrüstet den Kopf. Jetzt wurde sie wirklich absonderlich, die gute alte Emilie Dickson.

Sie räumte im Haus auf, was noch vom Vortag übrig geblieben war, lüftete die Räume gut durch, stapelte neues Feuerholz im Kamin und kochte eine schmackhafte Kartoffelsuppe für Phil, nachdem die Mädchen angerufen und versichert hatten, sie seien wohlbehalten auf dem Weg nach Chamonix.

Mit vollgepacktem Wäschekorb hantelte sie sich schwankend die Kellertreppe hinunter und zog Philippe aus dem Fach.

Er war wach, und sein Blick strahlte resignierte Mutlosigkeit und düstere Gram aus.

»Die Mädchen sind nach Chamonix gefahren, Emilie besucht ihre Enkelin in Aix, und wir sind endlich allein, Phil.«

Sie kniete neben ihm, und sowie sie das Klebeband von seinem Mund gelöst hatte, erbrach er in einem Schwall grünen Schleim auf ihren Oberschenkel.

Unbekümmert rubbelte sie die Hose sauber und stellte nüchtern fest: »Das musste ja so kommen. Dein Magen verträgt die Mittel scheinbar nicht so gut wie meiner. Du musst jetzt essen, trinken und dich waschen, Phil.«

Sie machte sich an der Windel zu schaffen, erstarrte, als die Türglocke erklang, rannte los und warf hinter sich die Tür ins Schloss.

Mit um die nassen Haare geschlungenem Handtuch riss sie außer Atem die Eingangstür auf, in der Erwartung, dass Em sich schlechten Gewissens wegen ihres unhöflichen Benehmens von ihr verabschieden oder Pierre eine kurze Erholungspause bei ihr verbringen wollte.

»Ja, bitte?«, fragte Claire erwartungsvoll die bleiche, in einen schicken Wollmantel eingehüllte Frau, deren geschwollener Bauch unübersehbar von einer weit fortgeschrittenen Schwangerschaft zeugte.

»Mein Name ist Isabelle Ledoux, und mein Sohn ist der Sohn Ihres Mannes.« Dabei strich sich Isabelle mit beiden Händen über den Bauch. Ihr Herz klopfte wild, aber sie hatte diesen Satz bestimmt hundertmal umformuliert, bis sie erkannt hatte, dass die Wahrheit ohne Schnörkel auskommen musste.

Claires Herz klopfte ebenfalls wild, wenn auch aus ganz anderen Gründen. Der Mut dieser Frau, hierherzukommen, rang ihr widerstrebend Bewunderung ab.

Sie trat wortlos einen Schritt zurück, ließ die Tür offen, drehte sich um, setzte sich im Wohnzimmer mit zusammengepressten Knien auf die Couch und wartete darauf, dass Isabelle verstanden hatte, ihr folgen und gegenüber im einzigen Fauteuil Platz nehmen würde.

Isabelle knöpfte langsam den schweren Mantel auf, und beim Anblick des nun dermaßen freigelegten Beweisstückes für Philippes Ehebruch, über das sich ein dünnes himmelblaues T-Shirt spannte, sog Claire zischend die Luft zwischen zusammengebissenen Zähnen ein. Selbstverständlich war die Schwangerschaft keine Überraschung für sie; was sie völlig aus der Fassung brachte, war die Tatsache, dass Isabelle einen Sohn erwartete. Philippe liebte seine Töchter abgöttisch, doch sein sehnlichster Wunsch nach einem »Thronfolger« war ihnen nicht erfüllt worden.

»Ich bin gekommen, um Sie zu bitten, mir zu sagen, was Sie über Philippes Verbleib wissen.« Diesem schlichten Wunsch konnte Claire gern nachkommen, sie war ja kein Unmensch.

»Nichts, ich weiß nichts. Er fuhr zu einem Auftrag ins Hôpital St. Antoine, sein Auto wurde verlassen aufgefunden, er selbst wurde im Krankenhaus nicht gesehen. Das ist alles.«

»Ich bin Ärztin am St. Antoine.«

»Ah ja? Dann hat er Sie wohl da kennengelernt?«

Stumm nickte Isabelle.

»Was wollen Sie von mir? Sie läuten an unserer Tür, schleudern mir entgegen, dass mein Mann Sie geschwängert hat, und erwarten nun – was? Dass ich Verständnis für Ihre Lage aufbringe? Dass ich in Tränen ausbreche? Dass ich Ihnen meinen Mann überlasse, nur weil Sie einen Sohn gebären werden? Meinen Mann, der vielleicht nicht mehr lebt?«

Isabelle zuckte zusammen. Dieses unvorstellbare Szenario hatte sich auch in ihre Gedanken eingebrannt, es aber in Worte gefasst zu hören, war unerträglich.

»Philippes Sohn hat ein Recht auf seinen Vater.« Damit appellierte sie an Claires Mutterinstinkte, befürchtete aber, dass sie eher Hass und Abscheu ernten würde als mütterliche Solidarität.

»… der es vorgezogen hat, sich seiner Pflicht zu entziehen«, versetzte Claire gehässig.

Isabelle schüttelte den Kopf. »Nein, nein, das stimmt nicht, das sehen Sie –«

»Jetzt ist mir alles klar! Phil hat sich abgesetzt, weil Sie ihn mit dem Kind erpresst haben!«, rief Claire zufrieden und nickte wie zur Bestätigung ihres genialen Geistesblitzes.

Die Art, wie sie Isabelle gemustert hatte, das fehlende Entsetzen bei der Erkenntnis, dass sie betrogen wurde, die wie aus der Pistole geschossenen Entgegnungen, die glänzenden Locken, die unter dem Handtuch hervorlugten … all das machte Isabelle stutzig, und bedächtig und leise stellte sie fest: »Sie haben es gewusst.«

Claire schwieg.

»Sie haben die Medikamente gestohlen und meine Unterschrift gefälscht.«

Ein mildes Lächeln umspielte Claires Lippen.

Korrekt, meine Liebe, dachte sie, und es war einfacher, als du denkst. Deine Unterschrift bereit zum Fälschen auf der Schulungsliste in Phils Unterlagen, OP-Kleidung – blutig und ekelig zwar – aus der Wäschekammer des Hôpitals, Latexhandschuhe von der Haushaltsabteilung des Supermarkts, ein dickes Polster unter einem billigen weißen Kittel, Brille, Mundschutz oder Schal vorm Gesicht, die Haare zu einem praktischen Knoten zusammengebunden. Keine große Hexerei.

Laut sagte sie: »Und das können Sie beweisen?«

»Nein, natürlich nicht. Das wird Aufgabe der Polizei sein«, ließ sich Isabelle nicht aus der Ruhe bringen. »Wozu brauchten Sie die Narkotika? Haben Sie ihn damit umgebracht? Weil er Sie verlassen wollte?«

»Machen Sie sich nicht lächerlich. Sie gehen jetzt besser, bevor Sie mir weitere haltlose Anschuldigungen an den Kopf werfen.«

Claire erhob sich mit vor der Brust verschränkten Armen, Isabelle stützte sich auf die Seitenlehnen des Stuhls und stemmte ihren behäbigen Körper aus dem nachgiebigen Polstersitz.

Jetzt hatte sie Angst vor dieser zierlichen Frau und musste zusehen, dass sie unbeschadet aus diesem Haus kam. Auf dem Weg zur Tür spürte sie bedrohlich Claires Blick im Rücken und erwartete schon halb einen Schlag auf den Kopf oder den Stich eines Messers. Doch bevor sie, ohne sich umzudrehen, hastig aus der Tür humpelte, hörte sie hinter sich Claires heisere Stimme: »Ich wünsche Ihrem Sohn alles Gute.«

Die richtige Strategie

»Ich wusste nicht, dass du einen Sohn gezeugt hast.«

Durch die offene Luke konnte Philippe Claire sehen, wie sie mit angezogenen Knien an die Wand gelehnt saß, eine feuchte Haarsträhne um ihren Zeigefinger wickelte und in ungezwungenem Plauderton von seinem ungeborenen Kind sprach.

Er sah weg und fuhr fort, den Lappen in die warme Seifenlauge zu tauchen und sich damit abzureiben. Ihm war kalt, und er fühlte sich ausgepumpt wie nach einem kilometerlangen Waldlauf in kniehohem Schnee. Seine Wadenmuskeln zitterten wieder, und unter dem linken Auge zuckte ein Nerv.

»Gib mir die Tasse, die Suppe ist bestimmt schon kalt, ich wärme sie.«

Philippe ignorierte ihr Angebot, war in Gedanken versunken und überlegte krampfhaft, wie sie zu dieser Information gekommen war.

»Isabelle war hier und hat sich nach dir erkundigt. Gib mir jetzt die Suppe.«

Philippe griff nach der Schnabeltasse und schob sie durch den Schlitz.

Claire fasste nach seiner Hand, er zog sie ruckartig zurück. Sie seufzte und ging nach oben, um die Suppe aufzuwärmen.

Mit der dampfenden Tasse in der Hand kam sie zurück und legte einen Müllsack in das Fach.

»Pack die Windeln und die schmutzigen Tücher zusammen, den Gestank hält ja keiner aus.« Philippe tat, wozu sie ihn aufgefordert hatte, schob ihr den zusammengebundenen Müllsack hin, setzte sich auf den Boden und trank in langsamen Schlucken die Suppe.

»So wie sie aussieht, wird der Junge wohl bald zur Welt kommen.«

Mit dem Mundstück zwischen den Lippen sah Philippe sie über den Rand der Tasse hinweg an.

»Sie ist sympathisch, das muss ich zugeben.«

»Claire, was soll das?«, fragte er ruhig.

»Sie sagt, der Junge hat ein Recht auf seinen Vater. Da stimme ich ihr unbedingt zu. Du musst natürlich für seinen Unterhalt aufkommen, Philippe, das ist doch selbstverständlich. Aber ich bin dagegen, dass du ihn siehst.« Claire benahm sich, als ob sie ihm Größe, Farbe und Geschmack der überteuerten Biotomaten des Marché Raspail anpreisen würde.

»Das hatte ich auch nicht vor«, warf er gelassen ein.

»Ach nein?« Claire zog erstaunt die Augenbrauen in die Höhe, lächelte zynisch.

»Nein. Isabelle weiß das auch. Ich habe ihr geholfen, in ihrem Haus das Kinderzimmer zu renovieren, und das war's. Sobald das Kind auf der Welt ist, zahle ich natürlich.«

Claire lachte.

»Philippe, das soll ich dir glauben?«

»Es ist mir egal, was du glaubst. Ich bin doch nicht verrückt und verlasse meine eigene Frau wegen Isabelle und einem ungewollten Kind! Das ist die Wahrheit. Ich bin bestimmt nicht der einzige Mann auf der Welt, der in ein kleines Intermezzo schlittert und für die Folgen geradestehen muss. Deswegen bricht doch die Welt nicht zusammen!«

Claire starrte ihn verstört an.

»Aber, Philippe –«

»Was? Du sperrst mich hier ein wie einen Hund, versetzt die Mädchen ausgerechnet an Weihnachten in Angst und Schrecken, nimmst ihnen den Vater, lässt Gott und die Welt glauben, ich wäre verschwunden oder tot? Was denkst du dir dabei eigentlich?«, brüllte er zornig.

Claire hatte beide Hände vor den Mund geschlagen, Tränen rannen über ihre Finger, und keuchend stieß sie Luft aus, um sie hechelnd wieder einzuatmen.

»Aber dein Sohn … das Friedhofshaus mit Isabelle …«, stammelte sie.

»Was kümmert mich das Kind? Du spionierst mir hinterher, hast keine Ahnung, wie die Dinge wirklich liegen und betäubst und fesselst mich!« Philippe tobte, weißer Speichel spritzte auf sein Kinn, seine Wangen bebten und feinste, zerrissene Äderchen röteten seine Augäpfel.

»Verschwinde jetzt, lass mich in Ruhe! Ich bin müde von all dem Gift, das du in mich hineingepumpt hast! Hau ab«, schrie er schäumend vor Wut.

»Liebling, ich –«

»Mach endlich die Luke dicht und verzieh dich!«, fluchte er böse.

Claire war wie versteinert, unfähig sich zu bewegen oder noch ein Wort hervorzubringen, um ihn zu beruhigen.

»Ach, mach doch, was du willst!« Mit einer wegwerfenden Handbewegung stand er auf, hob die Wasserflasche auf, ging damit zum Einbauschrank, öffnete die Klappe ein Stück weit, zwängte sich in das Fach und ließ die Klappe zufallen.

Flucht nach vorne

Ihr überstürzter Aufbruch in das Ferienhaus ihrer Enkelin nach Aix-en-Provence war nichts anderes als eine Flucht, das wusste Emilie sehr wohl.

Auf der langen Fahrt mit dem Zug hoffte sie, Klarheit in ihre Gedanken bringen zu können, und da sie den halben Tag unterwegs sein würde, hatte sie sich den Luxus einer Erster-Klasse-Fahrkarte gegönnt. Nun saß sie allein in ihrem komfortablen Abteil, an dessen Schiebetür stündlich entweder der Schaffner oder ein Kellner des Speisewagens klopften, um sich nach ihrem Befinden oder möglichen Wünschen nach Kaffee, Tee oder Snacks zu erkundigen. Sie hatte auf ihr Frühstück verzichtet, um den Zug pünktlich zu erreichen, und genoss die Annehmlichkeit, sich nach Herzenslust Getränke oder Naschereien kredenzen zu lassen.

Gedankenverloren ließ sie die schäbigen Vororte von Paris an sich vorüberfliegen, fiel dabei in einen dösenden Halbschlaf, und erst als der Zug auf dem Bahnhof von Lyon einen Zwischenstopp einlegte, griff sie nach ihrem Telefon und rief Louis und Rosalie an. Sie berichtete vom Weihnachtsabend bei Claire, der bedrückenden Andacht im Fitnessraum und dass sie nichts Verdächtiges gesehen oder gehört hatte. Leider war es ihr nicht gelungen, in das Fach zu sehen, und sie hatte die Nase voll von Spekulationen, Misstrauen und dem beängstigenden Gefühl, den eigenen Wahrnehmungen nicht mehr trauen zu können.

In der Gesellschaft ihrer lebhaften und quirligen Urenkelin weit weg von Claire und in der ländlichen Umgebung der Provence würde es ihr gelingen, wieder zu sich selbst zu finden. Sie baute darauf, dass sie gemeinsam mit ihrer Enkeltochter ihren getrübten Geist und verschwommenen Verstand wieder auf Vordermann bringen oder sich zumindest objektiven Rat bei ihr einholen konnte. Das Ferienhaus war großzügig angelegt, und sie konnte über ein eigenes Zimmer mit angeschlossenem Badezimmer und ebenerdiger Terrasse verfügen, sodass sie sich ungestört zurückziehen konnte, falls sie das Bedürfnis danach verspürte.

Louis und Rosalie versicherten ihr, dass sie nie und nimmer senil oder verkalkt sei, und begrüßten ihren Entschluss, auf Distanz zu Claire zu gehen. Es sei ja durchaus möglich, dass sich bei ihrer Rückkehr in zwei Wochen diese undurchsichtige Geschichte in Wohlgefallen aufgelöst habe.

Bestärkt durch den Zuspruch ihrer Freunde lehnte sich Emilie träge zurück, schlüpfte aus den Winterstiefeln und legte ihre Füße auf die freie Sitzbank vis-à-vis.

Mit einer knisternden Tüte Schokoladenbonbons auf dem Schoß griff sie nach ihrem Notizbuch, schlug eine leere Seite auf und schrieb nach langem Zögern: »Spätestens Montag Pierre Laroche anrufen. Bei Mailbox: Text von Zettel lesen! Nicht wieder auflegen!«

Fehlende Zeugen

Ihrem ersten Impuls, auf der Stelle zum Polizeirevier zu fahren, nach Laroche zu verlangen und Claire wegen Unterschriftenfälschung, Medikamentendiebstahl und Entführung oder Tötung ihres Ehemannes Philippe Bonnet anzuzeigen, folgte die bittere Ernüchterung, dass ihr jegliche Beweise für diese schweren Anschuldigungen fehlten.

War es nicht eher wahrscheinlich, dass sie sich dadurch selbst belastete? Sie, die heimliche Geliebte, die den Verdacht auf die unliebsame Ehefrau lenken wollte, um diese loszuwerden? Was hatte sie überhaupt dazu bewogen, die betrogene Ehefrau aufzusuchen?

Claire hatte nichts zugegeben, und ihr sardonisches Lächeln und die stoische Ruhe, mit der sie Isabelle begegnet war, konnte man schwer als Schuldeingeständnis werten. Dass sie nicht in einen hysterischen Wutanfall oder hemmungslose Tränen ausgebrochen war, reichte bestenfalls für Verwunderung oder Erstaunen, niemals aber für eine Anklage. Was Isabelle so sicher machte, war ein Gefühl, Intuition, eine Ahnung, eine selbstzufriedene Schwingung, die von Claire ausging. Selbst wenn sie Laroche davon überzeugen konnte, ihre Angaben ernst zu nehmen und Claire nachzuforschen, wäre fraglich, ob man Claire irgendeinen der Vorwürfe hieb- und stichfest würde nachweisen können.

Isabelle hatte außerdem grobe Probleme, ihre Alibis für sämtliche der vierzehn Male, an denen Medikamente von einer ihr ähnelnden Frau mit dunklen Augen in OP-Kleidung entwendet worden waren, zu rekonstruieren. Anhand ihres Dienstkalenders und spezieller Begebenheiten gelang es ihr zwar in den meisten Fällen, sich zu erinnern, was sie getan oder wo sie sich aufgehalten hatte, doch mit Zeugen, die ihre Aussagen dazu bestätigen würden, war es weit schlechter bestellt. Ihr einziger Hauptzeuge war Philippe, der mit ihr das Kinderzimmer gestrichen, einen Spaziergang unternommen oder bei ihrem Auto die Reifen gewechselt hatte. Von Philippe war allerdings im Moment keine

Hilfe zu erwarten, er benötigte aller Wahrscheinlichkeit nach selbst welche.

Isabelle fuhr nach Hause, unterdrückte tapfer die Tränen, sang ihrem Sohn ein monotones Wiegenlied vor und gestand sich ein, dass der Besuch bei Claire ein törichtes Unterfangen gewesen war. Sie hatte nichts in Erfahrung bringen können, außer dass Claire eine schlagfertige, intelligente Frau war, und nichts mit dem biederen, einfältigen Hausfrauchen gemein hatte, als das Philippe sie in weinseliger Bierlaune nach dem Betriebsfest des Hôpitals vor einiger Zeit beschrieben hatte.

Um die aufreibende Untätigkeit zu bekämpfen, würde sie die nächsten Tage dazu nutzen, all ihre Bedenken besonnen und so objektiv wie möglich zu analysieren und zu Papier zu bringen.

Spätestens am Montag würde sie Laroche anrufen, auch wenn sie Gefahr lief, sich lächerlich zu machen, wie Claire gesagt hatte.

Er sät Zweifel

So aufgewühlt, wie Claire gewesen war, standen die Chancen nicht schlecht, dass seine Strategie Wirkung zeigte und sie vorerst einen Brocken zu verdauen hatte, der ihr eine Nummer zu groß war, weil er nicht auf Claires unendlicher Liste der Ich-weiß-genau-Bescheid-Dinge gestanden hatte.

Philippe lag in dem Fach auf der Seite, das Gesicht zur Rückwand gedreht, und wartete geduldig ab, bis sich Pulsschlag und Herzfrequenz wieder normalisierten. Sein anfänglicher Zorn war noch gespielt gewesen, doch je mehr er sich in seine Rolle des fälschlich beschuldigten Ehemannes eingelebt hatte, desto echter war seine Wut geworden, desto ungehemmter seine Raserei. Der hitzige Tobsuchtsanfall war nicht geplant gewesen, seine Sätze nicht eingelernt und geübt; dazu hätte er in seinem ununterbrochenen Delirium gar keine Möglichkeit gehabt. Vielmehr waren ihm die Worte impulsiv, gleichsam ohne sein Zutun, über die Lippen geflossen, und der Effekt war berauschend: Claire war unsicher geworden, sie hatte ihn noch nie so außer sich erlebt, er hatte Zweifel in ihr gesät.

Ab sofort war der Spieß umgedreht, und es lag an ihm, sich unbeirrt von ihren Reaktionen an seine Gebrauchsanweisung für durchgeknallte Ehefrauen zu halten und sie weiterhin anzugreifen, um damit Schuldgefühle in ihr auszulösen, die sie dazu brachten, ihn freizulassen. Im schlimmsten Fall würde sie ihn mit einer gehörigen Überdosis ihres unerschöpflichen Vorrates an Schlafmitteln umbringen, aber davon ging er nicht aus. Dazu hätte sie schon längst genügend Gelegenheiten gehabt.

Sie wollte ihr altes Leben mit ihm zurückhaben. Nur darum ging es.

Alles nur Einbildung?

Der einzige Anlass in ihrer fünfundzwanzigjährigen Ehe, bei dem Philippe rasend aus einer Mischung von Angst und Wut explodiert war, war die Geburt ihrer ersten Tochter gewesen. Sie hatte im Kreißsaal am Beginn ihrer Wehen gelegen, und eine junge Ärztin hatte es gewagt, sie eine halbe Stunde allein zu lassen, um nach einer anderen Frau zu sehen, bei der die Geburt bereits in vollem Gange war. Wie ein Verrückter war er aus dem Saal gerannt und hatte schäumend nach einem Arzt gebrüllt, der zwar sofort herbeigeeilt kam, jedoch nur, um Philippe energisch in den Warteraum zu verweisen, wo er ausharren musste, bis er sich wieder beruhigt hatte.

Machte er ihr etwas vor? Bezweckte er mit seinem aufgebrachten Auftritt, sie zu umgarnen, damit sie ihn freiließ? Oder konnte sie sich wirklich dermaßen tragisch geirrt haben? War das tatsächlich möglich?

Claire spähte auf den Monitor, der seit einer Weile ein starres Bild wiedergab, auf dem nicht die kleinste Regung zu sehen war. Phil lag noch immer in dem Fach und rührte sich nicht. Sie hatte Fruchtjoghurt und mit Schokolade überzogene Weihnachtskekse in die Durchreiche gelegt, aber er hatte sie noch nicht geholt. Am Bildschirm reflektierte die glänzende Bettpfanne funkelnde Sterne an die Oberfläche, eine Wasserflasche war unbeachtet bis an die Wand gerollt.

Phils Worte hallten in ihren Ohren wider, und ratlos und verdattert versuchte sie das Gehörte zu begreifen.

Sein entrüsteter Blick, die unwilligen Gesten, das wilde Geschrei – alles war aus ihm ungezügelt herausgebrochen, so als ob er sich nicht mehr unter Kontrolle hatte.

Sie hatte sich doch nicht alles eingebildet! Die eingebrannten Bilder im Kopf, wie er in Isabelles Häuschen ein und aus ging, ihr zulächelte, als sie winkend am Fenster stand, seine häufigen Ausreden, ins Hôpital zu müssen, Isabelles wachsender Babybauch … eindeutige Vorboten für einschneidende Veränderungen in ihrer aller Leben, akute Anzeichen einer folgenschweren Bedrohung ihrer Ehe … oder nicht?

Claire brütete über Phils Worten, interpretierte Tonfall und Klang seiner Stimme, seine Ausdrucksweise und Sprachmelodie, Mienenspiel und Gestik, die Lautstärke und Betonung jedes einzelnen Satzes.

Möglich war es. Durchaus.

Er war immer bei ihr geblieben. Trotz seiner Techtelmechtel.

Isabelle war nicht mehr jung, ihre biologische Uhr tickte, und Philippe war ein intelligenter, wohlhabender Mann. Was lag näher, als sich einen lang gehegten Kinderwunsch zu erfüllen? Egal ob mit oder ohne ausdrücklichem Einverständnis des potenziellen Vaters. Sie war Ärztin, konnte den Zeitpunkt ihrer Empfängnis vermutlich auf die Sekunde genau berechnen, und Philippe wurde zum hilflosen Opfer ihrer Sehnsucht nach einem Kind.

War ihm sein Sohn tatsächlich so gleichgültig, wie er es vorgab?

Sie musste mit ihm sprechen. Er musste ihr alles erklären, beweisen, dass er sie nicht belog.

Der Bildschirm flimmerte vor sich hin, kein Philippe zu sehen. Sie sprang auf und rannte in den Keller.

»Philippe, komm heraus, bitte! Sprich mit mir!«, rief sie durch die Luke.

Er reagierte nicht.

»Liebling, bitte, ich höre dir zu, erklär mir doch alles in Ruhe!«

Kein Atemgeräusch war zu hören, kein Knarren oder Schaben.

»Phil, geht es dir gut?« Besorgnis in ihrer Stimme. »Philippe, sag doch etwas!«, schreiend jetzt.

»Sei endlich still und lass mich in Ruhe!«, kam es gedämpft aus dem Fach.

»Wir müssen miteinander reden, Phil. Komm schon, du musst auch etwas essen.«

»Ich muss gar nichts. Wenn ich will, kann ich hier verhungern oder verdursten.« Ein rauchiges, stumpfes Lachen folgte.

»Bist du verrückt? Du sollst hier unten nicht sterben, sondern über deine Liebe zu mir nachdenken und ob du unser gemeinsames Leben wirklich aufgeben möchtest.«

Die Klappe hob sich einen Spaltbreit, und sie konnte vage eine seitliche Gesichtshälfte von Phil im dunklen Inneren des Faches erkennen.

»Darüber habe ich schon nachgedacht, lange bevor du mich hier eingelocht hast, Claire. Aber das geht wohl nicht in deinen Kopf, was?« Mit einem lauten Knall ließ er die Klappe wieder fallen.

Aufgebracht riss Claire die Tür auf und stellte sich mit in die Hüften gestützten Armen mitten in den Raum.

»Du Feigling, komm heraus und sprich mit mir! Jahrelang betrügst du mich, wirst Vater von einem Sohn, deinem Thronfolger, jawohl, und jetzt weigerst du dich, mit mir zu sprechen?«, keifte sie in Richtung des geschlossenen Faches.

Philippe antwortete nicht, und Claires Magen katapultierte salzige Säure ihre Speiseröhre hinauf.

»Nur damit du es weißt, mein Lieber: Heute Abend besucht mich der farbige Inspecteur, Pierre Laroche, du weißt schon«, verkündete sie spitz.

Keine Reaktion.

»Und ich werde mir mit ihm die Seele aus dem Leib vögeln!«, kreischte sie triumphierend.

Die Klappe öffnete sich wieder.

»Claire, du benimmst dich unter deinem Niveau«, sagte Philippe leidenschaftslos und ließ die massive Klappe sacht und geräuschlos sinken.

Bestürzt über Phils gleichgültige Reaktion, aber noch mehr über ihr vulgäres Verhalten, drehte Claire sich um, schloss leise die Tür, schob das Paneel an seinen Platz, löschte Kellerbeleuchtung und Bildschirm, legte sich angezogen in ihre eheliche Hälfte des Doppelbettes und starrte auf die giftgrüne Minutenanzeige des Radioweckers.

Philippe war dabei, ihren Plan zu vernichten.

Femme fatale

Zu keiner Zeit im Jahr geschahen so viele Gewaltverbrechen, Verzweiflungstaten oder Selbstmordversuche wie während der hoch gepriesenen friedvollen und besinnlichen Weihnachtszeit. Auch das wohlsituierte achte Arrondissement blieb nicht verschont von häuslicher Gewalt, Raubüberfällen und in Hauseingängen erfrorenen Obdachlosen. Bis auf die wenigen Stunden des Weihnachtsessens bei Claire war Laroche seit nunmehr drei Tagen im Dauereinsatz und daher völlig ausgelaugt und übermüdet.

Die Vorfreude auf seinen bevorstehenden Besuch bei Claire wurde einzig durch den Umstand getrübt, dass er nicht die Nacht bei ihr verbringen konnte, um an seinem freien Sonntag mit ihr gemeinsam zu frühstücken. Einerseits glaubte er nicht daran, dass Philippe in nächster Zeit aus dem Nichts auftauchen würde, andererseits wollte er aber nicht derjenige sein, dessen Gesicht das Erste war, was Philippe sah, wenn er plötzlich vor der Tür stand.

Laroche schlängelte sich durch den dichten Abendverkehr des Boulevards Haussmann und dachte daran, wie dankbar er Adrien noch heute dafür war, dass er ihn von Marseille nach Paris gebracht hatte. Er liebte diese lebendige Stadt, auch wenn er jeden Tag mit ihren Schattenseiten konfrontiert wurde.

Es verlangte ihn danach, mit Claire durch die Gassen zu streifen, in die bunte Vielfalt einzutauchen, die diese Stadt zu bieten hatte. Er wollte ihr sein Paris zeigen, in verschwiegenen Hinterhofkneipen bei würzigem Merlot an wachsverschmierten, grobschlächtigen Tischen ihr gegenübersitzen, ihre Hände wärmen und sie auf das Grübchen über der Nasenwurzel küssen, wenn sie lächelte.

Bevor er sich bis Montag vom Dienst abgemeldet hatte, hatte er sich von einer jungen Ermittlungsbeamtin flüchtig auf den neuesten Stand der Dinge in den Fällen Philippe Bonnet, Computerfachmann, vermisst, sowie Isabelle Ledoux, Ärztin, verdächtig des Medikamentendiebstahls, bringen lassen. Zu

Bonnet keine neuen Erkenntnisse, auf Eis gelegt; zu Ledoux keine Fortschritte, da im Moment zu wenig Personal, um am St. Antoine zu recherchieren, ebenfalls wegen Nichtigkeit bis auf Weiteres auf Eis gelegt, da kein Personenschaden.

Claire öffnete in seidenem Morgenmantel und schwarzen Spitzendessous, die Lippen korallenrot geschminkt, barfuß mit lackierten Nägeln in demselben Rot. Sie warf sich ihm gierig an den Hals, saugte sich an seinen Lippen fest und zerrte ihn ungeduldig stöhnend bis zum in rötlich gedämpftes Licht getränkten Schlafzimmer. Pierre fühlte sich weniger erregt als vielmehr überrumpelt; ihre mehr als unverhohlenen Avancen schüchterten ihn ein wenig ein, sie wirkten aufgesetzt, das war nicht Claires Stil. Die Maskerade des verführerischen Vamps stand ihr nicht besonders, war nicht echt und erweckte einen etwas billigen Anschein. Er war sich nicht ganz im Klaren darüber, ob er sich durch ihren Eifer, ihm zu gefallen, geschmeichelt fühlen oder ihn eher mit Vorsicht genießen sollte. Claire ließ ihm keine Zeit für tiefschürfende Überlegungen, riss an seinen Kleidern, klammerte sich an ihn und forderte seine ungeteilte Aufmerksamkeit. Ihr überspanntes Liebespiel war eine theatralische Schauspielinszenierung, entsprang nicht glühendem Verlangen oder zügelloser Begierde und befremdete ihn.

Im Badezimmer wartete auf der Ablage neben der Wanne ein Weihnachtspäckchen auf ihn, ein Badetuch aus fein gewebtem Material mit eingesticktem silbernem Monogramm, ein auf den ersten Blick sehr teures Stück. Diese schlichte Geste, mit der sie ihm einen Platz in ihrem Leben einräumte, rührte ihn.

»Isabelle war hier«, verkündete Claire mit gelangweilter, schläfriger Stimme, als er geduscht und angezogen aus dem Bad trat.

»Le Docteur Ledoux? Die Ärztin aus dem Hôpital?«, vergewisserte sich Pierre erstaunt.

»Genau die. Wie dir bei deinen Befragungen im St. Antoine bestimmt aufgefallen ist, ist sie schwanger.«

»Warum kommt sie zu dir?« Pierre schüttelte verständnislos den Kopf.

»Du wirst es nicht glauben, aber mein Mann ist der Vater ihres ungeborenen Sohnes.« Claire ließ die Bombe mit einem breiten Lächeln platzen.

»Tatsächlich?« Pierre ließ sich nicht anmerken, wie verblüfft und gleichzeitig begeistert er von dieser überraschenden Verbindung der beiden Fälle war, die sich hier unvermutet auftat.

»Sie bat mich, ihr alles zu erzählen, was ich über Philippe weiß.«

»Hast du von seinem Verhältnis zu ihr gewusst?«, fragte Pierre gespannt.

»Nein, es war ein Schock für mich. Ich kann es noch immer nicht fassen.«

Pierre sah Claire auffordernd an.

»Viel mehr gibt es nicht zu erzählen. Es war ein kurzer Besuch, wie du dir denken kannst. Ich habe sie hinausgeworfen.«

Als Pierre immer noch schwieg, ergänzte sie: »Sie war nicht gerade angetan von meiner Idee, dass Philippe sich abgesetzt haben könnte, weil sie ihn mit dem Kind erpresst.«

»Denkst du, dass das so sein könnte?« Pierre schlüpfte in seine Jeans und setzte sich auf den Bettrand, um die Socken überzustreifen.

Claire zog sich die Bettdecke bis unters Kinn und kaute nachdenklich auf ihrer von Lippenstift verschmierten Unterlippe.

»Möglich«, antwortete sie einsilbig.

Pierre beugte sich über sie und strich ihr die zerzausten Locken aus der Stirn. Nun sah er ihren verzweifelten Femme-fatale-Versuch mit anderen Augen. Sie hatte sich wohl selbst beweisen müssen, dass sie immer noch in der Lage dazu war, einen Mann zu verführen, so wie Isabelle Ledoux ihren Mann verführt hatte.

»Ich kümmere mich am Montag darum. Vielleicht hast du ja recht. Morgen muss ich nicht zur Arbeit, wir könnten einen Bummel durch den Flohmarkt von Saint-Ouen machen, in altem Trödel stöbern und anschließend mit der Metro ins Le Fumoir fahren, um uns aufzuwärmen und zu stärken. Du brauchst Abwechslung, Claire, du solltest dich nicht im Haus einigeln.«

Claires Augen leuchteten erfreut.

»Das wäre wunderbar. Seit die Mädchen und Emilie weg sind, fühle ich mich tatsächlich einsam und verlassen, und Isabelles

Besuch liegt mir schwer auf dem Herzen. Versprich mir, dass du mit ihr reden wirst. Es kann doch sein, dass sie etwas über Phil weiß, was sie mir nicht erzählen will.«

»Das ist das Erste, was ich am Montag machen werde, versprochen. Aber morgen werden wir den Tag genießen.«

Pierre lächelte.

Claire lächelte.

Verunsichert

Sämtliche ihrer Versuche, mit Philippe ein sinnvolles Gespräch zu führen, verpufften ins Leere. Er ignorierte sie, antwortete nicht auf ihre Fragen, nahm das Essen – frisch gebratene, entgrätete Goldbrasse in Knoblauchsoße, zerteilt in mundgerechte Happen, sein Lieblingsgericht – und die Wasserflaschen aus der Durchreiche, stellte im Gegenzug leere Flaschen und gefüllte Bettpfanne in das Fach zurück, lief seine Runden, absolvierte ein vielfältiges Gymnastikprogramm oder schlief in dem Fach.

Claire war zutiefst verunsichert.

Wenn alles stimmte, was er sagte – und sie war geneigt, ihm zu glauben, je länger sie darüber nachdachte –, dann hatte sie alle Zeichen falsch gedeutet, sich schrecklich geirrt und ihm furchtbares Leid zugefügt.

Der Haken an der Sache war das ungeborene Kind. Dass ihn sein männlicher Erbfolger so kaltließ, wie er vorgab, nahm sie ihm nicht ganz ab.

Das Kind war ihr Joker, ihr letzter Pfeil im Köcher, ihr Ass im Ärmel.

Sie war sich stets ohne den geringsten Zweifel absolut sicher gewesen, Philippe während seiner monotonen Kellertage dazu bekehren zu können, bei ihr zu bleiben und Isabelle zu verlassen. Vorgesehen war in weiterer Folge gewesen, mit ihm nach Australien oder Neuseeland auszuwandern. Über die konkreten Details dazu hatte sie sich keine Gedanken gemacht; Urlaubsreisen oder Flugbuchungen waren Phils Spezialität – die logistische Planung wäre sein Beitrag zu ihrem neuen Leben. Um ihn der Stange zu halten, damit er zum Beispiel beim Securitycheck nicht plötzlich randalierend nach der Polizei rufen oder weinend Emilie und die Mädchen ins Vertrauen ziehen würde, hätte sie ihm eindrucksvoll vor Augen geführt, welch bestialische Unglücke Isabelle und dem Kind durch die Hand eines auf Abruf bereiten, gut bezahlten Dritten unter Umständen widerfahren könnten … und du weißt mittlerweile, wozu ich in der Lage bin, mein Schatz … Den

Auftragskiller gab es natürlich nicht, wie hätte sie, eine schlichte Hausfrau, sich einen solchen beschaffen können?

Wenn Phil allerdings Kind und Geliebte gleichgültig waren, womit konnte sie ihm drohen, womit ihn erpressen, wenn er ohnehin bei ihr bleiben wollte?

Ihr geliebter Ehemann machte ihr einen gewaltigen Strich durch die Rechnung, und das erforderte eine mordsmäßige Änderung ihrer Taktik.

Ein wunderschöner Tag

Fischsuppe vom Vortag in einer Plastikschüssel, zwei große Flaschen Mineralwasser, Weihnachtskekse, eingewickelt in eine Serviette, eine neue Packung Reinigungstücher und ein Stapel Hochglanzprospekte, in denen sich Neuseeland von seinen besten Seiten zeigte – Claire prüfte den Inhalt ihres Waschkorbes, den sie zu Philippe in den Keller tragen würde, und nickte zufrieden. Sie wollte am Abend zurück sein, und diese großzügige Ration müsste tagsüber reichen.

Philippe lag noch in dem Fach, daher musste sie sich keine Sorgen machen. Sie öffnete rasch die Tür, stellte den Korb mitten in den Raum und nahm die Bettpfanne zum Entleeren mit, die sie später durch die Luke schob.

Ihr heiteres »Guten Morgen, mein Liebling! Ich mache heute einen Ausflug und komme erst am Abend wieder!« blieb unerwidert. Schulterzuckend ging sie in die Küche, stellte den Monitor ab, bürstete ihre dichten Locken und war zu allen Schandtaten bereit, als Pierre vorfuhr, um sie abzuholen.

Es war ein herrlicher sonniger Wintertag, an dem Claire ihr gänzlich unbekannte Seitenstraßen, versteckte Plätze und farbenfrohe Märkte entdeckte. Bis zur Unkenntlichkeit vermummt in Wollmütze und geringeltem Strickschal hatte sie keine Hemmungen, mit Pierre Hand in Hand durch die engen Gassen zu schlendern oder ihn impulsiv zu küssen, wenn ihr gerade danach war. Pierre führte sie in düstere Spelunken, in denen sie den besten Wein ihres Lebens trank, kaufte an einem schmierigen Straßenstand die besten Crêpes ihres Lebens und ging mit ihr in ein Souterrain-Kino, in dem sie den besten Truffaut-Film ihres Lebens sah.

Keinen einzigen Gedanken verschwendete sie an Philippe in dem Fach, die Mädchen in Chamonix, Emilie in Aix oder Isabelle in ihrem Friedhofshäuschen. Sorglos und unbeschwert ließ sie sich treiben, schmiegte sich dicht an Pierre und bot der pittoresken Welt mit glückseligem Lächeln die Stirn. Am frühen

Abend kehrten sie in das dunkle, stille Haus der Bonnets zurück, und Pierre bewies Claire, dass er sie auch ohne Lippenstift und Spitzenwäsche begehrenswert fand.

»Ich werde morgen nach Chamonix zu den Mädchen fahren, zwei, drei Tage mit ihnen verbringen. Mir die kalte Bergluft um die Nase wehen lassen. Vielleicht kann ich das Knäuel in meinem Kopf dann leichter entwirren.« In Zeitlupentempo zeichnete sie mit dem Zeigefinger Kreise auf seine Brust.

»Ja, das wird dir sicher guttun«, stimmte er zu. »Während du weg bist, werde ich Isabelle genauer unter die Lupe nehmen. Wenn es neue Spuren gibt, rufe ich dich sofort an. Kann ich dich auf deinem Telefon erreichen?«

»Natürlich, aber ich gebe dir auch die Nummer des Chalets, falls ich keinen Empfang in den Bergen haben sollte.«

»Fein. Wenn ich mich ein paar Tage freimachen kann, komme ich nach«, scherzte er. Er wollte ihre unverblümte Reaktion auf seinen unvermittelten Vorschlag sehen.

»Ich hab dich sehr lieb, Pierre«, flüsterte sie.

Läuterung bekunden

Sobald Pierres Wagen aus der Einfahrt gerollt war, lief sie in den Keller, um die stinkende Bettpfanne aus der Luke zu holen und nach Philippe zu sehen. Die Prospekte über Neuseeland lagen aufgeschlagen auf dem Boden, daneben die zusammengeknüllte Serviette und die leere Plastikschüssel. Eine Wasserflasche stand halb voll vor dem geschlossenen Fach.

»Gute Nacht, mein Liebster. Wir sehen uns morgen früh. Ich fahre für einige Tage zu den Mädchen. Vielleicht möchtest du mit mir sprechen, wenn ich wieder zurück bin.«

Kein Mucks war zu hören.

»Schlaf gut. Bis morgen.« Betrübt wandte sich Claire ab und ging nach oben, um die Mädchen anzurufen, die sie in ihrem Beschluss bestärkten und sich auf ihren Besuch freuten.

Nach kurzer Überlegung rief sie auch Emilie an, um sich nach ihrem Befinden zu erkundigen. Emilie klang um Jahre jünger als bei ihrer Abreise, im Hintergrund hörte Claire das ausgelassene Quietschen ihrer Urenkelin sowie die gedämpften Stimmen einiger Erwachsener. Emilie schien die sensationelle Nachricht von Philippes Verhältnis mit Isabelle und der bevorstehenden Geburt ihres Sohnes nicht sonderlich zu entrüsten, vielmehr gab sie sich wortkarg und bekundete nur mit belanglosen Phrasen ihr Bedauern. Sie begrüßte halbherzig Claires Entschluss, bei den Mädchen Erholung und Entspannung zu suchen, und verabschiedete sich nach einer unangenehm langen Gesprächspause mit der Entschuldigung, das Essen sei angerichtet und sie wolle die Familie nicht warten lassen.

Claire fand Emilies Verhalten einigermaßen befremdend, zerbrach sich aber nicht weiter den Kopf darüber, sondern kuschelte sich in die federweichen Decken und schlummerte in einen sanften, aber kurzen Schlaf. Schon nach einer halben Stunde war sie hellwach. Philippes Verhalten ließ sie kein Auge mehr zutun, und sie musste sich mit den Möglichkeiten auseinandersetzen, die sie nun hatte, musste sich neu orientieren.

Ihn zu töten war keine Option. Niemals würde sie es übers Herz bringen, ihn mit einer Überdosis an Narkosemitteln einzuschläfern wie einen räudigen Hund. Außerdem hatte sie keinen blassen Schimmer davon, wie man eine Leiche fachgerecht entsorgte.

Sie könnte sich bei ihm für ihre Wahnsinnstat entschuldigen und ihn freilassen. Wenn er die Wahrheit gesagt hatte, würde er ihr verzeihen. Wenn nicht, wanderte sie ins Gefängnis. So oder so würde sie Pierre dadurch verlieren. Das wäre schmerzhaft. Außerdem müsste sie sich eine glaubhafte Erklärung einfallen lassen, wo Philippe die ganze Zeit über gewesen war.

Sie könnte sich aber auch bei ihm entschuldigen, ihn freilassen und ihm anbieten, dass er unbehelligt zu Isabelle und seinem Sohn ziehen könnte. Sie würde mit Pierre in ihrem Haus bleiben. Wenn Philippe das aber nicht wollte? Nach dem, was er gesagt hatte, war er an Isabelle und dem Kind nicht im Geringsten interessiert. Vielleicht würde er aber seinen Entschluss revidieren, wenn er erkannte, dass er Claire nicht mehr vertrauen konnte? Auch in diesem Fall bestand das Risiko, dass Philippe zur Polizei ging und sie verriet.

Selbstmord kam auf gar keinen Fall in Frage, dazu war sie nicht verzweifelt genug.

Am reizvollsten fand sie die Variante Philippe – Isabelle und Pierre – Claire, alle glücklich unter verschiedenen Dächern. Es gab daran noch einige empfindliche Schwachstellen auszumerzen, aber im Großen und Ganzen gefiel ihr diese Zukunftsperspektive ausnehmend gut.

Sie musste für ihre Idee in den schillerndsten Farben werben, musste Philippe dafür begeistern, ihn damit ködern, dass ihm durch die Scheidung keine Unkosten entstehen würden – sie würde sich Arbeit suchen müssen –, dass sie trotz dieser unseligen Geschichte vielleicht Freunde werden könnten, dass er nun endlich seinen Prinzen haben würde und dass er dieses einmalige Glück nicht wegwerfen dürfte.

Vor allem aber musste sie sich Asche über ihr Haupt streuen. Bereuen. Beklagen. Büßen. Sich schuldig bekennen. Sich schämen. Sich entschuldigen. Sich grämen. Läuterung bekunden. Und so weiter.

Zwei Frauen, zwei Telefonate

Am Montagmorgen um vier Uhr fünfunddreißig stöberte ein herrenloser Straßenköter in den Mülltüten des vornehmen Pariser Gourmet Restaurants »Gourmetier« im achten Arrondissement nach leckeren Abfällen. Was er aus den zerfetzten schwarzen Plastiksäcken zog, war der Arm eines zweijährigen Jungen.

Pierre weckte der Anruf der Zentrale aus traumlosem Tiefschlaf, und als er in der Polizeistation ankam, war die Hölle los. Der hektische Tag war geprägt von fassungslosem Entsetzen und gehetzten Aktivitäten, um den Serientäter dieser widerwärtigen Verbrechen zu jagen.

Daher war es weiter nicht verwunderlich, dass Pierre erst am späten Abend die Mailbox seines Telefons aktivierte, und was er hörte, beunruhigte ihn derart, dass er spontan beschloss, auf seinem Heimweg bei Claires Haus vorbeizufahren.

»Hier spricht Emilie Dickson. Die Nachbarin von Claire Bonnet. Bitte sehen Sie in dem Klappfach im Fitnessraum nach. Ich glaube, dort liegt Philippe Bonnet. Danke. Äh, hallo? Ja, das wollte ich nur sagen.«

»Guten Tag, Inspecteur Laroche. Dr. Ledoux hier. Bitte kommen Sie bei mir zu Hause vorbei. Ich glaube, Madame Claire Bonnet ist für das Verschwinden ihres Mannes verantwortlich. Und der Medikamente. Bitte rufen Sie vorher an. Danke.«

Lächerlich einfach

Claires Ankündigung, dass sie zu den Mädchen nach Chamonix fahren würde, versetzte Philippe in gelinde Panik. Wenn sie länger wegblieb, wenn ihr etwas zustieß – es wäre sein sicheres Todesurteil. Er durfte den Bogen jetzt nicht überspannen, musste gemäßigt wieder auf sie eingehen und Kontakt zu ihr aufbauen, damit sie ihn für die Zeit ihrer Abwesenheit ausreichend mit Wasser versorgte.

Das Licht im Fitnessraum brannte ununterbrochen, und Philippe hatte jegliche zeitliche Orientierung verloren. Um zu verhindern, dass er möglicherweise schlief, wenn Claire am Morgen kam – so wie sie es versprochen hatte, musste es nach seiner Zeitrechnung entweder der Sonntag- oder der Montagmorgen sein –, setzte er sich auf den Boden und wartete an die Klappe gelehnt auf sie.

Das unverwechselbare Klappern, mit dem sie die Lukentür öffnete, und das typische Scharren, das die Bettpfanne verursachte, wenn Claire sie zum Entleeren aus der Ablage zog, rissen ihn aus seiner kontemplativen Halbschlafwelt.

»Philippe, bist du wach?«, kam es halblaut aus der Durchreiche.

»Ja.« Er öffnete die Augen und rückte ein Stück weit nach rechts, um in ihr Blickfeld zu gelangen.

»Wie schön. Kann ich dich etwas fragen?«

»Was?« Philippe amüsierte sich über die vorsichtige Formulierung. Claire hatte sich für ihre Fahrt nach Chamonix außergewöhnlich hübsch herausgeputzt.

»Ist alles, was du mir über Isabelle und das Kind erzählt hast, die Wahrheit? Oder machst du mir etwas vor, um schneller hier herauszukommen?« Weinerliche Zwischentöne.

»Claire«, stöhnte Philippe ungehalten, »ich werde nicht täglich aufs Neue meine Geschichte wiederholen. Du glaubst sowieso, was du willst, egal was ich dir erzähle.«

Claire schwieg, kaute an einem Fingernagel und blickte versonnen an ihm vorbei ins Leere.

»Philippe, es war ein entsetzlicher Fehler. Ich weiß nicht, was in mich gefahren ist.« Claire schluckte angestrengt. »Ich war so verzweifelt, so außer mir. Ich hatte solche Angst davor, dich zu verlieren, ohne dich zu sein!«

Philippe fragte sich, wie seine Frau ein ganzes Jahr lang verzweifelt, außer sich und verängstigt sein und dennoch einen verschimmelten Keller vor seinen Augen und mit seiner tatkräftigen Hilfe in einen schalldichten Käfig hatte verwandeln können.

Er schwieg.

»Es gibt keine Entschuldigung dafür, das weiß ich, Phil.« Hoffnungsloses Stöhnen.

Doch, dachte Phil, die gibt es. Du bist krank.

»Ein solcher Fehler lässt sich nicht wiedergutmachen, Liebling, das ist mir klar.«

»Was meinst du damit?« Philippe war jetzt auf der Hut. Wollte sie ihn aus dem Weg schaffen?

»Sobald ich aus Chamonix zurück bin, werde ich mich der Polizei stellen und für meine Tat geradestehen.« Tapferes Wehklagen.

Warum nicht jetzt sofort? Was war der Pferdefuß an dieser Neuigkeit?

»Ich werde dafür ins Gefängnis kommen, Phil.« Tränenersticktes Gewimmer.

Sie machte ihre Sache nicht schlecht, urteilte Philippe, war aber eine miserable Schauspielerin. Egal, welches Ziel sie mit ihrer rührseligen Posse verfolgte, er würde sie bedingungslos unterstützen – solange er hier eingesperrt war.

»Phil, wirst du mir jemals verzeihen können?«

Die tödliche Gewissensfrage, leicht zu beantworten.

»Das wird sehr schwierig werden, Claire, darüber muss ich nachdenken.«

»Natürlich, das verstehe ich. Wenn es dir gelingen würde, mir zu vergeben …« Claire unterbrach sich, gekünstelt, Phil nahm den Faden auf.

»Was wäre dann?« Er beugte sich vor, lächelte leicht, zeigte echtes Interesse.

»Du wirst Vater eines Sohnes, Phil! Das ist ein ganz wunderbares, einmaliges Erlebnis. Dein innigster Wunsch nach einem männlichen Erben geht in Erfüllung. Du darfst dieses Glück nicht mit Füßen treten!« Enthusiastisch gestikulierte Claire herum, man hätte meinen können, sie selbst trüge den heiß ersehnten Sohn unter ihrem Herzen.

»Das weiß ich, Claire. Komm zur Sache, was willst du?« Es wurde Zeit für klare Worte.

»Ich dachte … nun … wenn du mich begnadigen würdest, nicht der Polizei auslieferst … dann …« Jetzt fehlten ihr wirklich die Worte.

»Dann?« Philippe jubilierte, er hatte sie am Haken.

»Na ja, vielleicht möchtest du deinen Sohn selbst großziehen, meinetwegen auch gemeinsam mit Isabelle, in ihrem Haus.« Dieses grandiose Angebot war ihr flüssig über die Lippen gekommen, Philippe hörte keine Unsicherheit, keine Heuchelei, keine Überwindung zwischen den Zeilen.

Er zog seine linke Augenbraue in die Höhe, sodass sie wie ein spitzes Dach über seinem Auge thronte, und betrachtete sie stumm.

»Ich meine nur … also … ist vielleicht doch keine so tolle Idee?« Das Fragezeichen am Ende dieses Satzes signalisierte die Hoffnung dahinter, dass es vielleicht doch eine tolle Idee wäre.

Doch, dachte Phil, die beste, die du je hattest.

»Claire, wie stellst du dir das alles vor? Ich kann doch nicht in fünf Sekunden über unser Leben entscheiden. Lass mich in Ruhe alles abwägen, Überlegungen anstellen, durchdenken. Fahr nach Chamonix, lass dir selbst alles noch einmal durch den Kopf gehen. Wenn du zurück bist, entscheiden wir.« Philippe mobilisierte seine letzten Reserven, um nicht unbändige Freude durchklingen zu lassen, sondern seine Bedenken in gesetztem, offenkundig abweisendem Tonfall vorzubringen.

Er hätte sich nicht zu sorgen brauchen. Claire konzentrierte sich ausschließlich auf das »wir« in seinem letzten Satz, und ihr Herz pochte vor Entzücken.

»Du hast völlig recht, Phil. Wir sollten nichts übers Knie brechen, was uns hinterher vielleicht leidtun könnte«, sprang sie beflissen auf seinen Zug auf.

»Genau.«

Claire streckte einen Arm durch die Luke, er kroch darauf zu und drückte ihre eisigen Finger.

»Vergiss nicht, mir genügend Wasser zu bringen. Ich hätte auch gern Kaffee, wenn es dir nicht zu viel Mühe macht«, bat er höflich.

»Kommt sofort, Monsieur!«, rief sie euphorisch und sprang eilfertig auf, um seine Wünsche prompt zu erfüllen. Alles, wirklich alles, würde sie tun, damit er ihrem Vorschlag zustimmte.

Philippe lehnte sich grinsend wieder an die Wand.

Es dauerte seine Zeit, bis sie, den Waschkorb bis zum Rand gefüllt mit Leckerbissen, Wasserflaschen, Büchern und der Bettpfanne, wieder zurückkam und eines nach dem anderen in die Durchreiche stellte.

»Claire, für zwei Tage wird die Bettpfanne nicht genügen. Du musst mir einen Eimer bringen.«

»Natürlich, wie dumm von mir!« Sie schlug sich verärgert auf die Stirn, rannte nach oben und kam mit einem türkisfarbenen Plastikeimer wieder. Er passte nicht durch die Luke, doch Claire war erfüllt von frenetischer Vorfreude – die Aussicht darauf, dass die durchaus realistische Chance auf Straffreiheit für sie bestand, mehr noch, ein herrlich aufregendes Leben mit Pierre stand ihr bevor –, und trunken von einem heiteren Glücksgefühl riss sie schwungvoll die Tür auf und stellte den Eimer neben den Schrank.

Philippe saß noch immer an die Wand gelehnt und schaute ihr zu, wie sie Weihnachtsservietten auf der Matte ausbreitete, Wasserflaschen und Plastikschüsseln aus der Durchreiche holte und niederkniete, um sie betulich auf den Servietten zu arrangieren.

Am Ende war es lächerlich einfach.

Er stand auf, ging an der knienden, zu ihm auflächelnden Claire vorbei durch die offene Tür, drückte sie beinahe zärtlich ins Schloss, versperrte die Luke, setzte das Paneel ein und schaffte ganze vier Stufen der Kellertreppe, bevor er sich an der rauen Mauer abstützte und weinend zusammenbrach.

Kein Laut

Es dauerte eine Weile, bis Philippe sich einigermaßen gefangen hatte und in der Lage war, verhältnismäßig vernünftig zu denken.

Aus dem Keller war kein Laut zu hören.

In der Küche sah er auf dem Weg zum Kühlschrank aus dem Augenwinkel den flimmernden Bildschirm in der Mikrowelle und stellte fest, dass er Claire unrecht getan hatte: Es gab doch eine Videokamera, und auf dem grobkörnigen Bild erkannte er seine Frau, wie sie mit beiden Fäusten hysterisch gegen die von ihr selbst eingesetzte Schutztür trommelte. Sie sollte es besser wissen.

Auf dem Küchentisch lag Claires Mobiltelefon. Er entnahm den Mikrochip, bearbeitete ihn mit der Geflügelschere und spülte die Einzelteile in die Toilette. Das leere Gehäuse steckte er in einen seiner Tennissocken.

Später, wenn er sich mit der knusprigen Pizza aus dem Kühlfach gestärkt, eine beschlagene Flasche Bier dazu getrunken und ein erholsames Schläfchen zwischen Matratze und Federdecke abgehalten hatte, würde er Claire vorübergehend im Kofferraum ihres Renaults in der Garage deponieren, um den Keller penibel aufzuräumen und für die Polizei zugänglich zu machen. Hatten sich die ersten kriminaltechnischen Wogen geglättet, würde er sie zurück in den Fitnessraum bringen.

Dann würde er weitersehen.

Claire hatte recht

Je näher Laroche dem Haus der Bonnets kam, desto unruhiger und gereizter wurde er. Seine Finger trommelten nervös auf das Lenkrad, während er die rote Ampel an der letzten Kreuzung hypnotisierte. Selbst aus großer Entfernung erkannte er, dass Haus und Vorgarten im Dunkeln lagen, und langsam rollte er auf die Garageneinfahrt zu.

Eine flüchtig huschende Schattenbewegung vor der Eingangstür erregte seine Aufmerksamkeit. Er stieg aus dem Wagen und näherte sich, eine Hand auf seiner Waffe im Gürtelholster, langsam der zusammengekrümmten Gestalt, die auf der vereisten Treppenstufe kauerte.

Im fahlen weißlichen Schein der Straßenlaterne richtete ein verwahrloster, ausgezehrter Mann mit hohlen Wangen unter verfilztem Bart seinen fiebrig glühenden Blick auf Laroche. Die mageren Schultern waren gehüllt in einen vor Dreck starrenden, zerrissenen Lumpen, und bis auf die uringetränkten Boxershorts war er nackt. Seine bloßen Beine waren mit blutigen Schrammen und verschorften Kratzern übersät, unter den eingerissenen Fingernägeln hatten sich dicke schwarze Ränder gesammelt.

»Wohne ich hier? Ich bin Philischatz. Im Sommer hatte ich einen Unfall. Wissen Sie, wo meine Frau ist?«

Laroche schossen heiße Tränen bitterer Enttäuschung in die Augen.

Claire hatte recht behalten, Philippe war wieder zu Hause.

Epilog

Sie lebte hier unten ein einfaches Leben.

Soviel sie wusste, lebte ihr Mann ebenfalls ein einfaches Leben. Oben.

Dank

Ich danke allen, die an dieses Buch geglaubt und mir dabei geholfen haben, es zu verwirklichen. Ganz besonders danke ich meiner Lektorin Irène Kost sowie meinem gesamten Verlegerteam für die Wertschätzung, die mir und meinem Buch entgegengebracht wurde.